E-Z DICKENS
СУПЕРГЕРОЙ ПЪРВА
И ВТОРА КНИГА

TATTOO ANGEL (АНГЕЛ С ТАТУЙКА; ТРИТЕ

Cathy McGough

Stratford Living Publishing

Посвещение

За Дороти, която е повярвала.

Съдържание

КНИГА ЕДНА:

TATTOO ANGEL (АНГЕЛ С ТАТУЙКА)

ПРОЛОГ

Първото**същество**полетя върху гърдите на E-3 и се приземи с изпъната напред брадичка и ръце на хълбоците. Той се завъртя веднъж по посока на часовниковата стрелка. Завъртя се по-бързо, а от трептенето на крилете му се разнесе песен. Песента представляваше нисък стон. Тъжна песен от миналото в чест на един живот, който вече не съществуваше. Съществото се облегна назад, главата му се облегна на гърдите на E-3. Въртенето спря, но песента продължи да звучи.

Второто същество се присъедини към него, правейки същия ритуал, като се въртеше обратно на часовниковата стрелка. Те създадоха нова песен, без бип-бип и зуум-зуум. Защото когато пееха, ономатопеята не беше необходима. Докато във всекидневния разговор с хората тя беше необходима. Тази песен се наложи над другата и се превърна в радостно, високочестотно тържество. Ода за предстоящите неща, за един живот, който все още не е изживян. Песен за бъдещето.

От златните им очни ябълки се разнесе диамантен прах, докато се въртяха в пълен синхрон. Диамантеният прах се разпръсна от очите им върху спящото тяло на Е-3. Размяната продължи, докато не го покри с диамантен прах от главата до петите.

Тийнейджърът продължи да спи спокойно. Докато диамантеният прах не прониза плътта му - тогава той отвори уста, за да изкрещи, но не издаде никакъв звук.

„Той се събужда, бип-бип."

„Повдигни го, zoom-zoom."

Заедно го вдигнаха, когато той отвори заслепените си очи.

„Спете още, бип-бип."

„Не чувствай болка, zoom-zoom."

Притискайки тялото му, двете същества приеха болката му в себе си.

„Стани, бип-бип", заповяда той.

И инвалидната количка се вдигна. И като се разположи под тялото на Е-3, зачака. Когато капчица кръв се спусна, столът я улови. Погълна я. Погълна я - сякаш беше живо същество.

С нарастването на мощността на стола той също набираше сила. Скоро столът можеше да задържи своя господар във въздуха. Това позволи на двете същества да изпълнят задачата си. Задачата им да обединят стола и човека. Да ги свържат за вечни времена със силата на диамантения прах, кръвта и болката.

Докато тялото на тийнейджъра се тресеше, пробожданията по кожата му заздравяваха. Задачата беше изпълнена. Диамантеният прах беше част от същността му. Така музиката спря.

„Свършено е. Сега той е защитен от куршуми. И има свръхсила, бип-бип."

„Да, и това е добре, зуум-зуум."

Инвалидната количка се върна на пода, а тийнейджърът - на леглото си.

„Той няма да има спомен за това, но истинските му крила ще започнат да функционират много скоро, пип-пип".

„Ами другите странични ефекти? Кога ще започнат и ще бъдат ли забележими zoom-zoom?"

„Това не го знам. Възможно е да има физически промени... това е риск, който си струва да се поеме, за да се намали болката, пип-пип".

„Съгласен, zoom-zoom.

ПРИЧИНА

Всички семейства имат разногласия. Някои се карат за всяко нещо. Семейство Дикенс се съгласява с повечето неща. Музиката не е била едно от тях.

„Хайде, татко", каза дванадесетгодишният Е-З. „Скучно ми е, а в момента по сателита пускат уикенд, посветен изцяло на Мюз".

„Не си ли взе слушалките?" - попита майка му Лорел.

„Те са в раницата ми в багажника." Той въздъхна.

„Винаги можем да спрем и да ги вземем..."

Мартин, бащата на момчето, който шофираше, провери времето. „Бих искал да стигнем до хижата в планината, преди да се стъмни. Мюз няма нищо против. Освен това скоро ще сме там."

Лорел завъртя циферблата на сателитната система в чисто новия им червен кабриолет. Тя се поколеба за миг върху Classic Rock. Дикторът каза: „Следва химнът на Kiss I Wanna Rock N Roll All Night. Не докосвайте циферблата."

„Чакай, това е хубава песен!" - изкрещя момчето.

„Какво, няма повече Muse?" Лорел попита, като държеше ръката си върху циферблата.

„След Kiss, добре?"

„Тогава*Kiss*" - каза Мартин, докато пускаше чистачките на предното стъкло. Все още не валеше, но гръмотевиците се чуваха. Клони и други отломки се блъскаха в автомобила им, докато си проправяха път нагоре по планината.

Лорел кихна и постави заставка на страницата си. Тя кръстоса ръце и се разтрепери. „Този вятър сигурно вие. Имаш ли нещо против да вдигнем покрива?"

„Гласувам „да" - каза Е-З, отстранявайки клонките от русата си коса.

ТИХО.

Нямаше време да крещи - когато музиката заглъхна.

Ушите на момчето все още звъняха от звука, съчетан с експлозията на четирите въздушни възглавници. Кръвта се стичаше по челото му, докато докосваше нещото на краката си: дърво. Кръвта се стичаше във и около дървения натрапник. Той прокара пръст по ствола на дървото. Усещаше го като кожа; той беше дървото, а дървото беше той.

„Мамо? Татко?" - изхлипа той, а гърдите му се разлюляха. „Мамо? Татко? Моля, отговори!"

Трябваше да повика помощ. Къде беше телефонът му? Ударът от катастрофата го бе изхвърлил навън. Виждаше го, но беше твърде далеч, за да го достигне. Или беше? Беше ловец и някои казваха, че ръката му за хвърляне е като гумена. Концентрира се, напъва се и се напъва, докато не го получи.

Сигналът беше силен, когато окървавените му пръсти натиснаха 9-1-1, после прекъснаха връзката. За да го намерят, трябваше да използва новата подобрена услуга. Той набра E9-1-1. Това даде разрешение на властите да получат достъп до местоположението му, телефонния номер и адреса.

„Спешна помощ. Каква е вашата спешна ситуация?"

„Помощ! Имаме нужда от помощ! Моля. Родителите ми!"

„Първо ми кажете на колко години сте? Как се казваш?"

„На дванадесет години съм. Наричат ме E-Z."

„Моля, потвърдете адреса и телефонния си номер."

Той го направи.

„Здравей, E-Z. Разкажи ми за родителите си. Можеш ли да ги видиш? В съзнание ли са?"

„Аз, не ги виждам. Едно дърво падна върху колата, върху тях и върху краката ми. Помощ. Моля."

„Сега получаваме местоположението ви."

E-Z затвори очи.

„E-Z?" По-силно: „E-Z!"

Момчето се опомни. „Аз, съжалявам, аз."

„Изпращаме хеликоптер. Опитай се да останеш буден. Помощта е на път."

„Благодаря ви." Очите му се присвиха, той ги принуди да ги отворят. „Трябва да остана буден. Тя каза да остана буден." Единственото, което искаше, беше да спи, да спи, за да сложи край на цялата болка.

Над него две светлини, една зелена и една жълта, затрептяха пред очите му. За миг му се стори, че вижда как двата обекта се носят и размахват малки крила.

„Той е в лошо състояние - каза зеленият и се приближи, за да го разгледа отблизо.

„Да му помогнем", каза жълтият, като се издигна по-високо.

Е-3 вдигна ръка, за да размаха трептящите светлини. Високочестотен звук нарани ушите му.

„Съгласен ли си да ни помогнеш?" - запяха светлините.

„Съгласен съм. Помогни ми."

После всичко почерня.

ЕФЕКТ

Сам, чичото на Е-3, беше в болницата, когато се събуди. Момчето не зададе въпроса - къде са родителите му - защото не искаше да чуе отговора. Ако не знаеше, можеше да се престори, че са добре. Че всеки момент ще влязат в стаята му и ще го прегърнат. Но в задната част на съзнанието си той знаеше, всъщност вярваше, че са мъртви. Представяше си го в съзнанието си, как ще отхвърли завивките и ще изтича при тях, а те ще се съберат в групова прегръдка и ще плачат колко са щастливи. Но почакайте малко, защо не можеше да размърда пръстите си? Опита отново, като се съсредоточи много, но нищо не се случи.

Сам, който го наблюдаваше, каза: „Няма неусложнен начин да ти го кажа." През цялото време той се бореше да не изхлипа.

„Краката ми - каза Е-3, - аз, аз не ги усещам".

Чичо Сам стисна ръката на племенника си. „Краката ти..."

„О, не. Не ми казвай. Просто не казвай."

Той изтръгна ръката си от чичо си. Закри лицето си, създавайки бариера между себе си и света, докато сълзите се търкаляха по бузите му.

Чичо Сам се поколеба. Племенникът му вече беше в сълзи, вече скърбеше и въпреки това трябваше да му каже за родителите си. Нямаше лесен начин да го каже, затова изригна: „Родителите ти. Брат ми и майка ти... те не успяха да се справят."

Да знаеш и да чуеш думите бяха две различни неща. Едното го правеше факт. Е-З отметна глава назад и изрева като ранено животно, трепереше и искаше да избяга, където и да било. Само надалеч.

„Е-З, аз съм тук за теб."

„Не! Това не е вярно. Лъжеш. Защо ме лъжеш?" Той се мяташе насам-натам, свиваше юмруци и ги удряше в матрака, докато буйстваше и буйстваше без признаци да спре.

Сам натисна бутона до леглото. Опита се да го успокои, но Е-З излезе от контрол, мяташе се и ругаеше. Пристигнаха две медицински сестри; едната вкара иглата, а другата със Сам се опитваха да го държат неподвижен и той тихо шепнеше, че всичко ще бъде наред.

Сам гледаше как племенникът му в страната на сънищата или където и да се намираше сега - събра усмивка. Той ценеше тази усмивка, мислейки си, че ще мине известно време, преди отново да види такава на лицето на племенника си. Предстоеше му дълъг и труден път. Племенникът му щеше да се изправи лице в лице с деня, в който животът му щеше да се разпадне. След като направи това, той щеше да се бори и заедно щяха да му изградят съвсем нов живот. Нов - различен - не същият. Нищо вече нямаше да бъде същото.

И всичко това, защото са били на грешното място в грешното време. Жертви на природата: дърво. Дърво, превърнало се в оръжие на природата поради човешка небрежност. Дървената конструкция беше мъртва, а корените ѝ над земята се бореха за внимание от години. И когато му казаха, че е било маркирано с Х, за да бъде отсечено през пролетта - искаше му се да изкрещи.

Вместо това се обади на най-добрия адвокат, когото познаваше. Искаше някой да плати - да поеме сметката за два живота, прекъснати твърде рано, и за разбитите крака и живот на племенника му.

Но какъв беше смисълът? Нищо не можеше да промени миналото - но в бъдеще той щеше да помогне на племенника си да намери своя път. В този момент Сам състави план.

Сам приличаше на пораснала версия на Хари Потър (без белега.) Като единствен жив роднина на Е-З, той щеше да поеме грижите за племенника си. Роля, която беше пренебрегнал в миналото. Щеше да се опита да бъде като по-големия си брат Мартин - не да го замести.

Той се отърси от извиненията, които бълбукаха отвътре. Опитваше се да го накара да използва работата, за да се освободи от отговорност. Той щеше да си тръгне, да заличи всички задължения. Тогава щеше да спре да се самообвинява. Да се мрази за цялото изгубено време.

Докато племенникът му спеше, той се обади на изпълнителния директор на софтуерната си компания. Като завършен старши програмист, който е на върха в своята област, той се надяваше, че ще стигнат до компромис. Каза им какво иска да направи.

„Разбира се, Сам. Можеш да работиш от разстояние. Нищо няма да се промени. Ще правиш това, което трябва да правиш. Ние сме с теб. Семейството е на първо място - винаги."

Когато прекъсна връзката, той се върна до леглото на племенника си. Засега щеше да се премести в семейната къща, за да може Е-3 да остане близо до приятелите и училището си. Заедно щяха да сглобят парчетата отново и да изградят живота му наново. Ако той не се побърка напълно. Като ерген нямаше почти никакъв опит с деца - камо ли с тийнейджъри.

След като напускат болницата - принудени от съдбата - те нямат друг избор, освен да създадат връзка, която надхвърля границите на кръвта.

Е-3 се съпротивлява, отричайки, че може да направи всичко сам. В крайна сметка той нямаше друг избор, освен да приеме предложената помощ.

Сам се намеси - беше до него - сякаш знаеше от какво се нуждае племенникът му, преди да го е попитал.

И той беше до Е-3 във втория най-лош ден от живота му - когато му казаха, че никога повече няма да ходи.

„Влезте - каза д-р Хамърсмит, един от най-добрите хирурзи ортопеди-невролози.

В инвалидната си количка Е-Z влезе, последван от Сам.

Хамерсмит беше известен с това, че поправя непоправимото, и той щеше да го поправи. При предишни консултации беше обещал на младежа, че отново ще играе бейзбол.

„Съжалявам - каза Хамерсмит. След няколко секунди неудобно мълчание той го запълни, като разбърка някакви документи.

„За какво точно съжалявате?" Е-Зи попита, като с всички сили се опитваше да се придвижи напред на мястото си. Неспособен да изпълни задачата, той остана на мястото си.

„Това, което поиска" - каза Сам, като се придвижи без усилие напред на мястото си.

Хамърсмит прочисти гърлото си. „Надявахме се, че тъй като всичко функционира нормално, парализата може да е временна. Затова те изпратих за още изследвания и предложих известна физиотерапия. Вече няма никакво съмнение, съжалявам, че трябва да ти кажа Е-З, но ти никога повече няма да ходиш".

„Как можеш да му направиш това?" Сам попита.

Окончателността на думите му потъна в него. „Изведи ме оттук, чичо Сам!"

„Чакай - каза Хамърсмит, без да може да ги погледне в очите. „Помолих за помощ колегите си от цял свят. Заключението им беше едно и също."

„Много благодаря."

„Е-З, време е да продължиш напред. Не искам да ти давам още фалшиви надежди. "

Сам се изправи, като постави ръцете си върху дръжките на инвалидната количка.

„Ще потърсим второ мнение, трето и четвърто!" "Не, не.

„Можеш да го направиш - каза Хамърсмит, - но ние вече го направихме. Ако имаше нещо ново, там - нещо, до което можехме да се докоснем - тогава щяхме да го направим. Нещата могат да се променят през живота ти Е-3. В областта на изследванията на стволовите клетки се наблюдава напредък. Междувременно не искам да живееш живота си заради „ако" и „може би".

След това се насочи към Сам,

„Не позволявай на племенника си да пропилее живота си. Помогни му да се възстанови и да се върне в страната на живите. А и не искам да повдигам въпроса, но скоро ще ни трябва инвалидната количка - изглежда, че имаме малък недостиг. Ако нямате нищо против, направете други приготовления".

„Добре", каза Сам и те напуснаха офиса на Хамърсмит, без да говорят. Той сложи инвалидната количка в багажника, закопча коланите им и запали колата.

„Всичко ще бъде наред."

Е-3, на когото по бузите се търкаляха сълзи, ги избърса. „Съжалявам."

„Никога не е нужно да ми се извиняваш, хлапе, за това, че показваш чувствата си".

Сам удари с юмруци по волана, след което излезе от мястото за паркиране, скърцайки с гуми.

Няколко мига караха, без да говорят, после той посегна и включи радиото. Това разкъса тишината между двамата и даде възможност на Е-Зи да се изкрещи, без да се чувства осъзнат.

Когато завиха по алеята към дома, те вече бяха спокойни и гладни. Планът беше да изгледат няколко програми и да си поръчат пица.

Няколко дни по-късно пристигна чисто нова инвалидна количка.

* * *

Двесветлини: една жълта и една зелена, светнаха
в близост до новата инвалидна количка на Е-3.

„Тази няма да свърши работа, бип-бип.“

„Съгласен съм, че изобщо няма да стане.
Трябва му нещо по-леко, по-здраво, огнеупорно,
куршумоустойчиво и абсорбиращо, зум-зум“.

Ти-знаеш-кой каза, че не трябва да губим време -
така че, нека го направим, преди човекът да се събуди,
бип-бип.“

Светлините затанцуваха около инвалидната
количка. Едната заместваше метала, а другата - гумите.
Когато завършиха процеса, столът изглеждаше същият
като преди, но не беше.

Е-3 прошепна в съня си.

„Да се измъкнем оттук! Бип-бип!“

„Точно зад теб! Zoom zoom zoom!“

И така, те го направиха, докато младежът
продължаваше да спи.

Година по-късно на Е-3 се струваше, че чичо Сам винаги е бил там. Не че е заменил родителите му. Не, никога не би могъл да го направи, всъщност не би и опитал - но те се разбираха. Бяха приятели. Бяха нещо повече от това, бяха семейство. Единственото семейство, което бе останало на тринайсетгодишното момче на света.

„Искам да ти благодаря - каза той, като се опитваше да не се просълзи.

„Не е нужно да ми благодариш, момче."

„Но трябва, чичо Сам, без теб щях да хвърля кърпата".

„Ти си направен от по-силен материал от това."

„Не съм. Откакто стана инцидентът, се страхувам, искам да кажа наистина се страхувам. Сънувам кошмари."

„Всички се страхуваме; помага, ако говориш за това. Имам предвид, ако искаш да говориш с мен за това."

„Понякога се случва през нощта - когато спиш. Не искам да те будя."

„Аз съм в съседната стая и стените не са толкова дебели. Просто извикай за мен и аз ще бъда там. Нямам нищо против."

„Благодаря, надявам се, че няма да ми се наложи, но е добре да знам."

Върнаха се към гледането на телевизия и повече не обсъдиха този въпрос.

До една нощ, когато E-Z се събуди с писък и Сам, както беше обещал, беше там.

Той включил светлината. „Аз съм тук. Добре ли си?"

E-Z се държеше за ръба на леглото като човек, който е на път да се спусне от скала. Той му помогна да се върне на матрака.

„Вече е по-добре?"

„Да, благодаря."

„Искаш ли да поговорим за това? Мога да направя малко какао."

„Със зефир?"

„От само себе си се разбира. Веднага ще се върна."

„Добре." E-Z затвори очи за секунда и високите звуци се възобновиха. Той запуши ушите си и наблюдаваше жълтите и зелените светлини, които танцуваха пред очите му. Той махна ръцете си, чувайки босите крака на чичо си, които пляскаха по коридора.

„Ето ти го - каза Сам, като постави чаша горещо какао в ръката на племенника си. Той се паркира в инвалидната количка, където отпи и въздъхна.

С лявата си ръка Е-3 замахна към въздуха, като едва не разля напитката си.

„Какво правиш?"

„Не го ли чуваш? Онзи звук, който разкъсва ушите?"

Сам се вслуша внимателно, нищо. Той поклати глава. „Ако чуваш нещо странно, защо се опитваш да го отблъснеш?"

Е-3 се съсредоточи върху горещата си напитка, след което преглътна минимаршмелоу. „Предполагам, че тогава не можеш да видиш светлините?" „Не, не.

„Светлините? Какви светлини?"

„Две светлини: една зелена и една жълта. С големината на края на пръста ти. Тук се включват и изключват - от катастрофата насам. Пронизват ушите ми и мигат пред очите ми. Дразнят ме."

Сам отиде до таблата на леглото и погледна от гледната точка на племенника си. Не очакваше да види нищо - и разбира се, не го направи - усилието беше за успокоение. „Не, но ми разкажи повече, за да мога да разбера по-добре как е започнало".

„При катастрофата видях две светлини, жълта и зелена, и, не се смейте, но мисля, че те ми говореха. Ето защо сънувах кошмари."

„Какви светлини? Искаш да кажеш, като коледни лампички?"

„Е, не, не като коледни лампички. Нищо такова. Вече ги няма. Вероятно посттравматично стресово разстройство или спомен от миналото".

„Посттравматично стресово разстройство или ретроспекция са две много различни неща. Чудя се дали не трябва да поговорите с някого. Имам предвид с някой друг, освен с мен.“

„Имаш предвид като приятелите ми?“

„Не, имам предвид професионалист.“

ПОП.

ПОП.

Отново се върнаха. Примигваха пред носа му и го караха да кръстосва очи. Той се сдържа. Опита се да не ги отблъсне. Докато Сам вземаше чашата си с едната ръка, а с другата опипваше челото си, той удари въздуха. „Махай се от мен!“

Сам гледаше как племенникът му замръзва, като ледена скулптура на Зимния фестивал. Сам щракна с пръсти пред очите му, но нямаше никаква реакция. E-Z въздъхна и се облегна назад, пое си дълбоко дъх и след секунди вече хъркаше като войник. Сам придърпа завивките. Той целуна племенника си по челото, след което се върна в стаята си. В крайна сметка той се отпусна да спи.

На следващия ден Сам предложи на E-Z да запише чувствата си, може би в дневник. Междувременно щеше да се поинтересува дали да си запише среща със специалист.

„Искаш да кажеш психиатър?“

„Или психолог. А междувременно си го записвай. Когато ги виждаш, как изглеждат - записвай наблюденията".

„Дневник, имам предвид на кого приличам, на Опра Уинфри?" "На кого?

„Не", каза Сам. „Момче, сънуваш кошмари, чуваш високи звуци и виждаш светлини. Те може да са признак на, както ти каза, посттравматично стресово разстройство или нещо медицинско. Трябва да разследвам и да говоря с лекаря ти, да получа неговия съвет. Междувременно записването на мислите ви, воденето на дневник може да ви помогне. Много мъже са писали дневници или са си водили дневник".

„Посочете някой, чието име бих разпознал?"

„Да видим: Леонардо да Винчи, Марко Поло, Чарлз Дарвин."

„Имам предвид някой от този век."

„Вече споменахте Опра."

Психичното здраве на**E-Z** се подобри след няколко сесии с терапевт/консултант. Тя беше мила и не съдеше тийнейджъра, както той се страхуваше, че ще стане. Вместо това тя предложила предложения и конкретни стратегии, за да го успокои и да му помогне. Тя, както и чичо му Сам, също му предложила да запише всичко - в дневник или списание.

Вместо това той написал кратък разказ за училищна задача, вдъхновен от любимата птица на майка му - гълъб. След като получава оценка A+ за работата си, учителката му включва разказа му в конкурс за писане в цялата провинция. Първоначално той се разстроил, че тя е включила разказа му, без да го попита. Но когато спечелил, бил невероятно щастлив. Оттогава учителката му включи разказа му в конкурс в цялата страна.

Докато племенникът му навлизаше в изкуството на писането, Сам се захващаше с ново хоби: генеалогия. Една вечер, когато вечеряли, той изригнал:

„Сега, след като си написал разказ и си постигнал известен успех, може би трябва да се опиташ да напишеш роман".

„Аз? Роман? В никакъв случай."

„Имаш писателска кръв" - разкри чичо Сам. „Проследявайки историята ни, открих, че двамата с теб сме роднини на единствения и неповторим Чарлз Дикенс."

„Тогава може би ТИ трябва да напишеш роман." Той се засмя.

„Не съм аз този, който има награден разказ."

Зелените и жълтите светлини затрептяха над чинията му. Поне не можеше да чуе онзи висок шум, с който чичо Сам дрънкаше.

„.... В края на краищата ние с теб сме братовчеди през времето с Чарлз Дикенс. Погледни всичко, което си преодолял. Ти си удивително дете - какво имаш да губиш?"

Името му е Езекиел Дикенс и това е неговата история.

ГЛАВА 1

Презпървите тринадесет години от живота си той е известен под няколко имена. Езекил - роденото му име. Е-3, неговият прякор. Кетчър в бейзболния му отбор. Писател на кратки разкази. Син на родителите си. Племенник на чичо си. Най-добър приятел. Сега те имаха ново име за него.

Не че той имаше нещо против думата „в". Всъщност някои от алтернативите предпочиташе по-малко. Като например коментарите, които някои хора казваха, защото смятаха, че са политически коректни. „О, това е детето, което е приковано към инвалидна количка." Те казваха това, докато сочеха към него - сякаш мислеха, че и той е с увреден слух. Или пък казваха: „Съжалявам, че сега чух, че си в инвалидна количка". Това го караше да се стряска. Но онова, което го изпрати на ръба, беше „О, ти си момчето, което сега използва инвалидна количка". Да видят някой, особено по-млад човек в инвалидна количка, карало някои хора да се чувстват неудобно. Ако се чувстваха така, защо *трябваше да* казват нещо?

Това породи спомен от много отдавна. Спомен за родителите му, които гледаха филма „Бамби" по телевизията в един дъждовен съботен следобед. Мама правеше прочутите си пуканки. Имаха сода, M&Ms, маршмелоу и любимите на татко Twizzlers. Заекът Тъмпър каза: „Ако не можеш да кажеш нещо хубаво, не казвай нищо". Когато майката на Бамби почина, той за първи път видя майка си и баща си да плачат заради филм. Тъй като беше толкова шокиран от поведението им, самият той не пророни нито една сълза.

Някои от учениците в училище го наричаха „момчето от дървото". Няколко от тях бяха съотборници, които някога са гледали на него, когато е бил крал зад плочата. Той мразеше обръщението „момче от дървото". Не се самосъжаляваше (не и през повечето време) и не искаше и никой да го съжалява.

Когато дойде време да се върне в училище още в първия ден, той го направи с помощта на приятелите си. Пи Джей (съкращение от Пол Джоунс) и Арден го подкрепяха и подтикваха, когато беше необходимо. Скоро те бяха известни като Триото Торнадо. Най-вече защото където и да отидеха, настъпваше хаос. Тогава E-Z се научи да очаква неочакваното.

Така че, когато няколко месеца по-късно приятелите му се появиха една сутрин, за да го вземат за училище, и после казаха, че няма да ходят, той не се изненада много. Когато му казаха, че трябва да му завържат очите - това не беше очаквано.

На задната седалка той попита. „Къде отиваме?" Няма отговор. „Ще ми хареса ли?"

„Да", казаха приятелите му.

„Тогава защо са наметалото и кинжалът?"

„Защото е изненада", каза Пи Джей.

„И ще го оцениш още повече, след като стигнем там."

„Е, аз не мога да избягам." Той се подигра.

Майката на Арден паркира. „Благодаря, мамо", каза той.

„Обади ми се, когато имаш нужда да те взема", каза тя.

Двамата приятели помогнаха на Е-3 да се качи в инвалидната си количка и тръгнаха.

„Само на мен ли ми се струва, или този стол изглежда по-лек всеки път, когато го извадим?" Арден попита.

„Това си ти!" Пи Джей отговори.

Докато си проправяха път по неравния терен, Е-3 усещаше миризмата на прясно окосена трева. Когато приятелите му свалиха превръзката на очите - той беше на бейзболното игрище. В очите му се появиха сълзи, когато видя бившите си съотборници, противниковия отбор и треньора Лъдлоу. Бяха в пълна униформа, подредени покрай прясно нарисуваната с тебешир базова линия.

„Добре дошли обратно!" - приветстваха го.

Е-3 избърса сълзите с ръкава си, докато столът се приближаваше към игралното поле. Откакто инцидентът бе отнел мечтата му да играе професионално бейзбол, той избягваше играта. С буца в гърлото, той беше толкова изпълнен с емоции, че не можеше да си поеме дъх.

„Изгубил е ума и дума - каза Пи Джей и побутна Арден с лакът.

„Това е за първи път.“

„Благодаря, момчета. Не сгрешихте, че това е изненада“.

„Изчакайте тук“, заръчаха приятелите му.

Е-3 остана сам, за да се наслади на гледката към бейзболния диамант. Мястото, което някога е било любимото му място на земята. Той отново се просълзи, докато гледаше как зелената трева блести на слънчевата светлина. Избърса ги, когато приятелите му се върнаха, носейки торба с оборудване.

Арден се наведе: „Изненада, приятелю, днес ще ловиш!“

„Какво имаш предвид? Не мога да играя в това!“ - каза той, удряйки с ръце по подлакътниците на инвалидната количка.

„Ето, гледай това, докато те екипираме“, каза Пи Джей, като подаде телефона си и натисна play.

Е-3 гледаше с изумление как играчи като него си проправят път към бейзболното игрище. Той се вгледа по-внимателно в столовете им, които имаха модифицирани колела. Един играч се изтъркули до пистата, свърза се с топката и заобиколи базите.

„Уау! Това е страхотно!“

„Щом те могат да го направят, значи и ти можеш!"
Арден каза, докато поставяше наколенките на краката
на приятеля си, а Пи Джей закрепваше протектора
на гърдите. На излизане на терена приятелите му
подхвърлиха маската на ловеца и ръкавицата му.

„Батер!" Треньорът Лудлоу извика.

Питчерът хвърли първия бърз топ точно в зоната и
той го хвана.

Второто подаване беше поп-ъп. Е-З отиде при него,
приближи се и се вдигна нагоре. Достигане. Дори
се изненада, когато го хвана. Те не бяха забелязали,
но той се беше вдигнал. Задникът му беше напуснал
седалката на стола и той нямаше представа как го е
направил.

„Уау - каза Пи Джей, - това беше отличен улов."

„Да, сигурно щеше да го пропуснеш, ако не беше
столът."

Е-З се усмихна и продължи да играе. Когато играта
свърши, той се почувства добре. Нормално. Той
благодари на момчетата, че са го върнали към играта.

„Следващият път ще удряш - каза Пи Джей.

Е-З се изсмя, докато майката на Арден ги водеше
през автогарата, а след това обратно към училището.
Ако побързаха, щяха да успеят навреме, преди да
започне следващият им час. Учениците задръстиха
коридорите, докато той се запътваше към шкафчето
си. Съучениците му чуха пляскането на гумите по
балатума - и се разделиха с него.

Е-3 беше първото дете, което изискваше достъп с инвалидна количка в училището си, но той вече беше легенда, преди да загуби възможността да използва краката си. Трябваше много, за да помоли за помощ, но щом го направи, я получи. Той вече имаше тяхното уважение като спортист, беше спечелил множество трофеи сам и като част от отбора. Трябваше отново да спечели уважението им като новото си аз.

След мача те се върнаха в училище и завършиха деня. Тъй като беше само половин ден, Е-3 беше доста уморен, когато майката на Арден и приятелите му го закараха след училище.

След като им благодари, той влезе вътре.

„У дома съм, чичо Сам."

„Виждам, че си прекарал добре деня", каза Сам.

„Да, беше добър ден." Той се протегна и се прозя.

„Хайде. Имам нещо да ти покажа. Изненада."

„Не още една", каза Е-3, докато следваше чичо си по коридора. Мина първо вдясно, покрай стаята на родителите му - предназначена да бъде стая за гости някой ден. Дотогава тя беше точно такава, каквато я бяха оставили - и така щеше да остане, докато Е-3и не реши друго.

От време на време чичо Сам му предлагаше да му помогне да прегледа стаята, но племенникът му винаги казваше едно и също.

„Ще го направя, когато съм готов."

Сам неохотно се съгласи. Беше решил, че племенникът му трябва да продължи напред. Това беше първата стъпка към тази цел. Оттогава насам той бе разговарял със своя съветник, който каза, че Сам трябва да насърчи Е-3 да говори повече за родителите си. Тя каза, че превръщането им в част от ежедневието му ще му помогне да се излекува по-бързо. Продължиха по коридора, минаха покрай банята и спряха до кутията или склада.

„Та-да!" Чичо Сам каза, докато го буташе вътре.

Е-Зи остана безмълвен, докато разглеждаше току-що преобразения кабинет. В центъра, разположено пред прозореца, който гледаше към градината, имаше бюро. Върху него беше поставен чисто нов компютър за игри и озвучителна система. Той плъзна стола си под бюрото - идеално пасваше - и прокара пръсти по клавиатурата. Наблизо имаше принтер, подреден с хартия, и кошче за боклук - всичко беше планирано на една ръка разстояние.

Вляво от него имаше рафт за книги. Той се извърна по-близо. Първият рафт съдържаше книги за писане и класика. Той разпозна няколко от любимите на родителите си. Вторият съдържаше трофеи, включително наградата за писането му. Третият и четвъртият съдържаха всичките му любими книги от детството. Долните два рафта бяха празни. Очите му пробягаха към горната част на рафта, наложи се да подпре стола си, за да види какво има там.

Сам влезе в стаята до него. Той сложи ръка на рамото на племенника си.

„Онези, не бях сигурен дали не е твърде рано. I...“

Пиесата на съпротивата: семейна снимка. Една сълза се търкулна по бузата му, докато си спомняше деня на фотосесията. Беше в малко фотографско студио в центъра на града. Всички бяха облечени. Бащата в синия си костюм. Мама в новата си синя рокля с червен шал, вързан около врата. Той в сивия си костюм - същия, който носеше на погребението им.

Той се пребори с хлипането, спомняйки си за обстановката във фотографското студио. Студиото съдържаше всичко коледно - въпреки че беше само юли. Той се усмихна, като си помисли за кичозната коледна украса и фалшивата камина. Седмици по-късно картичката дойде с пощата, но за родителите му тази Коледа така и не дойде. Той обърна стола си към изхода и се отправи по коридора, а чичо му го следваше.

„Знам, че ще отнеме време. Съжалявам, ако съм отишъл твърде далеч твърде рано, но мина повече от година и ние, аз и твоят съветник, решихме, че е време.“

Е-3 продължаваше да върви. Искаше му се да се отдалечи. Да избяга в стаята си и да изключи света, тогава нещо му хрумна. Нещо изключително важно. Чичо му не можеше да знае историята на снимката. Ако знаеше, нямаше да я сложи там. След всичко, което беше направил за него, той му дължеше обяснение. Той спря.

„Никога не я използвахме, беше предназначена за коледната ни картичка, но те така и не стигнаха до Коледа".

„Много съжалявам. Не знаех."

„Знам, че не си знаела, но това не прави болката по-малка."

Изтощен физически и психически, той се приближи до стаята си. Вътрешният му диалог продължи с положително подсилване. Напомняше му, че на сутринта всичко ще изглежда по-добре. Защото почти винаги беше така.

„Това трябваше да бъде място, където да пишеш. Не забравяй, че сега си награждаван автор и имаш писателска кръв".

Беше почти стигнал до стаята си - защо чичо му не го беше оставил да си тръгне? Настроението му се разпали.

„Написах един разказ, но това не означава, че мога да пиша повече или че искам да го направя. Казваш, че във вените ми тече кръвта на Чарлз Дикенс, но това, което искам, е да бъда кетчър на „Лос Анджелис Доджърс". Това, че ме наричат „момчето от дървото" - не означава, че трябва да се задоволявам с това. Защо трябва да се задоволявам?"

„Иска ми се да не им позволяваш да ти се месят в главата."

„Аз съм момче от дървото! Ако не беше това проклето дърво!" - възкликна той, като направи рязък завой и удари лакътя си в стената. Не толкова забавната му, смешна кост го болеше като луда.

„Добре ли си?"

Е-З измърмори в отговор, след което продължи към стаята си. Планираше да затръшне вратата след себе си. Вместо това се вклини наполовина в и наполовина от вратата. Тогава колелата на стола му се застопориха.

„ФРИК!"

Сам освободи стола, без да каже нито дума. Затвори вратата на излизане.

Е-З грабна няколко нечупливи предмета и ги хвърли към стената. За да се успокои, той си представи родителите си, които му казваха колко се гордеят с него. Това му липсваше. Но ако баща му беше тук сега, щеше да му се скара, че е такова хлапе. Майка му също щеше да му се скара, но по по-мил и нежен начин. Той избърса сълзите си. Почувства ужилването на срама и тялото му се свлече от изтощение в инвалидната количка.

Чичо Сам попита през затворената врата: „Добре ли си?".

„Оставете ме на мира!" Е-З отговори. Въпреки че се нуждаеше от помощта му. Без него той не можеше да влезе в пижамата си или да се качи в леглото. Щеше да му се наложи да спи на стола, в дрехите си. Дълбоко в себе си той винаги е знаел истината. Ако той престанеше да се грижи, тогава и всички останали щяха да спрат да се грижат за него. Тогава щеше да остане наистина сам.

Закачи стола си до прозореца и погледна към нощното небе. Музика. Тя беше единственото нещо, което ги свързваше като семейство. Разбира се, имаха своите различия в музикалните жанрове, но когато по радиото се появи хубава песен, те я оставяха настрана.

През моравата премина мършава черна котка. Майка му винаги беше искала да отидат в Ню Йорк и да гледат „Котките" на Бродуей. Искаше му се да отидат заедно. Да си създадат спомен. Сега никога нямаше да го направят. Тази песен, нещо за спомените, го накара да посегне към телефона си. Избра химна на твърдия рок и увеличи звука. Използваше юмруците си, за да удря ритъма по подлакътниците на стола си, докато беснееше и крещеше текста.

Докато не го разтърси толкова силно, че се изтъркoли от стола си и се удари в пода. Отначало, като видя стаята си отдолу нагоре, му се прииска да се разплаче. Вместо това започна да се смее и не можеше да спре.

„Добре ли си там?" Сам го попита.

„Мога да се възползвам от помощта ти." Стомахът го заболя от толкова много смях.

Първоначалната реакция на Сам беше тревога - когато видя племенника си на пода да се държи за стомаха. Когато осъзна, че го държи от смях, той се свлече на пода до него.

По-късно, когато Сам си тръгваше, той каза: „Ще се оправиш, момче".

„Ще се оправим."

Тогава двамата се разбраха да си направят татуировки.

ГЛАВА 2

„Съжалявам,но днес не мога да играя бейзбол с вас."

„Хайде", каза Арден. „Миналия път не бяхте *толкова* зле."

„Изчезвай", отвърна Е-З. Той увеличи скоростта, за да се срещне с чичо си, и се сблъска с Мери Гарнър, главната мажоретка.

„О, съжалявам, Мери."

Виждаше я за първи път след инцидента. Погледна нагоре, докато косата ѝ се спускаше като завеса над очите му: миришеше на канела и мед.

„Идиот", каза тя. „Гледай къде отиваш."

Тя се отдръпна и тръгна нанякъде. Антуражът ѝ я последва.

Той се усмихна, изпъна врат, за да я наблюдава. Приятелите му дойдоха отсреща и направиха същото. Арден изсвири.

Тя погледна през рамо и хвърли птица в тяхна посока.

„Боже, тя е фантастична - каза Пи Джей.

„Готина е" - каза Ардън.

„Много."

Сега, когато излизаха от училището, Пи Джей попита: „И така, кажи ни защо не искаш да играеш днес".

„Да, помогни ни, разбери", каза Арден, като направи физиономия и присви очи. „Ние сме безполезни без теб."

„Слушай, чичо Сам и аз сключихме договор. Да направим нещо заедно - нещо голямо - след училище днес".

Приятелите му кръстосаха ръце, като блокираха пътя на стола му.

„Все още възнамеряваш да ни изключиш - и дори няма да ни кажеш защо?" - каза червенокосият Пи Джей.

„Ти си пълен глупак."

„Никога не бихме ви направили това."

Те се отдалечиха, като ускориха темпото.

Е-3 ускори, но това не беше достатъчно. „Чакай! Ще си правим татуировки!"

Приятелите му спряха на място.

„Ще си направя татуировка в памет на майка ми и баща ми - крила на гълъб, по едно на всяко рамо."

„Идваме с теб!"

„Помислих си, че може да си помислите, че съм сополив."

Те продължиха да вървят, без да говорят известно време.

„Чичо Сам ще ме посрещне на мястото за татуировки.“

ГЛАВА 3

Когато Сам видя племенника си с приятелите му, се изненада.

„Мислех, че този пакт е между нас, т.е. тайна?"

„Момчетата искаха да ме заведат на мач - трябваше да им кажа."

„Добре, достатъчно честно. Но аз нямам навика да замествам родителите им или да давам разрешение от тяхно име". После към Пи Джей и Арден: „Нямам нищо против вие двамата да сте тук, но само родителите ви могат да одобрят татуировките ви".

„Чакай!" Пи Джей каза. „Никога не съм си и помислял, че можем да си направим татуировки."

„Моите със сигурност ще откажат", каза Ардън. Родителите му имаха проблеми, от които той се възползва напълно. През повечето време се държеше така, сякаш постоянните им кавги не го притесняваха. От време на време, когато не можеше да издържа повече, той търсеше убежище в дома на някой приятел.

„И аз." Пи Джей беше най-големият и имаше две сестри на пет и седем години. Родителите му го окуражаваха да дава добър пример и през повечето време той го правеше. Фокусирайки се върху бъдещето си в областта на спорта, той се държеше на правилния път.

Споделяйки светкавичния момент, тийнейджърите си вдигнаха ръка.

„Какво?" Сам попита.

„Ще им кажем защо E-3 прави това и че искаме татуировки, за да го подкрепим", каза Пи Джей.

Арден кимна.

„Чакай малко. Значи вие, двамата кретени, искате да използвате смъртта на родителите ми като извинение да се татуираме?"

Сам отвори уста, но думите му се изплъзнаха.

Пи Джей и Ардън бяха почервеняли и гледаха към асфалта.

E-3 ги остави да се измъкнат. „Нямам нищо против."

Сам затвори уста, докато той и двете момчета образуваха полукръг около инвалидната количка.

„Обещайте ми обаче едно - никакви пеперуди не се допускат".

„Ей, какво имате против пеперудите?" Сам попита.

ГЛАВА 4

Накратко, Пи Джей и Арден убедиха родителите си да им позволят да си направят татуировки.

„След малко ще дойда при вас - каза татуистът и погледна четиримата. Срещу огледалото стоеше набит мъж, който добавяше още една татуировка към многобройната си колекция. Тази нова беше между палеца и показалеца му. „Ти Сам ли си? - попита мъжът, който правеше татуировката.

Стомахът на Сам се почувства малко гадно, тъй като беше чел, че ръката е едно от най-болезнените места за татуиране. „Да, говорих с теб по телефона. Това е моят племенник Е-3 и неговите приятели Пи Джей и Арден.“

„И четиримата искате татуировки, днес? Защото аз очаквах само двама от вас.“

„Съжалявам за това. Ако е необходимо, можем да променим графика или да си направя моята в друг ден“, каза Сам пожелателно.

„За мой късмет дъщеря ми скоро ще дойде да ми помогне. Така че, добре дошли в Tattoos-R-Us. Можеш да чакаш там. Почерпете се с чаша вода. Има и няколко брошури, които може би ще искате да разгледате. Може да ви помогнат да решите къде искате да си направите татуировка. Всяка област на тялото има праг на болка". Буржоазният мъж, който се татуираше, се ухили.

„Благодаря - отвърна Сам, докато се придвижваха към зоната за изчакване. След като седна на един диван, подскачащото му коляно накара Пи Джей и Ардън да изтръпнат. Те прекосиха помещението и погледнаха към таблото с бюлетини. За да успокои нервите си, Сам продължи да бръщолеви. „Проверих ги в интернет, работят от двайсет и пет години, а онзи човек, с когото говорихме, е собственик. Имат отлична репутация в Бюрото за по-добър бизнес. Освен това на уебсайта им има много отзиви с пет звезди".

Всички погледи се обърнаха, когато в помещението влезе забележителна жена, облечена в готическо облекло. Беше на около трийсет и няколко години и ако се съдеше по чертите ѝ, беше дъщеря на собственика. Имаше татуировки на всяка част от откритата плът и спорадични пиърсинги навсякъде другаде.

„Съжалявам, че закъснях - каза тя и докосна баща си по рамото. Погледна към зоната за изчакване и му прошепна нещо. Излъчи зъбчата си усмивка и се обърна към клиентите.

„Здравейте, аз съм Джоузи." Тя протегна ръка и се ръкува с всеки от тях. „Това е Роки там. Той е собственик, а аз съм неговата дъщеря."

„Аз съм Сам, а това е моят племенник Е-3 и двамата му приятели, Пи Джей и Арден." Той по-скоро падна, отколкото отново седна.

Джоузи отиде да му донесе чаша вода.

Е-3 се замисли колко много трябва да е болял пиърсингът на езика ѝ, после каза на чичо си: „Не е нужно".

„Наричаш ме пиле?" - каза той, като цялото му тяло трепереше, докато Джоузи поставяше чашата в ръката му. Когато я вдигна към устните си, той разля малко вода.

„Вие сте девствени татуисти, нали?" Джоузи попита.

Е-Зи си помисли, че тя има сладък глас, като Стиви Никс, любимата вокалистка на баща му от „Флийтууд Мак", която пееше за вещицата Рианън.

Не им се наложи да отговарят, тъй като мълчанието им казваше всичко.

„Е, с Роки сте в отлични ръце. Той е най-добрият татуист в града. Ще боли, момчета. Да, ще боли. Но ще е като онази болка, за която пее Джон Кугър. Нали знаете - боли толкова добре."

Сам се намръщи. „Колко боли всъщност?"

„Зависи от прага ти на болка - и от мястото, където избираш да я получиш. Там има една брошура, в която са обозначени различните области на тялото, като е дадена оценка на болката".

Е-З усещаше как лицето му се нагорещява, а тенът на приятелите му имаше подобен оттенък. Той погледна в посока на Сам, забелязвайки неговия тен, който се бе променил до зеленикав оттенък.

Джоузи продължи. „След първата ти татуировка може да ти хареса и да поискаш още".

Сам се изправи, а тялото му трепереше от страх.

„Може би има нужда от малко свеж въздух" - каза Е-З, насочвайки чичо си към вратата.

След като излязоха навън, Сам тръгна нагоре-надолу по тротоара, а сърцето му биеше така, сякаш щеше да изскочи от гърдите му. „Дано да съм пушил."

„Оценявам, че си дошъл тук с мен, наистина, но честно казано, не е нужно да го правиш. Знам, че сме сключили договор и това е нещо, което искам да направя - в памет на майка ми и баща ми, - но не ми дължиш нищо. Защо да не се разходим, да вземем едно кафе и да ти пишем, когато приключим, добре?"

„Казах, че ще бъда до теб, винаги. Сега съм тук за теб. Мразя иглите. И бормашини. Мислех, че мога да се справя, но сега осъзнавам, че страхът е по-силен от мен. Толкова съм слаба."

„Ти винаги си бил до мен, чичо Сам. Не е нужно да го доказваш на мен, на когото и да било, като си правиш татуировка, която дори не искаш. А сега се махай оттук. Ще ти се обадя, когато приключим." Той се върна с колело нагоре по рампата, а приятелите му се наредиха зад него. Той погледна през рамо към Сам. Беднякът беше скован като статуя.

„Ще се оправя. А сега тръгвай.“

Сам се засмя. „Но преди да си тръгна, по-добре ми дай писмото, което написах снощи, за да мога да добавя имената на Пи Джей и Ардън. Защото без мое разрешение - никой от вас няма да си направи татуировки“.

„Добра мисъл“ - каза Е-Зи, докато подаваше бележката по линията. Сега подписана, тя се върна отново нагоре. Той я прибра в джоба си и двамата влязоха вътре, където ги чакаше Джоузи.

„Добре, ти си следващият. Ако искаш да си пикаеш в гащите, сега ще ти покажа къде е тоалетната“.

„Хапни ме“, каза Е-З, докато придвижваше стола си на място.

Докато Роки довършваше на касата, Джоузи подаде на Е-3 книга с татуировки.

„Вече знам, без да гледам. Искам крило на гълъб, на всяко рамо." Ето ги отново, зелените и жълтите светлини. Той така искаше да ги отблъсне, но не искаше и Джоузи да си помисли, че е луд.

Джоузи прелистваше книгата. „Това ли си имал предвид?"

Той кимна, след което я наблюдаваше в огледалото, докато си миеше ръцете, а после си сложи чифт черни ръкавици. Тя извади чашките с мастило от стерилната опаковка и ги постави на масата.

„Имате ли бележка от родител или настойник? Предполагам, че не сте на осемнадесет години?"

Е-3 се усмихна и ѝ подаде бележката.

„Всичко изглежда наред. Сега към по-важните въпроси. Имате ли космат гръб?" Тя се усмихна. „Ако имаш, първо ще трябва да го почистим и обръснем. Имам предвид целия ти гръб."

„Определено не."

Звукът на приятелите му, които се подсмихваха откъм чакалнята, също го накара да се усмихне. Междувременно Джоузи изчезна в задната стая и там се разнесе музика. За секунда „Another Brick in the Wall", после никаква музика.

„Ей, защо направи това?" - попита той.

„Отвращавам се от всичко на Пинк Флойд". Тя продължи да подрежда нещата.

„Не можеш да кажеш това, освен ако никога не си слушал „Dark Side of the Moon".

„Слушала съм, беше гадост", каза тя, докато дърпаше ризата му през главата. „О!"

ПОП.

ПОП.

И двете светлини изчезнаха.

Роки се приближи и застана до нея. „Какво, по дяволите?"

„Какво, по дяволите, наистина", каза Джоузи.

Това доведе Пи Джей и Арден.

„Не го разбирам, Е-З. Защо ще лъжеш?"

„Разбира се, че не би излъгал - Е-З никога не лъже", каза Арден.

„КАКВО!?" Е-З попита, опитвайки се да маневрира със стола си, за да може да види това, което те виждаха. „Лъжа? За какво? Кажи ми, каквото и да е. Мога да го приема."

Джоузи попита: „Защо излъгахте, че сте девствена татуировка?"

✳ ✳ ✳

Не**съм**!" Е-З заекна, без да знае какво има предвид.

" „Чакай малко", каза Арден. „Хайде, приятелю, ако си излъгал, трябва да имаш основателна причина."

„Джигът е готов!" Пи Джей каза. „Макар че той не би могъл да ги получи без разрешението на възрастен".

Роки грабна едно ръчно огледало и го постави така, че Е-З да може да види какво виждат. Две татуировки, едната на дясното му рамо, а другата на лявото. Крила.

„Какви?"

„Каза ми, че иска крила" - каза Джоузи. „Мислех, че си хубаво дете."

„Аз съм! Честно казано, нямам представа как са се озовали там, а и това не са крилцата, които исках. Исках крила на гълъб. Тези приличат повече на ангелски крила."

„Хайде, приятелю", каза Роки. „Те са направени от професионалист. Преди известно време. И са доста изключителни ангелски крила. Моите комплименти за този, който ги е направил. Кажи им, че ако някога си търсят работа, да се обърнат към мен."

„Кръстю на сърцето ми, не съм си правил татуировки. За пръв път в живота си съм в заведение за татуировки. Питай чичо ми. Той ще ме подкрепи. Той знае."

„Нищо от това няма смисъл", каза Арден.

Роки поклати глава. „Поне си признай, момче."

„Вие двамата искате ли татуировки?" Джоузи попита с ръце на хълбоците.

„Не" - отговориха те.

„Мъжете са такива лъжци" - каза Джоузи, докато затваряха вратата зад тях.

„Няма значение, любовчице, все пак е време да вечеряме." След това сложи надпис ЗАТВОРЕНО на вратата.

✳ ✳ ✳

Самсе върна и видя трите момчета да чакат пред студиото. Езикът на тялото им беше странен. Червенокосият Пи Джей беше скръстил ръце, а маслиненокожият Арден беше сложил ръце на хълбоците си. Междувременно племенникът му беше близо до сълзите.

„Слава богу, чичо Сам, слава богу, че се върна".

Той се втурна по-близо. „О, не, беше ли ужасно болезнено? Ще се облекчи след няколко дни. Ще се оправи. А сега ме оставете да погледна." Той изсвири, когато племенникът му се наведе напред, за да може да повдигне ризата му. „По дяволите, сигурно е боляло."

„Сигурно е така", каза Пи Джей.

„Когато ги получи за *първи път*."

„За първи път? Какво?"

„Той вече ги имаше, когато тя свали ризата му."

„Това, което не можем да разберем, е как?"

„Какво имаш предвид? Мога да ви уверя, че не ги е имал вчера".

„Виждаш ли, казах ти, че чичо Сам ще ме подкрепи." Ако не му вярваха, щяха да повярват на чичо му, но защо да си мислят, че той ще излъже за това? Знаеха, че той не е лъжец.

„Според Роки, той има тези неща от известно време."

„Виждаш ли как са заздравели?" Пи Джей каза. „Роки и Джоузи бяха раздразнени и имаха пълното право да бъдат, тъй като Е-З изглеждаше също толкова изненадан, колкото и ние да ги видим".

„А вие двамата - попита Сам, - как минаха татуировките ви?"

„Решихме да не продължаваме", каза Пи Джей.

„Не се чувствах добре."

Сам каза: „Разкажете ни какво се случи. Обясни си, човече, защото не мога да си обясня нито главата, нито приказките".

„Не мога. Чичо Сам, ти знаеш, че вчера не са били там. Нямам никакво обяснение. Всичко, което искам, е да се прибера у дома." Той започна да се движи, потропвайки с колелата на стола си, по-бързо, по-бързо, още по-бързо. Искаше да се махне, където и да е. Ако не му вярваха, тогава по дяволите с тях.

Когато наближи края на улицата, светлините се смениха от зелени на червени. Едно малко момиченце, което се движеше самостоятелно, вече беше напреднало, за да пресече. Тя слезе от бордюра, когато един фургон заобиколи ъгъла. Инвалидната му количка се вдигна от земята и се стрелна към нея.

Той протегна ръка и я сграбчи. Тъкмо навреме, за да я спаси от попадане под колелата на превозното средство.

Вече извън опасност, инвалидната количка се върна на земята и той я отнесе на безопасно място. Пред него стоеше по-голям от нормалното бял лебед. Той му вдигна палец с крилото си, след което отлетя.

„Лебед", каза момиченцето, докато се оглеждаше за родителите си.

E-3 използва възможността да се слее с тълпата и да изчезне зад ъгъла, след което заудря спиците на колелата си по-силно от всякога и скоро се отдалечи на няколко пресечки.

„Видяхте ли това?" Арден възкликна, като спря на ъгъла. „Ауч" - каза той, когато жената зад него се блъсна в него. „Ауч" - чу той зад себе си, други пешеходци зад него се сблъскаха.

Пи Джей се държеше на място, докато човекът зад него се блъскаше в него. На Арден той каза: „Да, видях го... но не съм сигурен какво видях. Татуираните крила бяха едно, а това беше... какво? Чудо?"

„Беше оптическа илюзия - каза Сам, докато телефонът му вибрираше. Беше съобщение от E-3, в което го молеше да го вземе възможно най-скоро близо до паркинга на железарията. „E-3 има нужда от мен, ще успеете ли двамата да се върнете отново у дома?"

„Разбира се, няма проблем, Сам."

„Надявам се, че той е добре."

Сам се върна към колата, като се опитваше да запази хладнокръвие, докато се опитваше да си даде логика за това, което току-що се беше случило.

Нито едно от момчетата не искаше да говори за това, което бяха видели - инвалидната количка на Е-3 в полет.

„Видяхте ли това?" - шепнеха други зад тях, докато се събираше тълпа.

„Искаше ми се да си бях приготвила телефона" - каза една жена.

Втора жена с микрофон и фотоапарат си проби път напред. Когато светофарът се смени, тя пресече пътя, следвана от двойка, обляна в сълзи - родителите на малките момиченца. Зад тях беше шофьорът на фургона.

„Слава богу, вие бяхте там" - извика той. „Аз не я видях. Ти си герой, момче. Благодаря ти."

„Мамо!" - извика детето, докато майка му го дърпаше в прегръдките си. Тя и съпругът ѝ я прегърнаха близо до себе си, докато репортерът се движеше, а операторът на камерата записваше момента.

Наблизо ридаеше мъжът, който едва не я беше блъснал. Репортерът и фотографът разговаряха с него. „Той спаси нея и мен. Момчето, момчето в инвалидната количка."

Опитали се да го намерят, но го нямало. Беше се скрил като престъпник. Чакаше чичо Сам да дойде и да го спаси. Опитваше се да осмисли случилото се. Опитваше се да не се изплаши.

Обратно на мястото на инцидента, две светлини, една зелена и една жълта, изтриха съзнанието на всички в околността. След това унищожиха всички записани кадри.

„Какво правим тук?" - попита репортерът.

„Нямам представа - отвърна операторът.

На път за вкъщи Е-З един вид, се почувства като герой. Но той знаеше, че истинският герой е столът; неговата инвалидна количка, която беше излетяла.

Е-З Дикенс беше ангел с татуировки.

✳︎ ✳︎ ✳︎

Аз летях с чичо Сам. Наистина летях.“

❞   Сам влезе в алеята и паркира.

„Ти го видя, нали? Видяхте ме да спасявам онова малко момиче. Не можех да стигна навреме и количката ми го знаеше, вдигна се от земята и се задвижи към нея“.

„Да, видях го. Беше изключително. Имам предвид начина, по който спаси това малко момиче от нараняване. Но твоят стол не се вдигна от земята. Това беше инерция, която те движеше напред. С прилива на адреналин и с това колко бързо трябваше да се движиш, за да стигнеш дотам, ти се струваше, че летиш - но не беше така“.

„Аз летях. Столът се отлепи от земята.“

„Е-З, хайде. Ти знаеш и аз знам, че не е имало летене. Трябва да го знаеш. Искам да кажа, какво си мислиш, че си? За шибан ангел?“

Сам излезе от колата, извади инвалидната количка от багажника и се приближи, за да помогне на племенника си да се качи в нея. Докато го правеше, дясното рамо на E-3 се одраска в ръба на вратата и той извика от болка.

„Вода!" - изкрещя той. „Чувствам се така, сякаш ще се запаля."

Сам изтича до кухнята и се върна с бутилка вода.

E-3 я изсипа на рамото си. Малко му олекна, след което другото му рамо се почувства така, сякаш гори. Той изля останалата част от бутилката върху него. Сам го избута в къщата, докато E-3 се опитваше да разкъса ризата му. Сам му помогна да я издърпа през главата си.

„О, не!" Сам изкрещя, като покри носа си. Лопатките на племенника му сега изглеждаха и миришеха на овъглено месо от барбекю. Той побърза да отиде в кухнята за още вода.

По пътя E-3 изкрещя и продължи да крещи, докато не загуби съзнание.

ГЛАВА 5

Бешетъмно и той беше съвсем сам, само сянката на луната се разстилаше над него в небето.

Ръцете му бяха кръстосани на гърдите, както беше виждал мъртъвци, разположени на погребение с отворен ковчег. Той ги разклати. Вече отпуснат, той ги сложи върху подлакътниците на инвалидната си количка, само за да открие, че не е в нея. Изплашен, че ще се преобърне, той отново скръсти ръце на гърдите си. Но чакай, не се преобърна, когато ги разкръстоса преди това - направи го отново и остана изправен.

Е-3 държеше едната си ръка здраво притисната към гърдите, а другата, дясната, протегна колкото можеше да стигне. Върховете на пръстите му се свързаха с нещо хладно и метално. С лявата си ръка той направи същото, като отново намери метал. Навеждайки се напред, той докосна стената пред себе си и направи същото зад себе си. Докато се движеше, седалката под него се изместваше, с поддаване и отдръпване като система за окачване. Именно тази система го държеше изправен, или не?

PFFT.

Звук на мъгла, която се издигаше във въздуха. Топла, тя засили обонянието му, като го обля с букет от лавандула и цитруси.

Той изпадна в дълбок сън, в който сънуваше сънища, които не бяха сънища, защото бяха спомени. Случилото се - то се повтаряше отново и отново - зацикляше. Той отметна глава назад и изрева.

„Моля, един момент" - каза женски глас.

Беше роботизиран глас, какъвто се чува на запис, когато наблизо няма човек.

Прекалено се страхуваше да не заспи отново, но попита: - Кой е там? Моля. Къде съм аз?"

„Ти си тук", каза гласът, след което се захили. Смехът се отрази от подобния на силоз контейнер и се разнесе из ушите му.

Когато спря, той реши да се измъкне. Използвайки всички сили, той разпери ръце и натисна. Чувстваше се добре. Да правиш нещо, всичко - отначало, - докато клаустрофобията не взе връх.

PFFT.

Спреят, този път по-близък, влезе право в очите му. Лимонената киселина го ужили, а сълзите се появиха, сякаш беше рязал лук, и той се изправи.

Чакай малко...

Падна отново на земята. Изви пръсти на краката си. Направи го отново. Изпъна десния си крак. След това левия си крак. Работиха. Краката му работеха. Той се повдигна...

Един глас, този път мъжки, каза: „Моля, останете седнали".

Той се притисна в дясното бедро, после в лявото. Кой знаеше, че едно-две щипвания могат да бъдат толкова приятни? Никой не можеше да го спре. Докато можеше да използва краката си, той щеше да се изправи отново.

Над него се чу шум, като от движещ се асансьор. Звукът ставаше все по-силен. Той погледна нагоре. Таванът на силоза се срутваше. Ставаше все по-голям и по-голям. Накрая спря напълно.

„Седнете - изиска мъжкият глас.

Е-3 се надигна, но таванът се спускаше надолу - докато той вече не можеше да стои. Той седна търпеливо, чакайки нещото да се прибере като асансьор, който се издига към върха - но то не помръдна.

PFFT.

„Пуснете ме!"

„Добавете лауданум - каза женският глас.

Стените направиха пауза, после изпръскаха изключително дълга доза.

PPPFFFTTT.

Това беше последният звук, който чу.

✱✱✱

Върна се в леглото си и се зачуди дали не си е загубил ума и дали не си е въобразил, че целият инцидент с бункера е Е-3. Чувстваше се истински, миришеше истински. А двата гласа - защо не се показаха? Той се почеса по главата и видя две светлини пред очите си. Както и преди, едната беше зелена, а другата - жълта.

„Ало?" - прошепна той, когато го нападна високочестотно хленчене, подобно на бич от комари. Той изстреля дясната си ръка назад, нанасяйки мощен удар. Но преди да се свърже, той замръзна с ръка във въздуха. Очите му се присвиха като на хипнотизирано пиле.

ПОП.

ПОП.

Светлините се превърнаха в две същества. Всяко от тях бутна рамо и Е-3 падна на възглавницата, където затвори очи и заспа.

„Трябва да го направим сега, бип-бип" - каза бившата жълта светлина.

„Нека първо се уверим, че спи, зуум-зуум", каза бившата зелена светлина.

„Добре, да се заемем с работата, бип-бип."

„Имаме ли неговото съгласие, zoom-zoom?"

„Каза, че ще го направи, но не си спомня. Притеснявам се, че това не е обвързващо споразумение. Може да е само частично, а *ти-знаеш-кой* мрази частичните. Да не говорим, че човешките частици ще бъдат уловени между бип-бип и бип-бип".

„Да, твърде много го харесвам, за да го оставя да се превърне в междинно зум-зум".

„Харесването няма нищо общо с това. Не забравяй какво се случи с лебеда. Да не говорим - защо хората казват какво да не говорим, преди да споменат това, което не искат да кажат?" Без да чака отговор. „Бихме се озовали в затруднено положение, а *ти-знаеш-кой* би се разкрещял много пип-пип".

„Но човекът вече си има татуирани крила. Изпитанията не започват, докато субектът не се съгласи". Тя щракна с пръсти и се появи книга. Тя размаха крилата си, създавайки вятър, който завъртя страниците. „Виж тук, пише, че крилата се поставят само СЛЕД като субектът е одобрен. Така че, когато той каза „да", това трябва да е подпечатало сделката. Тя вдигна ръце и книгата полетя нагоре, сякаш щеше да се удари в тавана, но вместо това изчезна през него.

Те полетяха, едната се приземи на рамото на Е-Зи, а другата - на главата му.

„Не съм го направил аз" - каза той, без да отваря очи.

„Спете още, зум-зум", каза тя, докосвайки очите му.

„Шшшшш, бип-бип."

„Мамо, върни се. Моля те, върни се!"

„Той е много неспокоен, zoom-zoom."

„Той сънува, бип-бип."

Е-З отвори уста и захърка като слонче. Вятърът ги държеше във въздуха - нямаше нужда да размахват криле. Те се кикотеха, докато той не затвори устата си. Изпрати ги в свободно падане. Като размахваха яростно криле, те бързо се възстановяваха.

„О, не, той скърца със зъби, бип-бип."

„Хората имат странни навици, зум-зум."

„Това човешко дете е преживяло достатъчно. Като му прилагаме тези права, то ще изпитва по-малко болка, бип-бип".

Първото същество полетя върху гърдите на Е-Зи и се приземи, с изпъната напред брадичка и ръце на бедрата му. Съществото се завъртя веднъж, по посока на часовниковата стрелка. Завъртя се по-бързо, а от трептенето на крилете му се разнесе песен. Песента представляваше нисък стон. Тъжна песен от миналото в чест на един живот, който вече не съществуваше. Съществото се облегна назад и опря глава в гърдите на Е-З. Въртенето спря, но песента продължи да звучи.

Второто същество се присъедини към него, правейки същия ритуал, като се въртеше обратно на часовниковата стрелка. Те създадоха нова песен, без бип-бип и зуум-зуум. Защото когато пееха, ономатопеята не беше необходима. Докато във всекидневния разговор с хората тя беше необходима. Тази песен се наложи над другата и се превърна в радостно, високочестотно тържество. Ода за предстоящите неща, за един живот, който все още не е изживян. Песен за бъдещето.

От златистите им очни ябълки се разпръсна диамантен прах. Те се завъртяха в пълен синхрон. Диамантеният прах се разпръсна от очите им върху спящото тяло на Е-3. Обменът продължи, докато не го покри с диамантен прах от главата до петите.

Тийнейджърът продължи да спи спокойно. Докато диамантеният прах не прониза плътта му - тогава той отвори уста, за да изкрещи, но не издаде никакъв звук.

„Той се събужда, бип-бип.“

„Повдигни го, zoom-zoom.“

Заедно го вдигнаха, когато той отвори заслепените си очи.

„Спете още, бип-бип.“

„Не чувствай болка, zoom-zoom.“

Притискайки тялото му, двете същества приеха болката му в себе си.

„Стани, бип-бип“, заповяда той.

И инвалидната количка се вдигна. И като се разположи под тялото на E-3, зачака. Когато капчица кръв се спусна, столът я улови. Погълна я. Погълна я - сякаш беше живо същество.

С нарастването на мощността на стола той също набираше сила. Скоро столът можеше да задържи своя господар във въздуха. Това позволи на двете същества да изпълнят задачата си. Задачата им да обединят стола и човека. Да ги свържат за вечни времена със силата на диамантения прах, кръвта и болката.

Докато тялото на тийнейджъра се тресеше, пробожданията по кожата му заздравяваха. Задачата беше изпълнена. Диамантеният прах беше част от същността му. Така музиката спря.

„Свършено е. Сега той е защитен от куршуми. И има свръхсила, бип-бип."

„Да, и това е добре, зуум-зуум."

Инвалидната количка се върна на пода, а тийнейджърът - на леглото си.

„Той няма да има спомен за това, но истинските му крила ще започнат да функционират много скоро, пип-пип".

„Ами другите странични ефекти? Кога ще започнат и ще бъдат ли забележими zoom-zoom?"

„Това не го знам. Възможно е да има физически промени... това е риск, който си струва да се поеме, за да се намали болката, пип-пип".

„Съгласен, zoom-zoom."

Изтощени, двете същества се сгушиха в гърдите на Е-Зи и заспаха. Без да знаят, че са там, когато на сутринта той се протегна - те паднаха на пода.

„Упс, съжалявам", каза той на крилатите същества, преди да се обърне и да заспи отново.

✳ ✳ ✳

„Събудихте**ли**се?" Сам попита, преди да отвори малко вратата. Племенникът му хъркаше, но столът му не беше там, където го беше оставил, когато му помогна в леглото. Той сви рамене и се върна в стаята си, където прочете няколко глави от „Дейвид Копърфийлд". Часове по-късно се върна в стаята на племенника си.

„Чукай, чукай."

„Добро утро", каза Е-З.

„Добре, ако вляза?"

„Разбира се."

„Спа ли добре?"

„Мисля, че да." Той се протегна и се облегна назад на таблата на леглото.

„Как столът ти се озова тук? Мислех, че съм го паркирал до стената."

Той сви рамене.

„А виж подлакътниците - ти ли ги боядиса?"

Той се наведе, видя червения оттенък и отново сви рамене. „Какво се случи с мен?"

„Припаднал си. Това, което не разбирам, е защо. Казахте, че сте се чувствали така, сякаш раменете ви са пламнали. Потърсих в интернет по твоето описание и се появи хомеопатично лекарство. Удивително е какво можеш да намериш там. Смесих малко лавандулово масло с вода и алое в бутилка с пулверизатор, след което го изпомпах направо върху кожата ти. Казаха, че това ще ви донесе незабавно облекчение. Не се шегуваха, защото се отпуснахте и заспахте".

„Благодаря, сега се чувствам много по-добре."

„Мисля, че ще остана в леглото още известно време."

„Добра идея. Мога ли да ти донеса нещо?"

„Някаква препечена филийка? Със сладко от ягоди?"

„Разбира се, момче." Той излезе от стаята и каза, че ще се върне скоро. Когато се върна с храна на поднос, племенникът му се опита да яде, но не можа да задържи нищо.

„Може би само малко вода."

Сам донесе бутилка, от която Е-3 се опита да пие, дори и това не можа да задържи.

„Мисля, че ще продължа да си почивам." Очите му останаха отворени, загледани напред в нищото. „Колко е часът?"

„Пет часа сутринта е, а днес е събота. От дванайсет часа сте навън. Изплашихте ме."

Връзката, лавандула и на двете места, се стори на Е-3 странна. Дали беше преживял кръстосване в реалния живот? Беше твърде голямо съвпадение, тоест ако силозът наистина съществуваше. Или пък това беше сън? По-скоро приличаше на кошмар. Но краката му наистина работеха в този метален контейнер. Би се върнал там за минута - би поел всякакъв риск - за да получи отново възможността да използва краката си.

„Е-З?"

„Е, какво? Честно казано, мисля, че бих искал да затворя очи и да си почина още малко."

Сам излезе от стаята, като затвори вратата след себе си.

Е-З влизаше и излизаше от съзнание, докато инцидентът се възпроизвеждаше в цикъл. Носеше бели крила, а Стиви Никс осигуряваше съпътстващия саундтрак. Докато на заден план две светлини - една зелена и една жълта, подскачаха нагоре-надолу.

***

Презследващите няколко дни той се опитваше да сглоби парчетата в съзнанието си, като съставяше списък с общи черти:

1. Бели крила - бели крила, татуирани на раменете му. В съня му Стиви Никс имала бели крила.

2. Лавандула - чичо Сам използвал лавандула и алое, за да успокои изгарянията. В силоза лавандулата пръскаше въздуха, за да го успокои.

3. Жълти и зелени светлини. Видял ги е след инцидента и в стаята си.

4. Инвалидна количка - беше летял, за да може да спаси малкото момиченце. Когато беше ловец, дупето му беше напуснало стола, за да може да хване топката.

5. Подлакътниците - сега бяха червени. Нямаше подобни инциденти. Няма обяснение.

6. Усещане за парене по раменете/появили се татуировки по раменете. Няма обяснение.

Вече не вярвал в Бог, не и след инцидента. Никой бог не би позволил на дърво да смаже родителите му. Те бяха добри хора, никога не бяха наранявали никого. Това, което се беше случило с краката му, не беше важно. Всеки бог, който си струваше нещо, щеше да се притече на помощ и да го спре, преди да се е случило.

Освен ако нямаше бог, който да е излязъл да обядва. Да, точно така.

С тялото му се случваха промени и той искаше отговори. Дълбоко в себе си знаеше, че единственият начин да ги получи е да се върне в проклетия силоз - ако той съществуваше.

ГЛАВА 6

На следващатасутрин Е-3 се носеше във въздуха над леглото си, тъй като крилата му бяха поникнали. На път да огледа новите си придатъци в огледалото на гардероба, той едва не се блъсна в стената.

„Всичко е наред там?" Сам се обади от съседната си стая.

„Да" - каза той, прелитайки настрани, докато се любуваше на новопридобитата си способност за летене. Пернатите пера го очароваха. Особено начинът, по който го задвижваха напред, сякаш бяха едно цяло с тялото му. Чувствайки се повече като птица, отколкото като ангел, той се опита да си спомни какво е учил в училище за орнитологията. Знаеше, че повечето птици имат основни пера, може би десет. Без първичните пера те не можеха да летят. Той имаше повече от десет първични пера на крилата си, а също и повече вторични. Опита се да завие наляво, после надясно, преценявайки маневреността си. Чувствайки се в безтегловност, той се разхождаше из стаята си.

Надвеси се над инвалидната количка, която вече не му беше нужна. С тези крила можеше да се издигне над целия свят. Поставил ръце на хълбоците си като Супермен, той се насочи към вратата. Пристигна там, когато Сам я отвори.

„Ти ме изплаши до смърт!" Сам едва не изскочи от кожата си.

Застанал неподготвен, тийнейджърът се опита да запази контрол над ситуацията. Промени посоката, като възнамеряваше да отиде до леглото. Преходът обаче не беше толкова лесен, колкото се надяваше, и той изпадна в свободно падане.

Сам се затича към инвалидната количка, като я движеше напред-назад, за да я задържи под племенника си.

Е-З се съвзе и отново се изкачи нагоре.

„Слизай тук, веднага!" Сам извика; размахвайки юмруци във въздуха.

Той полетя към леглото и се приземи безопасно. Крилете му се затвориха като без музикален акордеон. „Това беше толкова забавно. Нямам търпение да летя до училище."

Сам падна в стола на племенника си. „За какво ставаше дума? И наистина ли мислиш, че можеш да летиш с тези неща до училище? Ще станеш за смях."

„Ще свикнат и вместо да ми казват „момче от дървото" - ще могат да ме наричат момче-летец. Да, това ми харесва."

„От това, което видях, това беше неумел опит. А и „момчето на мухата" звучи нелепо."

„Това беше първият ми опит. Ще се справя с това."

Сам поклати глава, тъй като любопитството го надви и надделя над емоциите му, за да избяга.

„Мога ли да погледна по-отблизо? Имам предвид, без да излиташ?" - попита той, като се изправи, докато Е-3 се обърна с тялото си към него. „Няма ги вече. Напълно. Имам предвид татуировките. Заменени са с истински крила - и ти можеш да летиш. О, Боже!" Той седна, преди да падне.

„Събудих се, крилата се появиха и следващото нещо, което знаех, беше, че летя".

„Това е магия. Трябва да е. Или може би сънуваме, ти си в моя сън или аз съм в твоя и скоро ще се събудим и..." Сам се опитваше да запази спокойствие заради племенника си, но отвътре сърцето му се разтуптя.

„Това не е сън."

„Как са изскочили? Трябваше ли да кажеш нещо? Имам предвид, има ли магически думи, които трябва да кажеш?"

„Не си спомням да съм казвал нещо. Предполагам, че мога да опитам." Той се замисли за няколко секунди, заемайки поза като Мислителя на Роден. „Чакай малко, нека да опитам нещо." Той размаха въздуха с движение без пръчка: „Autem!"

„Кога научихте латински?"

„Има едно безплатно приложение на телефона ми."

„Аз също, уча френски. Опитай en haut."

„En haut!" Все още нищо. „Повдигни ме нагоре! Qui exaltas me!" Раздразнен, той скръсти ръце. „Предполагам, че е добре, че си влязъл и си ме видял да летя, иначе нямаше да ми повярваш!" Чудеше се какво правят Пи Джей и Арден - не ги беше виждал от няколко дни. Следващото нещо, което разбра, беше, че крилете му се разтвориха и той се носеше над леглото си.

„Ро-ро", каза Сам, когато крилата се прибраха и E-3 се удари в пода.

„Това щеше да е готин момент да хванеш стола ми."

Сам се усмихна. „По-лесно е да се каже, отколкото да се направи. Съжалявам. Добре ли си?"

„Не съм наранен. Имам предвид физически, но психически, кой знае?" Той се засмя. „Имаш ли нещо против да ми помогнеш да се кача на стола?"

Сам го вдигна и го настани безопасно в стола. Когато се облегна назад, крилата, вместо да се приберат докрай, изскочиха обратно с пълна сила. E-3 се издигна, пърхайки наоколо като Тинкърбел.

„Значи така е, а?" Сам каза.

„Трябва да го усвоя - не знам защо - но..."

„Е, когато си готов, ела долу и ще излезем на закуска. Аз ще донеса лаптопа си и ще можем да направим някои проучвания".

„Е, това е умна идея. Можем да отидем в кафенето на Ан. И аз *бих* слязъл - ако можех." Крилата се прибраха, когато E-3 беше точно над инвалидната му количка. „Ето това наричам обслужване", каза той, докато внимателно се спускаше в стола.

Те разговаряха, докато той се обличаше. След това Е-3 отиде в банята, а Сам се приготви.

Когато излязоха от къщата и се насочиха към кафенето на Ан, Е-3 беше на две мнения. Първо, че е пропуснал да отиде там, и второ: „Отдавна не съм ходил там. Откакто..."

„Знам, момче. Сигурен ли си, че не е твърде рано?"

Закуската в кафенето на Ан беше традиция за семейството му. Освен че отваряше рано в 6 часа сутринта, то се намираше на пешеходно разстояние. Вътре имаше самостоятелни кабинки, облечени в изкуствена кожа с червени карирани покривки. Баща му винаги казваше, че заведението е на тема „далечен свят". Музиката от шейсетте години звучеше от джубоксите - бяха ги подредили така, че на хората да не им се налага да плащат. Стените бяха изпълнени с плакати на Мерилин Монро, Джеймс Дийн и Марлон Брандо. Менюто беше огромно и включваше всичко - от клубни сандвичи до чийзбургери и фондю. Но личните му фаворити бяха изключително гъстите шейкове и ябълковите палачинки.

Щом ги видя, собственичката Ан веднага дойде при него. „Липсвахте ми." Тя го прегърна.

„Това е моят чичо Сам, Ан." Двамата си стиснаха ръцете. „Между другото, благодаря за картичката и цветята, беше много мило."

Очите ѝ се напълниха със сълзи. „А сега ела тук. Имам идеалната маса за теб.“

Беше в тих ъгъл, така че не трябваше да се притеснява, че столът му ще пречи на кухненския персонал или на посетителите.

„Веднага ще приготвя обичайното ви ястие. Знаеш ли какво искаш, Сам, или да се върна?“

„Какво ще ядете?“

„Ябълкови палачинки а ла мода. Те са най-добрите на планетата, а Ан винаги носи допълнително сироп и канела“.

„Звучи добре, но мисля, че ще избера скучния бекон с яйца, с гарнитура от гъби.“

„Разбрах“, каза Ан. „А ти дали ще избереш гъст шоколадов шейк?“ Той кимна. „Кафе за теб, Сам? “

„Черно“, отговори той. „И благодаря, че ме посрещна толкова добре.“

„Всеки чичо на Е-З е добре дошъл тук.“

След като Ан отиде да донесе напитките, той изригна: „Чичо Сам, мисля, че се превръщам в ангел“.

„Първо трябва да умреш“, каза той, докато Ан поставяше напитките на масата и се връщаше към кухнята.

„Може би наистина съм умрял, при автомобилната катастрофа. За няколко минути. Кой знае колко време е необходимо, за да се превърнеш в ангел? Във филмите, ако стигнеш до Перлените порти, големият човек може да обърне нещата и да те прати отново тук долу. Това е, ако вярваш в такива неща - а аз не вярвам."

„Аз също. Няма такива неща като ангели. Нито пък дяволи. Освен вътре във всеки от нас. Искам да кажа, че всички имаме добро и всички имаме лошо в нас. Това е, което ни прави хора. Що се отнася до умирането, щяха да ми кажат, ако се наложи да те реанимират. Не казаха нищо подобно."

„Тогава как да обясня внезапната поява на татуировките, а сега те са се превърнали в истински крила? Вчера не ги имах. И така, какво се е случило между вчера и днес? Нищо, което да оправдае израстването на нови придатъци."

„Нищо, за което можеш да се сетиш - каза Сам. Той се засмя.

И-3 забоде една палачинка и я напъха в устата си, като остави сиропа да се стича по брадичката му. Ан се олюляваше.

„Е, в момента определено не изглеждаш много ангелски" - каза Сам, като си взе вилица с бъркани яйца. „Мм, тези са наистина добри." След още няколко хапки той бръкна в куфарчето си и извади лаптопа си. Кликна върху него и набра „define angel". Обърна екрана, така че да могат да прочетат информацията, докато се хранят.

„Пратеник, особено на бога" - прочете Сам - „човек, който изпълнява мисия на бога или действа така, сякаш е изпратен от бога".

„Действа сякаш" - повтори Е-З, докато пълнеше още палачинки в устата си.

Сам прочете: „Неформално лице, особено жена, която е добра, чиста или красива. Ти си доста красива с русата си коса и сините си очи."

„Замълчи."

„Конвенционално представяне" - той направи пауза. „ На някое от тези същества, изобразено в човешка форма с крила." Сам отпи още една глътка кафе, навреме, за да може Ан да напълни отново чашата му.

„Момчета, ще получите лошо храносмилане, като четете и ядете едновременно".

Е-З се засмя.

Сам каза: „Не, аз съм в областта на информационните технологии, така че съм доста добър в многозадачната работа".

Ан се ухили и си тръгна.

„Какво имат предвид под „тези същества"?" Е-З попита.

„Казва, че в средновековната ангелология ангелите са били разделени на рангове. Девет порядъка: серафими, херувими, тронове, господства (известни още като доминиони) - той направи пауза и отпи глътка вода. След това продължи: „Добродетели, княжества (известни още като княжества), архангели и ангели".

„Уау! Опитай се да ги кажеш десет пъти бързо." Той се усмихна. „Не знаех, че има толкова много видове ангели."

„Аз също. Тази храна е толкова вкусна, че продължавам да се чудя дали ти и аз не сънуваме.“

„Искаш да кажеш, че ти се иска да сънуваме - и крилата ми да изчезнат?“

„Те биха могли да си отидат толкова бързо, колкото са дошли.“ Той доближи лаптопа и набра „Човекът отглежда ангелски крила“. Е-3 се изсмя, но се наведе по-близо, за да види какво ще изскочи. Сам кликна върху научна статия.

„Както казах, няма данни за ангелски крила в документацията. Не съм мислил така. Мисля, че онзи инцидент, нали знаеш, когато спасих малкото момиче - има нещо общо с появата им. Беше спусък, защото изгарянето започна веднага след като се прибрах вкъщи, а след това, ами знаете останалото.“

„Как се справяте вие двамата тук?“ Ан попита.

„Поръчах ти още две палачинки, Е-3, Както обикновено. Освен ако не можеш да ядеш повече?“

„Отлично.“

„А ти какво ще кажеш, Сам?“

„Само едно пълнене“, каза той и предложи празната си чаша, която тя отнесе и се върна с пълна догоре. В кухнята се чу звън и тя отиде да вземе палачинките.

Е-3 изсипа върху тях кленов сироп, последван от парче масло. „Ти си най-великата“, каза той на Ан. Тя се усмихна и ги остави да довършат храната си.

Чичо Сам наблюдаваше внимателно племенника си. Искаше му се да си поръча ябълковите палачинки, но вече беше пълен.

„Какво?"

„Не знам, сякаш когато опиташ храната, лицето ти светва като ангелче на коледна елха."

E-3 постави вилицата си. „Много смешно. Ти си обикновен комик."

Когато приключиха с яденето, Сам попита: „И така, след като прочете за ангелите, промени ли мнението си? Искам да кажа, все още ли мислиш, че ще се превърнеш в такъв. И ако да, какво ще направиш по въпроса?"

„Какво имаш предвид, ДА? Имам крила, може и да ги използвам."

„Според мен, ако не ги използваш, ако отричаш самото им съществуване - тогава те ще изчезнат."

E-3 поклати глава. „Това не е вариант. Видяхте какво се случи. Те излязоха, без да съм направил нищо, и ти казах, че когато се събудих тази сутрин, летях над леглото си. Бях в небето."

„E-3, аз мисля за бъдещето. Може би трябва да поговориш с някого, трябва да поговорим с някого за това".

„Инцидентът се случи преди повече от година, консултантът каза, че съм добре. Освен това всичко това е ново."

„Може да се забави. Нещо може да го е предизвикало.“

„Нека да разгледаме фактите. Номер едно, имах татуировки, когато не съм си правил татуировки. Номер две, столът ми се вдигна от земята и спасих малко момиченце - освен това се вдигнах от мястото си, за да хвана топката на мач. Доскоро отричах това... Номер три татуировките горяха като дявол. Номер четири, появиха се истински крила. Номер пет, мога да летя. Звучи ли ви познато нещо от това? Имам предвид в други случаи.“

„Точно това не разбирам. Как може да се случи това, но умът е изключително мощен компютър. Той е това, което ни отличава от животинското царство и заради което човекът е оцелял толкова дълго. Чувал съм истории, в които човек е бил в крайна опасност и е пристигнала помощ. Или пък когато човек е бил заклещен под автомобил - и някой минувач е успял да вдигне колата, за да спаси живота му.“

„Чел съм за това; нарича се истерична сила - но никога не съм чувал за случай, когато са израснали крила.“

„Може би крилата са се появили, за да ви спасят.“

„От какво? От прекалено много сън?“ Той се засмя. „Щеше да е хубаво да са се появили при злополуката. Можех да отлетя с мама и татко да потърсят помощ, вместо да чакам там с окървавен дънер върху себе си.

Да ме държи на земята. Това не е никакво чудо. Аз, не знам какво е, чичо Сам, знам само, че е".

„Ние си говорим. Оценяваме. Обменяме идеи. Опитваме се да намерим отговори."

„Би било хубаво да имаме отговори, но... кой би бил експерт, когото бихме могли да попитаме в тази ситуация?"

„Какво ще кажете за министър или свещеник?"

Е-З поклати глава. Не беше ходил в църква от погребението на родителите си.

„Какво можем да загубим?"

„Предполагам, че си струва да опитаме, но. О, о."

„Какво е това?"

„Чувствам, че ме притискат към лопатките на раменете ми. Трябва да тръгвам, а ние не сме карали дотук. Съжалявам, че трябва да бързам. Ще се видим вкъщи." Той изскочи от кафенето и продължи да се движи, докато крилете му не се измъкнаха от качулката и той не се издигна над земята. Вкъщи осъзна, че няма ключ, но не можеше да остане на предната веранда - не и с извадени крила. Опитал с латински език да ги накара да се върнат обратно - но нищо не помогнало. Затова полетял нагоре и успял да влезе през прозореца на спалнята си, без никой да го види.

„E-Z!" извика Сам, когато се прибра вкъщи. „Е-З!"

„Аз съм тук."

„Добре ли си? Дойдох тук толкова бързо, колкото можах."

„Влез, седни. Няма следи от прибирането им - все още.“

Виждайки отворения прозорец. „Да разбирам ли, че си долетял тук?“

„Да, добре, че забравих да заключа прозореца снощи. Може и да продължим дискусията си, докато не мога да изляза отново.“

„Познавам един свещеник. Ако някой може да помогне, то той може.“

Два часа по-късно, с мелодиите, които звучаха от радиото, те бяха на път към свещеника. Парчето Take Me to Church на Hozier изпълни ефира. Съвпадение? Не мислеха така и пееха заедно с текста на песента с пълно гърло. За щастие с вдигнатите прозорци никой не ги чу.

***

В църквата нямаше достъп за инвалидни колички и имаше много стълби за изкачване.

„Ти отиди под сянката на големия дъб, а аз ще отида да намеря отец Хопър - предложи Сам.

„Това ли е истинското му име?" Е-3 се засмя.

„Доколкото ми е известно. Ти остани на място, а аз ще се върна веднага".

„Ще го направя."

Тийнейджърът извади телефона си. Въпреки че се радваше на сянката, която дървото му осигуряваше - тя правеше невъзможно да вижда екрана си. Той премести стола си, като забеляза необичайното бръмчене във въздуха. Шум, който сякаш идваше от самото дърво.

Погледна нагоре, опитвайки се да разбере дали не е птица, когато височината на звука се повиши, а силата му се увеличи. Той изключи звука на телефона си. Звукът свърши и започна нов звук. Този беше мелодичен; хипнотизиращ и той изпадна в състояние на сън.

Главата му се отпусна напред, докато нов звук не го събуди. Шепот, идващ откъм главата му. Гласове, долитащи от листата на дървото. Той скръсти ръце, когато го прониза студ и накара крилата му да се разтворят. Преди да се усети, столът му се издигна от земята. Той заобиколи клоните, докато се издигаше в сърцето на масивния дъб.

„Сложи ме!" - заповяда той.

Той продължи да се издига. Когато крайниците му се свързаха с дървото, по предмишниците и главата му потече кръв.

„Спри! Глупак..."

„Това не е много хубаво, пипни-пипни", каза един мъничък висок глас.

„Мислех, че си казал, че е мил, когато е буден зум-зум" - каза втори глас.

„Уау!" Е-Зи каза, като се опитваше да се овладее и да избегне пълното си изкривяване. Той направи няколко дълбоки вдишвания. Успокои се. „Кой, какво и къде си?"

„Кои сме ние наистина, бип-бип."

Отново същите светлини, зелени и една жълта, затанцуваха пред очите му.

Любопитен, той каза: „Здравей."

Жълтата светлина изчезна.

Писък.

След това изчезна и зелената.

„Какво? Вие двамата, каквито и да сте, престанете с това. Дължите ми обяснение. Знам, че ме преследвате. Излезте и се изправете пред мен!"

ПОП.

Едно малко зелено ангелоподобно нещо кацна на носа му. В негова посока се разнесе странно непривлекателна, почти лимбургерска миризма. Той покри носа си.

„Добър ден, Е-З, бип-бип" - каза нещото с поклон.

Когато произнесе името му, той загуби контрол над крилете си. Заклати се и се поклащаше във въздуха като птица, която се учи да лети. Искаше крилата му да се върнат обратно, но те го игнорираха. Той се вкопчи в подлакътниците на стола си, докато падаше надолу.

ПУК!

Сега те бяха двама. Всеки от тях хвана едно от ушите му и спусна него и стола му безопасно на земята.

„Ауч" - каза Е-З, потривайки ушите си, когато свещеникът и чичо му се появиха зад ъгъла. „Е, благодаря, мисля."

ПОП.

ПОП.

Двете същества изчезнаха.

„Е-З, това е отец Брадли Хопър и той иска да помогне."

Хопър протегна ръка, Е-З направи същото. Когато плътта им се свърза, тийнейджърът изчезна.

Хопър и Сам останаха един до друг, с присвити очи. И двамата се взираха в нищото като два манекена на витрина.

ГЛАВА 7

Краката на**Е-3** докоснаха земята и отначало той бе заслепен от бялото. Той постави единия си крак пред другия, като първо вървеше, после тичаше на място, а след това прекъсна в пълен бяг. Хвърли се в стената, подскачайки, сякаш беше в замък за скачане.

ПОП

POP

Той вече не беше сам. Пред него имаше две многокрили неща, в цветя. Едното беше зелено, а другото - жълто. Когато той се приближи, крилата им се завъртяха като калейдоскоп около златистите очи.

Той докосна първо крилата на зеленото цвете. Никога досега не беше виждал изцяло зелено цвете, камо ли пък такова с очи. Очите, които разпозна от предишната им среща. Крилцата полазиха пръста му и зеленото цвете се засмя. Той избягваше да се доближава прекалено много с носа си, очаквайки напред да се разнесе миризма на сирене - но това не се случи.

Второто цвете, жълтото, имаше повече крилца с венчелистчета от другото. Венчелистчетата реагираха на докосването му, като корали, които се движат в океана. Златните очи на това цвете имаха ясно изразени мигли. Той се наведе, за да го разгледа отблизо.

Докато продължаваше да ги наблюдава, въздухът се изпълни с ПФФТ. От него се разнесе силна и най-отвратително сладникава миризма, която го накара да се почувства зле. Той се отдръпна, закри носа си и избърса жилото от очите си.

Жълтото цвете заговори. „Казвам се Рейки и те доведохме тук, пип-пип."

„Къде точно е това място? И защо краката ми работят?"

„Няма значение къде, Е-З Дикенс, нито защо си такъв, какъвто си, пип-пип".

Той прекоси стаята и вдигна жълтото цвете с дясната си ръка, а зеленото - с лявата. УСПЕХ! Този път го удари остра мъгла и той започна да киха и продължи да киха.

„Моля, сложете ни, преди да сте ни изпуснали, бип-бип."

„Там има кутия с кърпички, там, zoom-zoom."

„О, съжалявам." Той ги сложи на земята, взе една кърпичка - но вече нямаше нужда от нея. Издържа на разстоянието, опрял гръб на бялата стена.

„Доведохме те тук сега, пип-пип".

„Аз съм Хадз, между другото зум-зум".

„Защото трябваше да знаеш, пип-пип".

„Че не трябва да говориш със свещеника, за крилата си зум-зум".

„Всъщност не трябва да говориш с никого за нищо пип-пип".

Сложил ръка на стената, той тръгна, като си мислеше. „Първо, защо казваш „бип-бип" и „зуум-зум"?"

Рейки и Хадз извръщаха очи. „Не сте ли чували за ономатопея?"

„Разбира се, че съм."

„Тогава би трябвало да знаеш, бип-бип."

„Че тя добавя вълнение, действие и интерес, zoom-zoom."

„За да се гарантира, че читателят ще чуе и запомни, бип-бип."

„Това, което искате да знаят, zoom-zoom."

Той се засмя. „Това е вярно, ако четете нещо, но не е необходимо в разговор. Запомнил съм какво казва Рейки, защото го казва, и съм запомнил какво казва Хадза, защото го казва тя. Предполагам, че единият от вас е момиче, а другият - момче - така ли е?"

„Да", потвърди Хадз. „Аз съм момиче. Уф, радвам се, че не трябва да продължавам да казвам „зуум-зуум".

„А аз съм момче. Ще ми липсва да казвам „бип-бип".

„Можеш да ги казваш, ако искаш, но е малко досадно, а по време на разговор повторението може да е скучно."

„Ние не искаме да бъдем скучни!"

„Това би провалило целта ни да ви доведем тук."

„Добре", каза Е-3. „И така, сега да се върнем към това, което казахте, преди да започнем да говорим за литературния похват." Те кимнаха. „Ако не мога да кажа на никого за това, което ми се случва, значи съм сам в това нещо - каквото и да е то. Спасих едно малко момиче. Предполагам, че то има нещо общо с теб?"

„Да, прав си в това предположение, пипни, упс, съжалявам."

„Искам да знам какво е това и защо ми се случва?"

„Затвори очи - каза Хадз.

„Ще го направя, но без никакви смешки".

Цветята се захилиха.

Краката му напуснаха земята и той се приземи в друга стая. В тази стая, както и преди, той отначало беше заслепен от бялото. Когато очите му свикнаха със заобикалящата го среда, той забеляза книгите. Рафтове и етажерки, подредени с томове до небето.

„Не се страхувай - каза Хадз.

Той не се страхуваше. Всъщност беше във възторг. Защото в тази стая не само можеше да използва краката си, но и усещаше как кръвта пулсира в тях. Чувствата му се изостриха; миризмата на стара книга се носеше в неговата посока. Той вдъхна сладкия парфюм на prunus dulcis (сладък бадем). Смесен с planifolia (ванилия), той създаваше съвършен анизол. Сърцето му биеше, кръвта се раздвижваше - никога не се е чувствал по-жив. Искаше му се да остане завинаги.

В обувките му движението на всеки пръст му доставяше удоволствие. Спомни си за една игра, с която се забавляваше като малко момче. Свали обувките и чорапите си и докосна всеки пръст, като казваше стихчето: „Това прасенце отиде на пазар".

„Изгубил е ума си", каза Рейки, докато Е-З възкликна: „Уи!".

„Дайте му малко време. Това е доста невероятно място."

Е-З отново обу чорапите си. Той се плъзна из стаята по белите подове, които бяха лъскави като леден лист. Той се засмя, докато се запращаше в първата, после във втората стена, отскачаше и се приземяваше на пода. Не можеше да спре да се смее, докато не забеляза, че нещо странно се случва с книгите над него. Той поклати глава, когато една от тях полетя от рафта в ръката му. Беше книга на неговия прадядо Чарлз Дикенс. Книгата се отвори сама, прелисти я от началото до края, след което полетя обратно нагоре, откъдето беше дошла.

„Добре дошли в ангелската библиотека - каза Рейки.

„Уау! Просто уау! Значи вие двамата сте ангели?"

„Правилно", каза Хадз. „И вие сте тук, защото ние сме назначени за ваши наставници."

„Назначени? Назначени от кого? От Бог?" - подигра се той.

Хадз и Рейки се спогледаха, поклащайки флоралните си глави.

„Нашето предназначение.“

„Е да ви обясня вашата мисия.“

„Също така да ви покажем пътя. Да ви помогнем“, казаха те заедно.

„Мисия? Каква мисия?“ Умът му се отклони. В главата си чу темата от „Мисията невъзможна“. Видя как Том Круз е пуснат по кабел в компютърна зала. „Хей. Чакай малко! Вие двамата бяхте в моята стая, нали? И ме следите от инцидента насам“.

„Чакахме подходящия момент да се представим - каза Рейки. „Надявахме се да го направим по по-малко официален начин, но когато вие бяхтеhttp://....“

„...отивате да говорите със свещеника, трябваше да натиснем напред“.

„Е, със сигурност сте отделили време. Мислех, че халюцинирам“, каза той по-силно, отколкото му се искаше.

ПОП.

Рейки изчезна.

„А сега виж какво направи!“ Хадз каза.

ПОП.

Тъй като те бяха изчезнали и той нямаше представа къде, кога и дали ще се върнат. Въпреки това той не възнамеряваше да губи нито минута. Той се свлече на пода и направи двайсет лицеви опори, последвани от същия брой подскоци. Очите му се присвиваха от блясъка и му се искаше да има слънчеви очила.

ТИК-ТАК.

Чифт слънчеви очила се появиха от въздуха. Той ги сложи, докато стомахът му къркореше. Направи си селфи, след което провери колко е часът. Нещо странно се случваше с часовника. Беше се побъркал. А цифрите не спираха да се променят. Стомахът му отново изръмжа.

ТИК-ТАК.

Появи се чийзбургер и пържени картофи, сега ръцете му бяха пълни. Помисли си за гъст шоколадов шейк с череша мараскино отгоре.

ТИК-ТАК.

Изключително голям шейк с черешка отгоре пристигна на бяла маса, която преди това не беше там. Или беше? Може би той не беше забелязал, тъй като и двете бяха бели.

Преди да започне да яде, той се наслади на миризмата му, а след това с всяка хапка - на вкуса. Сякаш никога досега не беше ял чийзбургер или пържени картофи. А черешата, имаше толкова сладък вкус, последвана от шоколадовия. Той погълна храната си изправен. Храната винаги беше по-вкусна, когато се консумираше изправена. Тази поръчка беше толкова вкусна, че чак беше смешно.

Когато приключи, не благодари на никого за храната. След това насочи вниманието си към библиотеката и към една бяла стълба, която не беше забелязал преди. Само мисълта за нея беше достатъчна, за да накара стълбата да се приближи към него, сякаш искаше да му бъде полезна. Той се качи на нея и тя се движеше като диск на дъска за спиритически игри, минавайки покрай рафт след рафт с книги. После спря.

Докато се изкачваше, той прочете заглавията по гръбчетата. Тези, които бяха точно пред него, бяха от Чарлз Дикенс, а всеки том имаше свой собствен чифт крила.

Едно от тях летеше към него - „ *Коледна песен"*. Той прелисти няколко страници, за да му покаже, че това е първото издание, публикувано на 19 декември 1843 г. Докато продължаваше да прелиства страниците, той се възхити на илюстрациите. Колко подробни бяха, при това пълноцветни. А на заден план, зад Малкия Тим и семейството му на една от рисунките, нещо се раздвижи. Очи. Два чифта. Хадз и Рейки! Той едва не изпусна книгата. Тъй като имаше крила, тя се върна там, където живееше на рафта. Междувременно той загуби равновесие, падна по стълбата и увисна за живота си. Когато отново беше стабилен, той се спусна постепенно и стъпи здраво на земята. Чудеше се защо крилата му не са се появили, за да му помогнат. Всичко друго тук имаше крила, които работеха, всъщност ангелите имаха по няколко чифта крила. В света там краката му не работеха, а той имаше крила, които работеха. Тук, където и да се намираше, краката му работеха, но крилата му вече бяха неработещи.

Той се почеса по главата. Само ако чичо Сам беше тук. И все пак не можеше да говори с него.

Беше забранено. Но защо? Какво можеха да му направят? Ангелите го преследваха още от инцидента. Предполагаше, че са добри ангели, тъй като не го бяха наранили - все още. Тъгата по дома го връхлетя като гигантска вълна, която заплашваше да го погълне.

„Искам да се прибера у дома!" - извика той, когато телефонът му завибрира. Преди да успее да го отключи...

ПОП.

Рейки го грабна и го хвърли към...

ПОП.

Хадз, който го хвърли към най-отдалечената бяла стена. Тя отскочи, удари се в пода и се разби на парчета.

„Дължиш ми четиристотин долара за нов телефон! Надявам се, че ангелите ти имат пари в брой."

Хадз се пресегна и зашлеви E-3 по лицето с крилото си. Перата го гъделичкаха, вместо да го наранят. „А сега ти, E-3 Дикенс, седни тук." Един бял стол притисна задната част на краката му, принуждавайки го да седне.

„И престани да се държиш като пич" - каза Рейки.

„Уау! Ангелите могат ли да казват това? Какви ангели сте вие изобщо? Ангели на обучение? Аз ли съм човекът, който ще ти помогне да си заслужиш крилата?"

Той осъзна, че те вече имат крила. Всъщност няколко чифта от тях. Така че смисълът, който се опитваше да изкаже, изглеждаше безсмислен, докато те висяха над него.

„Аз ли съм човекът, който ще ти помогне, или ти трябва да ми помогнеш? Защото, ако си ти, а ти каза, че си, значи вършиш ужасна работа. Скоро няма да кажа добра дума за нито един от вас".

„Чакаме извинение."

„Е, ще го чакате, и то дълго време. Защото съм жаден."

TICK-TOCK.

Появи се чаша с коренова бира в матирана чаша. Той я изпи на една глътка. „Защото ме доведохте тук, без мое съгласие. И..."

„МЪЛЧИ!" - каза един гръмък глас, който се олюляваше от една от белите стени.

Беше висока колкото тавана. Всъщност, по-висок. Беше крива, но огромна по размер и ръст. Крилете ѝ се допираха до стените и тавана. „Дръж си езика!" - поиска свръхголемият ангел, като със СВУШ издърпа крилата си към Е-3, докато не се озова точно пред лицето му.

✳ ✳ ✳

„**Е-3** Дикенс, ти си призован тук пред мен" - каза огромният ангел. „Аз съм Офаниел, владетелят на луната и звездите. А това са моите подчинени. НЕ ТРЯБВА да се отнасяш с тях нагло. ТРЯБВА да се отнасяте към тях с доброта и уважение, защото те са моите ОЧИ и моите УШИ за вас. Без тях вие сте НИЩО."

Той заекна и произнесе неразбираемо изречение, борейки се с желанието да избяга.

„НЕ прекъсвайте, докато не приключа - заповяда Офаниъл.

Той кимна, тялото му трепереше, твърде уплашен, за да каже и дума.

„Е-3" - гръмна гласът му. „Ти си спасен. Спасихме те с определена цел."

Рейки и Хадз се приближиха и седнаха на раменете на Офиниел.

„Бъдете спокойни", заповяда Офаниъл.

Те сгънаха крилата си и се наведоха, за да не пропуснат нито една дума.

Е-3 си направи бележка да ги попита как да сгъне крилата си толкова ефикасно, колкото те сгънаха своите. Това щеше да стане, ако си върнеше крилата.

Офаниъл продължи. „Когато родителите ти умряха, Е-3 Дикенс, ти също трябваше да умреш. Това беше твоята съдба. Такава, която ние променихме за нашата цел. Успешно защитихме твоя случай. Обещахме ти, че ще направиш забележителни неща. Че ще помагаш на другите. Спасихме те и имахме дълг към теб. Дълг, по-голямата част от който ти изплати изцяло, като предаде краката си.“

Предадох? Това звучеше така, сякаш е имал избор. Че е взел окончателно решение никога повече да не ходи, което беше лъжа. Той отвори уста, за да говори, но гласът на Офаниъл продължи да гърми.

„Все още има дълг, дълг, който дължиш на нас.“

Е-3 пое голяма глътка въздух. Искаше да говори, но не можеше. Устните му се движеха, но не излизаше никакъв звук. Как се осмелява този ангел да взема решения вместо него и да му казва, че има дълг?

„Ние ти дадохме инструменти - мощен стол. Това, за да ти помагаме. За да можеш един ден да бъдеш тук, при родителите си, и да вървиш с нас, с тях, във вечността“. Офаниел се поколеба няколко секунди, за да остави това да потъне в съзнанието му. „Днес можеш да ми зададеш един въпрос, но само един. Направи го добре.“

Вместо да обмисли въпроса си, E-Z изригна: „Кога ще видя отново родителите си?"

„Когато изплатиш изцяло дълга си."

„Още един въпрос, моля."

„Ще има време за въпроси и ще има време за отговори. Засега за теб се грижат моите подчинени. Можеш да им задаваш въпроси и те могат да решат да ти отговорят. А може и да не отговорят. Те сами ще изберат дали да отговорят „да" или „не". По същия начин и вие ще можете да избирате дали да им отговорите, когато ви задават въпроси. Отнасяйте се с тях така, както бихте искали да се отнасят с вас, и не разкривайте подробности за това място или за нашата среща. Не говорете за това, за нищо от това на никой човек. Повтарям, запазете тези въпроси само за себе си."

Той все още не можеше да говори. Без да го пита, Офаниъл пристъпи към отговора на следващия му въпрос.

„Ако нарушиш това обещание, крилете ти ще бъдат като паста - слаби - и никога няма да можеш да изплатиш дълга си".

Той се сети за друг въпрос.

„Да, когато спаси онова малко момиче - изгарянето - беше част от процеса. Крилете ти трябва да изгорят, да укрепнат, да се свържат с теб, така че да си подготвен за следващото си предизвикателство."

Той си помисли, ами ако не искам.

Офаниел се засмя и полетя към най-високата част на стаята. После изчезна през тавана.

ГЛАВА 8

В следващия моменттой се върна в инвалидната си количка с лице към свещеника.

„Чичо Сам, трябва да тръгваме. СЕГА.“

„О“, каза Сам, докато гледаше как племенникът му се отдалечава на колелца. „Извинявам се, че ви губим времето, но той трябва да се прибере у дома.“ Сам забърза, докато Хопър се влачеше след него. Той ускори темпото, настигна племенника си и като пое контрола върху дръжките, бутна инвалидната количка. Хопър се затича и скоро вече вървеше до тях, макар и задъхан.

„Виждам, че тогава наистина нямаш крила E-3“.

Той погледна през рамо, вдигайки до устните си фалшива чаша, след което извърна очи.

„Аз нямам проблем с пиенето - каза Сам предизвикателно.

Тийнейджърът отново извърна очи, докато наближаваха паркинга. Свещеникът не го последва.

Щом стигнаха до колата, Сам каза, докато се опитваше да си поеме дъх: „За какво, по дяволите, ставаше дума?", докато отваряше вратата и помагаше на племенника си да влезе.

„Нека първо се измъкнем оттук." Той печелеше време, защото не можеше да му каже какво се е случило. Трябваше да измисли убедителна лъжа - а той никога не е бил добър лъжец. Майка му винаги го хващаше, защото ушите му винаги се зачервяваха, когато лъжеше.

„Чакам обяснение - каза Сам и затегна хватката си върху волана.

През високоговорителите на колата се разнесе песента Don't Look Back на Бостън.

„Съжалявам, но трябваше да тръгвам. Не мисля, че Хопър би могъл да помогне, а и не исках той да знае нещо повече, отколкото ти вече си му казал".

„Все още не си обяснил защо намекна, че имам проблеми с алкохола".

„О, това. Изникна ми в главата и го казах, без да мисля. Съжалявам."

„Гордея се с това, че не употребявам алкохол. Разбира се, от време на време пия по една бира. За да бъда общителен на работно събитие. Но не съм като другите пияници от отдел „Информационни технологии". И никога няма да бъда."

Е-Зи не мислеше за това, което чичо Сам казваше. Вместо това преглеждаше информацията, която Офаниъл му беше казал. Беше в дълг, към ангелите, за това, че са го спасили, и беше разменил краката си за живота си. Сделката, сключена от ангелите, беше с тяхна собствена цел - и сега очакваха той да плати дълга - но как?

Единственото, което знаеше със сигурност, беше, че трябва да спечели. Каквито и задачи да поставяха на пътя му, той трябваше да ги преодолее. С помощта на Рейки и Хадза - колкото и малки да бяха те, той щеше да плати дължимото. Тогава, ако не друго, щеше да види отново родителите си. Предполагаше, че това означава, че ще умре и те ще се срещнат в рая, ако имаше такова място. Скоро щеше да разбере.

ГЛАВА 9

Върнал се у дома, тийнейджърът отишъл направо в стаята си.

„Ако имаш нужда от помощта ми" - това беше всичко, което Сам успя да измъкне, преди племенникът му да затръшне вратата.

И-З покри лицето си с ръце. Беше нещо като да си върне краката. Той удари с юмруци подлакътниците, докато крилата му се появиха и го пренесоха до леглото. „Благодаря - каза им той, сякаш те бяха отделна част от него.

„Гледай - каза Хадзъ, който се беше облегнал на възглавницата си. Ангелът долетя до осветителното тяло и каза: „Събуди се, той си е у дома".

Сега Е-З беше удобно облегнат на леглото си, със затворени очи, почти заспал.

„Тази нощ ти летиш" - запяха ангелите.

„Виж, имах изтощителен ден, както знаеш, и единственото, което искам, е да спя".

„Можеш да подремнеш пет минути", каза Рейки.

„След това ще стана и ще се кача на тях!"

Почти беше заспал отново, когато Сам нахлу. „Извинявай, че те безпокоя, но Пи Джей и Арден казват, че цял ден се опитват да те вземат. Батерията ти изтощена ли е?"

„Не, изгубих си телефона" - каза той и погледна кръстосано към двамата си помощници.

„Лъжец, лъжец, панталони в огъня" - подхванаха те. Сам, предвид липсата на реакция, не чу високите им гласове. Е-З ги отблъсна.

„Ето защо винаги купувам застраховка към плана си. Не се притеснявай, утре ще ти осигурим заместител. Така или иначе е крайно време да надграждаш. Можеш да запазиш същия телефонен номер. Ще съобщя на момчетата, че ще се свържеш с тях тогава".

„Благодаря, чичо Сам. Лека нощ."

„Лека нощ, Е-З."

ГЛАВА 10

В съня си той е на ски с родителите си. Всъщност това беше спомен, но той го преживяваше като сън.

Е-3 беше на шест години. Той и майка му бяха обучавани на всички движения от ски инструктор. Междувременно баща му - който не беше новак като тях - си проправяше път по заснежения хълм.

Те се учеха да карат ски на бебешкия хълм - така наричаха тестовите хълмове.

„Готови ли сте?" - попита инструкторът - „Да се качим на някой от големите хълмове?"

Те казаха, че са. Мислеха, че са. Но да кажеш и да направиш са две различни неща.

При първия опит те не стигнаха далеч, преди един от тях да падне. Беше майка му и когато се изтърва, тя седна на студения сняг и се разсмя. Той ѝ помогна да се изправи и те тръгнаха отново.

Този път Е-3 беше този, който падна, забивайки лицето си в студеното бяло вещество. Той се отърси, инструкторът му помогна да се изправи, а майка му мина, разпръсквайки сняг по пътя си. Той прие това като предизвикателство и ускори, подминавайки я с усмивка.

Следващото нещо, което знаеше, беше, че тя се приближава зад него. Попадна на малко насипан прах и го остави да се разпилее, като намери своята стъпка. Все пак той се вкопчи, даде всичко от себе си и я настигна. Спускаха се надолу, един до друг, после се разделяха, после отново се събираха. През цялото време се смееха като две малки деца.

В подножието на хълма, облечен от глава до пети в небесносиньо, беше баща му. Той се открояваше; късче синьо, заобиколено от девствен сняг - с инвалидна количка в ръце.

„Снегът" - каза E-3, вдишвайки поредния зефир. Вкусът му беше още по-добър, целият разтопен. После усети леден студ и се събуди заобиколен от лед във ваната. Чичо Сам беше там, седнал до него.

„E-3, този път наистина ме изплаши."

„Какво? Какво стана?

„Чух някакви шумове и влязох да те проверя. Прозорецът ти беше широко отворен, а завесите се развяваха. Почувствах челото ти, а ти гореше. Страхувах се, че ще получиш пълен припадък. Дори крилата ти изглеждаха повяхнали.

„Обмислях да се обадя на 911, но после реших да не го правя. Исках да кажа, че не можех да те заведа в спешното, не и с тези крила. Трябваше да те кача в инвалидната количка, да напълня ваната с лед и да видя дали ще успея да сваля температурата ти. Излязох навън и взех лед, като помолих за дарения приятели от квартала. Те ми помогнаха изключително много."

„Вече се чувствам по-добре, благодаря - каза той и се опита да се изправи. Не стигна далеч, преди отново да падне.

„Трябва да ми кажеш какво се случва."

„Не мога, чичо Сам. Трябва да ми се довериш."

Тийнейджърът се опита да се изправи отново. „Чакай тук", каза Сам, като излезе от банята и се върна с инвалидната количка. „Ето", той постави термометъра в устата на племенника си. „Ако е в норма, можеш да се качиш на стола."

Беше нормално, така че с увит около него халат E-3 беше вдигнат от банята и качен на стола. Крилата му се разшириха, после се отпуснаха на мястото си и вече нямаше усещането, че горят.

Докато минаваше покрай дневната, той зърна новините.

„Снощи е отклонена самолетна катастрофа - каза говорителят. „Наричат го приземяване по чудо, но ето и няколко необработени кадъра, заснети от един от нашите зрители, докато се е случвало."

Той изгледа клипа, на който се виждаше как самолетът се приземява, но нямаше нищо друго - нито един кадър от него. Почувствал облекчение и се върнал в стаята си.

„Веднага ще се върна, за да ти помогна да се облечеш.“

Толкова му се искаше да разкаже всичко на чичо си - но не можеше. „Благодаря“, каза той, след като се облече.

„Винаги те подкрепям.“

„Връщам ти се“, каза тийнейджърът. „Мисля, че ще отида в кабинета си да напиша нещо.“

„Добра идея, имам задължения в къщата в списъка със задачи, които искам да свърша днес.“ Той тръгна да си тръгва, но се обърна назад. „Знаеш ли, хлапе, не е нужно да пишеш роман веднага. Можеш да си водиш дневник или журнали. Да записваш нещата, които един ден може да забравиш. Като скъпоценни спомени.“

„Мислех да напиша нещо и да го нарека „Татуиран ангел“.

„Това ми харесва.“

След като влезе в кабинета си, той седна за момент и се замисли за самолета - чудеше се как е успял да направи това, което се искаше от него. Не би могъл да го постигне, без помощта на лебеда и неговите птичи приятели, или без помощта на стола си. Дори онези двама желаещи да бъдат ангели бяха помогнали по свой начин, като го насърчаваха на заден план.

Той се съсредоточи върху писането и набра заглавието: Татуиран ангел.

Пръстите му искаха да напишат още, но умът му искаше да се скита. Облегна се назад на стола си и се загледа в празния екран. Трябваше му фантастично първо изречение, като това, което беше написал неговият прародител Чарлз Дикенс - „Аз съм роден".

Когато след известно време вече не можеше да понася гледката на белия екран, той набра -

Иска ми се никога да не съм се раждал.

И продължил да пише.

Вече не мога да ходя.

Никога няма да играя професионално бейзбол или хокей или да получа спортна стипендия.

Не мога да бягам.

Не мога да скачам.

Има толкова много неща, които не мога да правя.

Никога няма да ги направя.

Той спря да пише, виждайки нещо в горния десен ъгъл на екрана, което се движеше надолу. Тече.

Сълзи. Дребнички сълзи.

Присъединяване. Ставаха все по-големи и по-големи.

Каскадно спускащи се по екрана.

Стори му се, че чува нещо - увеличи звука.

"BAX! WAH! BAX!" - запя висок глас.

Втори глас се присъедини към него.

"WAH-WAH!

WAH-WAH!

WAH-WAH!"

Е-3 изключва компютъра.

Това беше само едно изказване и той се почувства по-добре. Всеки има нужда от съжаление от време на време. Беше излязъл от системата си.

Знаеше едно нещо със сигурност - като писател не беше Чарлз Дикенс.

Чарлз Дикенс обаче не можеше да лети.

✳ ✳ ✳

Събуди се, време е да тръгваме!" Рейки каза, че лети към прозореца.

Хадз чакаше на отворения прозорец. „Готов ли си?"

И така, те очакваха от него да скочи, от третия етаж на къщата си. „Няма да изляза оттам! Вижте колко високо сме."

„Забравяш, че имаш крила."

„И ако паднеш, ще разбереш".

Поне беше все още с дрехите си, когато го пуснаха в инвалидната количка. Той се размърда, гледайки надолу, и се зачуди как крилата му трябваше да задържат и него, и стола му във въздуха.

„Ами инвалидната ми количка?"

„Помниш ли какво каза Офаниъл? А сега - излизай!"

Щом излезе, крилата му се разпериха напълно. Над раменете си той можеше да види крилата в действие.

Малките, но силни същества го издигаха все по-високо и по-високо, водейки тийнейджъра по нощното небе, докато ярките звездни очи го гледаха отгоре. Когато сметнаха, че е готов, го пуснаха.

„Мога да летя", каза той. „Аз наистина мога да летя!"

„Престани да се изтъкваш - каза Рейки, - и се заеми с програмата."

„Бих го направил, ако знаех каква е тя", изсумтя той.

Хадза летя напред. E-3 и Рейки се издигнаха над училището, до бейзболното игрище. Напред към градското ядро. Светлините на пистата край летището бяха в пряка конкуренция със звездите над него.

„Справяш се много добре - каза Рейки.

„Благодаря ти."

Звукът от отказал двигател на джъмбо джет пред тях привлече вниманието му.

„Вижте там, този самолет е в беда. Иска ми се да имах телефона си, за да се обадя за помощ." Двигателят се разлюля и самолетът спадна малко, след което се изравни.

„Не ти трябва телефон. Добре дошъл на второто ти изпитание".

„Очакваш от мен да, какво? Да нося самолета на гърба си? Не мога да спасявам самолет, нямам достатъчно сили. Не мога да го направя."

„Добре тогава", каза Хадз, когото сега бяха настигнали.

„Едно нещо обаче трябва да знаеш, че ако не ги спасиш - всички на борда ще загинат".

„Всички 293 пътници. Мъже, жени и деца."

„Плюс две кучета и една котка" - добави Рейки.

Главата му се напълни с писъци от хората в самолета. Как ги чуваше през дебелите метални стени? Кучетата лаеха, а една котка мяучеше. Едно бебе плачеше.

„Спрете, изключете го и аз ще го направя".

„Няма да го изключим."

„Но ще свърши, след като приземиш самолета безопасно на летището, там".

„Вярваме във вас", каза Хадз.

„Но няма ли да ме видят? Ако ме видят, играта ще свърши, имам предвид с условията на Офаниъл - никога няма да мога да видя родителите си."

„Да те видят?"

„Това е най-малкото ти притеснение!"

„А сега тръгвай - каза Хадз. „О, и може би ще ти трябва това."

Сега той имаше предпазен колан, който да го държи в инвалидната количка, докато се движи по небето към падащия самолет.

„Ще наблюдаваме", извикаха те.

„Ще ми помогнете ли, ако имам нужда от вас?"

„Това са твои изпитания, които се полагат само на теб. Ние сме тук, за да те подкрепим. Успех."

„Чакайте малко, няма ли да ми дадете някакви подходящи уроци? Да ми покажете какво трябва да правя?"

ПОП.

POP.

„Благодаря за нищо!" - извика той.

Налетището, в кулата за контрол на въздушното движение, един контрольор забелязва, че самолетът има проблеми. Без да може да се свърже с пилота, той забелязва неидентифициран летящ обект на радара си.

Използвайки Супермен и Mighty Mouse за вдъхновение, E-Z вдигна ръце. Той се позиционира под тялото на могъщия метален звяр и призова всичките си сили.

„Помислих си, че можеш да се възползваш от малко помощ - каза един по-голям от нормалното лебед. Той кимна и птиците долетяха от много посоки. Когато джъмбо джетът се свърза с него, истинските птици се изравниха. Помогнаха му да задържи самолета стабилно. Да го стабилизират, за да може той и столът му да поемат цялата му тежест.

Вътре нещата се търкаляха като топчета. Трябваше да побърза и му се искаше да има още един комплект крила или по-мощни крила. Само ако беше в бялата стая. Съсредоточи се върху задачата и се подготви психически за спускането. Поглеждайки надолу, той забеляза, че столът му също има крила - на подложките за крака и на колелата. „Благодаря ви" - прошепна той на никого. После към птиците: „Вече се справям, благодаря ви за помощта".

Вече готов, той спусна джъмбото надолу, като го държеше стабилно и хоризонтално. Докосна предната част на самолета до асфалта. След това, тъй като шасито не се беше спуснало, трябваше да се махне от пътя. Изпъна дясната си ръка, доколкото можеше да стигне, и позиционира стола си далеч от средата на самолета. Той спусна средата на самолета, а след това и опашката. Направи го! Да! Отдалечи се под плашещите звуци на крещящи сирени, приближаващи се от всички посоки под формата на пожарни коли, линейки и полицейски автомобили.

Преди да го забележат, той отлетя. Благодарните пътници вътре ликуваха, правеха снимки и го записваха на телефоните си. Скоро той се върна при Хадза и Рейки.

„Справихте се много добре. Гордеем се с теб, протеже."

Той се усмихна, докато не усети, че крилата му са сякаш някой ги е подпалил. Следващото нещо, което разбра, беше, че гори, и го болеше толкова силно, че му се искаше да умре. Искаше да умре. Жадуваше за нея. Сега, в свободно падане, със стол, обърнат надолу, той държеше очите си широко отворени и чакаше устните му да целунат земята. След това бе отнесен от двама ангели, които го отведоха у дома и го сложиха да спи.

Болката не намаляваше, но E-3 знаеше, че днес няма да умре. Той щеше да бъде в безопасност за още един ден. Друго изпитание. Всичко, което трябваше да направи, беше да оцелее след това.

Когадиамантеният прах ще започне да действа?"
" Хадз попита. „Той все още изпитва огромни болки."

„Това беше ново лечение, така че не мога да кажа кога - но ще започне да действа - в крайна сметка".

„Надявам се да издържи толкова дълго!"

„С помощта на чичо Сам той ще се справи. Щом започне да действа, ще видим признаци. Някои физически промени."

Е-3 продължи да хърка

ПОП.

POP.

И отново ги нямаше.

ГЛАВА 11

Ден по-късно Е-Зи**беше** планирал деня си. Първо трябваше да приготви раницата си за съботното пътуване до парка. Щеше да закусва, да пише малко и след това да тръгне. Докато приготвяше раницата си, той чу високите гласове на Хадза и Рейки, преди да ги види.

„Чувам ви", каза той.

ПОП.

Хадз се появи пръв.

ПОП.

След това Рейки - и двамата в своето напълно преобразено ангелско великолепие.

„Добро утро - запяха те в болезнено сладък унисон.

Е-Зи пъхна тетрадка в раницата си и няколко химикалки, като ги игнорираше. Надяваше се в парка да намери нещо вдъхновяващо, за което да пише. Той посегна да закопчае ципа на раницата си, когато забеляза, че двата ангела седят на ципа.

„О, съжалявам. Почти не ви видях там."

„Уф, малко не достигна" - каза Рейки.

Хадзъс трепереше прекалено силно, за да произнесе и една дума.

Те полетяха по раменете му, докато той насочваше стола си към затворената врата.

„Трябва да поговорим с теб" - каза Хадз.

„Това е... важно. Направихме нещо..."

„На мен?"

Те увиснаха пред очите му.

„Да. Докато ти спеше преди няколко седмици."

„Преди няколко седмици! Добре, слушам..." Всъщност той се опитваше да не се издъни. Мисълта, че те са направили нещо с него. Докато е спал. Без негово разрешение. Това беше ужасно нарушение на доверието. Той стисна юмруци. Тишина. Той скръсти ръце. Нямаше да ги улесни.

Сам почука на вратата: „Закуска Е-3, имаш ли нужда от помощ?"

„Не, добре съм. Ще дойда след няколко минути." Тишина, която препречваше звуците навън от връщането на Сам в кухнята.

„Преди всичко - каза Хадзъ, - ние направихме това, което направихме, само за да ти помогнем".

„С изпитанията. Направихме нещо, за да ти помогнем да постигнеш целите си."

„Искате да кажете, че можехте да ми помогнете, със самолета? Със сигурност можех да се възползвам от вашата помощ. За щастие, успяхме да се справим благодарение на онзи лебед и птиците".

„Е, да, относно това, помощта не е позволена - нито от приятели, нито от птици. Докладвахме за въпросния инцидент на съответните власти."

Е-З поклати глава, не можеше да повярва на това, което чуваше. „Да не ми казвате, че някой е наранил лебеда или птиците? По-добре не ми казвайте това... А и защо точно този лебед ми говореше, при това на английски. Направи го, нали знаеш".

„Този въпрос е поверителен" - каза Хадз, като трепна близо до лицето му с ръце на хълбоците. Рейки зае същата позиция и крилете им докоснаха клепачите му.

„Ей, престани", каза той по-силно, отколкото възнамеряваше.

„Всичко е наред там?" Сам попита през затворената врата.

„Добре съм" - каза той и размаха ръка пред лицето си, като размаха съществата из стаята. Рейки се удари в стената и се плъзна надолу. Хадзъ, който вече беше по-надолу, се опита да хване Рейки, но твърде късно. И двамата ангели паднаха и се приземиха на пода.

„Съжалявам - каза тийнейджърът. Той премести инвалидната си количка по-близо до тях. Чудеше се дали в главите им се въртят звезди като на анимационни герои от старите времена. Обичаше това, когато се случваше с Уайл И. Койот. Те се запънаха малко, затова той ги сложи на леглото. Когато ангелите се съвзеха, той каза: - Още веднъж съжалявам. Не исках да ви блъсна. Крилата ти ме гъделичкаха в очите."

„Да, така беше!" Рейки каза.

„И ние няма да го забравим."

Той се почувства зле. Бяха толкова малки; не осъзнаваше, че едно движение може да ги накара да полетят така. Сякаш ги беше изхвърлил с бухалка от парка, а той едва ги беше докоснал.

„За това..." Рейки каза.

Хадз се включи: „Докато ти спеше, ние извършихме един ритуал върху теб."

Е-3 отново запази хладнокръвие, но едва-едва. „Ритуал, казвате?" Те го погледнаха, виновни като грехове. „Ако бяхте хора, щяха да ви хвърлят книгата за това, че сте направили нещо с мен без мое разрешение. Това е нападение над непълнолетно лице. Щеше да си в затвора..."

Ангелите се разтрепериха и се хванаха един за друг.

„Нямахме избор."

„Направихме го за ваше добро."

„Разбирам това, но в този момент извинението ви НЕ се приема".

„Достатъчно справедливо", казаха ангелите. „Засега." Те запяха: „Призовахме силите, великите и илюзорни сили над вас и навсякъде около вас. Помолихме ги да ти помогнат, като увеличат силата, смелостта и мъдростта ти. Казано по-просто, вярвахме, че се нуждаеш от повече, и затова го призовахме за теб."

„Разбирам. Извинението все още НЕ се приема."

„Направихме го с най-малък дискомфорт за теб - каза Хадз.

Е-Зи обмисли тази последна информация. Докато в същото време разглеждаше инвалидната си количка. Сега тя наистина изглеждаше различна, освен очевидната промяна в цвета на подлакътниците.

„Какво става с моя стол напоследък?" - попита той. „Сякаш си има собствено мнение."

Ангелите отново се разтрепериха.

„Какво направихте? Точно така? Защото подозирам, че не само сте нападнали мен, но и стола ми".

Накрая ангелите обясниха всичко за диамантения прах и кръвта. За силите, с които са били дарени той и столът. „Тъй като трудностите на задачата се увеличават, ще трябва да ги увеличите".

„Вече знам, затова и крилата ми горяха. Увеличават температурата си след всяка задача. Но продължавам да си повтарям, че всичко ще си заслужава, когато отново видя родителите си."

„Ако изпълниш изпитанията в определения срок. И следваш указанията докрай - каза Хадз.

„Чакай малко" - каза Е-З. Удари с ръце по подлакътниците. „Никой не е казал, че има краен срок. Нито в Бялата стая. Нито по някое време. И ако има книга с правила, които трябва да спазвам, тогава ми я дай, за да я прочета. Освен това не е имало никакъв ангажимент и от двете страни. Никой не е казал колко завършени изпитания са необходими, за да се скрепи сделката. Трябва ли да оформим всичко в писмен вид? Има ли такова нещо като ангелски адвокат или още по-добре ангелска правна помощ?"

Хадз се засмя. „Разбира се, имаме Ангелски адвокати, но трябва да си Ангел, за да отговаряш на условията за получаване на такъв".

Рейки каза: „Справихте се с първата задача без ничия помощ. Спасихте живота на това малко момиче с инициативата на вашия стол, силата на волята и късмета. Тези три неща могат да те отведат само дотам, затова ти осигурихме повече огнева мощ. Най-многото, което можехме да поискаме."

„Най-многото, което бихме могли да рискуваме да ти дадем."

„Ей, какво имаш предвид, че рискуваш? Искате да кажете, че този ритуал може да ми навреди?"

„Направихме ти услуга. Изложихме се на риск, за да ти помогнем. Ако сега не можеш да ни простиш, то един ден ще го направиш".

„Говориш за избягване на въпроса ми! Мислил ли си някога да се занимаваш с ангелска политика - ако изобщо има такова нещо?"

Хадз каза. „Хората около теб може да забележат някои промени във външния ти вид".

„Да, може би", каза Рейки с усмивка.

„Какво имаш предвид под физически промени?" - изкрещя той.

ПОП.

ПОП.

И те изчезнаха.

Е-З отново беше сам. Докато си проправяше път към вратата, той се чудеше какво имат предвид. Каквото и да беше, скоро щеше да разбере. Междувременно си мислеше за това, че сега в стола му течеше неговата кръв. Как столът е продължение на самия него. Той се насочи към кухнята, където го чакаше чичо Сам.

***

„Е,това не се получи точно както го планирахме", каза Рейки. „Той беше доста ядосан на нас. Не мисля, че някога ще ни се довери отново."

„Той се нуждае от нас повече, отколкото ние от него."

„Можем да му изтрием съзнанието, както направихме с другите."

„Ако той не ни прости, няма какво да направим. Изтриването на съзнанието му не е опция. Без негово съгласие и ако, не когато разбере, ще го отчуждим завинаги. А знаеш на кого няма да му хареса."

„Прав си, както винаги - каза Хадза.

„Смяташ ли, че някой ще забележи промените във външния му вид днес?" "Не, не.

„Забелязахме, нали!"

„Може би трябваше да му кажем, поне за косата му. може би щеше да ни хареса. Ако бяхме обяснили."

„Мисля, че промените щяха да са по-добри, ако идваха от някой друг, а не от нас."

„Хората са много странни", каза Рейки.

„Това са те. Но да работим с тях е единственият начин да се издигнем като истински ангели".

„За наш късмет, той е доста приятен."

ГЛАВА 12

И-З заби вилицата си в чинията с палачинки. Беше гладен, сякаш не беше ял от дни. И беше жаден. Хвърляше чаша след чаша портокалов сок. Напълни чинията си с палачинки и продължи да яде, докато всички свършиха.

Сам се засмя, когато видя племенника си, след което продължи да потапя в кафето си парче препечен хляб с масло.

„Какво е толкова смешно?" Е-З попита.

„Нищо, предполагам."

Единствените звуци в кухнята бяха от мляскане, рязане и дъвчене. Освен часовника, който тиктакаше на стената зад тях.

„Какво?" Е-З поиска, като забеляза, че чичо му се усмихва и го крие зад ръката си.

„Има нещо различно в твоята, ами, нали знаеш, тази сутрин. Искаш ли да ми кажеш нещо? Като например защо?"

Двете същества изскочиха и всяко седна на едно от раменете на Е-3. Те подслушваха и на него никак не му хареса неканената им намеса, затова ги отблъсна.

ПОП.

ПОП.

Те изчезнаха.

„Не съм сигурен какво имаш предвид.“

Сам си наля още една чаша кафе. „Това за момиче ли е? Защото всяко момиче трябва да те приеме такъв, какъвто си.“

Е-3 се засмя. „Никакво момиче. Много си се объркал.“

Двамата млъкнаха за още няколко мига бара, в който часовникът тиктакаше.

„Опаковах си чантата и ще отида в парка, след като свърша малко писане тази сутрин. Взимам си бележник и няколко химикалки, в случай че паркът ме вдъхнови“.

„Звучи като план, но първо ми помогни да се прибера“, каза Сам и стана от масата.

Тийнейджърът отдръпна стола си назад и заедно бързо почистиха. Е-3 отиде в кабинета си и затвори вратата след себе си, когато се чу звънецът на входната врата.

Сам пусна Арден и Пи Джей. „Той е в кабинета си и работи. Очаква ли ви? Ако е така, не ми е казал нищо за това“.

„Изпратих му съобщение, но той не отговори“, каза Пи Джей.

„Затова решихме, че ще се отбием и ще го изведем днес. Да се уверим, че се е забавлявал малко. Този човек работи твърде много. Мама каза, че ще ни закара дотам. Само трябва да проверя при Е-Зи и после да й се обадя."

„Племенникът ми е запален по тази книга, която пише. Може да се възпротиви."

„Така или иначе днес ще го вземем оттук" - каза Пи Джей.

„Той планираше да отиде в парка, след като напише малко. Но слезте долу, може да се срещнем по-късно там?" Сам се върна в кухнята, като извади от фризера малко смляно говеждо месо. Той провери шкафа за сос, спагети, яйца, лук, галета и спанак. Имаше всичко необходимо, за да приготви по-късно спагети и кюфтета.

Двете момчета се отправиха по коридора, след като окачиха палтата си.

Сам се загърна в палтото си. От известно време отлагаше косенето на тревата. Днес беше денят, в който щеше да се погрижи за нея.

Е-Зи се опитваше да пише, но творчеството му не достигаше. Когато приятелите му пристигнаха - той се зарадва на прекъсването. Отвори Фейсбук, като се престори, че проверява актуализациите. „Здравейте, момчета." Обърна стола си към тях.

„Човече, какво, по дяволите, стана с косата ти? Да не би да сте били в салона за красота без нас?"

„Показахте им снимка и поискахте обратен вид на Пепе Ле Пю?" "Не, не.

„И веждите ти също! Дори не знаех, че могат да ги боядисват?"

Е-З прокара пръсти през косата си, без да има никаква представа за какво говорят. Чакай малко - за това ли говореше Сам?

„И очите му, те също са различни."

Арден се наведе: „Да, имат златни петънца в тях. Страхотно!"

„Ей, човече, отдръпни се" - каза Е-З. „Вие двамата ме побърквате. Да нахлувате в моето пространство не е готино."

„Той поне не мирише на Пепе", каза Арден и се отдръпна. Пи Джей се присъедини към него от другата страна на стаята, където те си шепнеха помежду си.

„Имаш ли нещо против да направим снимка?"

Е-З се усмихна и каза: „Моцарела."

Пи Джей показа снимката, която беше направил, на Арден. „Виждате ли!", казаха те, правейки голямото разкритие.

Е-З не можеше да повярва на това, което виждаше. Русата му коса имаше черна ивица, минаваща по средата, и сиви петна по слепоочията. Сиво! Той увеличи мащаба, бяха прави, очите му имаха златисти петънца. Умът му се върна към диамантения прах, така ли изглеждаше диамантеният прах? Тези двама ангели-идиоти са направили това! И по-добре да знаят как да го поправят! Следващия път, когато ги види, щеше да ги накара да си платят. Междувременно се опита да разведри обстановката.

„Голяма работа. Имах тежка нощ.“

Арден попита: „Какво не ни казваш?“

Пи Джей добави: „Косата ти посивява, а все още си в гимназията. Мислиш ли, че това е нормално?“

„Мисля, че той е прав; правим голяма работа за нищо. Какво каза чичо ти за това?“

„Не е забелязал, или ако е забелязал, не е казал нищо.“

„Какво? Искаш да ми кажеш, че Сам дори не е забелязал?“

„Очите му отворени ли бяха?“

Е-3 се опита да си спомни. Първо, чичо Сам го беше попитал дали има нещо да му каже. Това ли имаше предвид?

„Само за секунда“ - каза Е-3, докато си проправяше път към банята. Той използва десеткратното увеличение на огледалото, за да се огледа по-отблизо. Задъха се. Звездите или петната в очите му бяха различни. Не бяха вредни, всъщност го правеха да изглежда готин. Той разгледа сивите коси по слепоочията си.

И какво от това? Беше преживял много с умирането на родителите си. Плюс ежедневния натиск на гимназията. И свикването с инвалидната количка.

Да не говорим за справянето с архангелите и изпитанията.

Преждевременното посивяване на косата му не беше проблем. Той премести огледалото, като прокара пръсти през косата си. Текстурата беше различна, когато докосна черната ивица. Усещаше я груба, подобна на четина. Не е проблем, щеше да я намаже с малко гел и...

Отвън косачката за трева се включи в движение. Сам най-сетне се бе заел със страшното дело. Преди злополуката косенето на тревата беше най-омразното задължение на Е-Зи.

Сам извика, когато косачката спря.

Столът на Е-З се запъти към входната врата, която се отвори сама. Той излетя, подмина стъпалата и се приземи на моравата зад Сам.

„По дяволите!" Сам възкликна. Беше ударил един камък с косачката, а той излетя нагоре и го удари близо до окото му. Капчици кръв се стекоха по бузата му и се разпиляха по тревата.

Инвалидната количка се придвижи до мястото, където беше кръвта, поглъщайки я с колелата.

„Добре ли си?"

„Добре съм", каза Сам. Той бръкна в джоба си, извади носна кърпа и я поднесе към раната си.

Пристигнаха Арден и Пи Джей. „Чухме писъка."

„Добре съм, наистина", каза Сам. „Малък инцидент. Няма нужда да се тревожиш или притесняваш. Нека се върнем вътре."

Той хвана дръжките на инвалидната количка и я бутна. Беше изключително трудно да се маневрира с нея по тревата.

Междувременно Арден донесе косачката и я прибра в навеса.

„Напълняхте ли?" Пи Джей попита, забелязвайки трудностите, които Сам изпитваше.

„Тази сутрин изядох около двайсет палачинки".

„Може би черната ивица е по-тежка от нормалната ти коса?" "Не, не. Арден се присъедини към тях с усмивка.

„О, те забелязаха" - каза Сам.

„Да, още откакто пристигнаха, ми се караха за това. Защо не каза нищо?"

Сега вътре E-3 извади лепенка и я сложи върху раната на чичо си.

„Беше едва доловима промяна", каза Сам. „Не!" - усмихна се той. „А, и обмислял ли си някога да се занимаваш с професията на медицинска сестра? Имаш деликатно докосване."

Пи Джей и Ардън се подиграха.

ГЛАВА 13

E-Z и приятелите му се върнаха в офиса му. Той реши да се задържи близо до дома си, в случай че Сам има нужда от него. Сам беше твърде зает с приготвянето на вечерята, за да мисли какво можеше да се случи с косачката.

„Вечерята е готова" - обади се той няколко часа по-късно. „Ела и я вземи."

Е-З поведе пътя: „Мирише вкусно!"

Те седнаха и си раздадоха храната и подправките.

„Вече имаш доста лъскава кожа", каза Арден на Сам.

Сам, който досега не знаеше, че има видима рана, и сега я носеше с гордост. Той забоде нож в поредното кюфте и го сложи в чинията си.

„Какво изобщо се случи там - попита Пи Джей.

„Беше камък. Попадна в косачката и ме удари". Той продължи да бута храната си в чинията. „Как върви писането?" - попита той племенника си, като отклони вниманието от себе си.

„Тази сутрин нямах време да се занимавам с него."

Сам смени темата и попита дали се случва нещо в училище или в отбора.

„Тази вечер имаме тренировка - каза Пи Джей.

„И се надяваме Е-З да хване в утрешния мач".

Е-З поклати глава, за категорично „не" и продължи да се храни.

„Единининг, само един и ако не искаш да продължиш да играеш, това не ни притеснява", каза Арден.

„Страхотна идея" - каза чичо Сам. „Потапяй си пръста. Ако не се чувстваш добре, излез. Какво имаш да губиш?"

Пи Джей отвори уста да каже нещо, но реши да не го прави. Вкара кюфте в устата си. Дъвчеше и пиеше. „Когато си там, Е-З, ти повишаваш морала на всички. Момчетата мислят много за теб. Винаги са го правили и винаги ще го правят."

„Добре", каза Е-З. „Ще седна на пейката, ако смяташ, че това ще помогне. След вечеря ще слезем в парка и ще потренираме малко. Да видим как ще се развият нещата."

„Достатъчно справедливо", каза Пи Джей.

Те благодариха на Сам за страхотната вечеря.

„Ти сготви, така че ние ще почистим - предложи Арден.

Е-Зи и Пи Джей си размениха погледи.

Когато Сам се отдалечи от ушите, Пи Джей каза: „Ти си такъв целувач".

114

Арден плисна малко вода в посока на Пи Джей, но Е-Зи улови по-голямата част от нея в лицето.

Пи Джей отвърна на плисъка, който се разпръсна по кухненския под, удряйки обувките на Сам.

„Мопът и кофата са в гардероба - каза той и на излизане грабна палтото си.

Завършиха с почистването, като дотогава бяха почти сухи, освен Е-З, който си смени ризата. Най-накрая стигнаха до бейзболния диамант, а той вече беше окупиран.

„Чудесно", каза Е-З. „Хайде да вървим."

На страничната площадка бяха няколко момичета от мажоретния състав на противниковия отбор. Едно от тях, червенокосо момиче, погледна в посока на Е-З. Тя направи въртележка и се приземи с лекота.

„Предполагам, че можем да останем за малко" - каза Е-З.

Те прекосиха игрището и стигнаха до пейките. Трябваше поне да се поздравят, иначе щяха да изглеждат като глупаци.

Малкото червенокосо момиче прошепна нещо на приятелката си и те се захилиха.

Е-З беше сигурен, че се смеят на него.

„Имаме компания - каза червенокосото момиче.

„Да, един пич в инвалидна количка с коса на зебра и два ботаници" - извика третият басист. Очакваше всички да се засмеят на неубедителната му шега, но никой не го направи.

„Не му обръщай внимание - каза приятелят на червенокосото момиче. „Той е жалък.“

„Отдръпни се“, извика левият полеви играч. „Тук няма място за един инвалид.“

Е-З игнорира всички коментари. Столът му обаче не го направи. Той се буташе, въртеше се като бик, който се опитва да се измъкне от кошарата. „Уау!“ - каза той, когато столът се препъна като див кон.

Ардън се хвана за дръжките на стола и той възстанови нормалната си функция.

Зад чинията кетчерът изпусна една муха и обърка едно подаване. „Виждам, че ви трябва приличен кетчър - каза Е-З.

Мажоретките се захилиха.

„Дайте ми пет минути зад чинията, само пет. Ако успея да хвана всяко подаване, което изпратите в моя посока, тогава ще ви направим услуга и ще останем“.

„А ако не успееш?“ - попита питчерът.

Кетчерът свали маската си. „Ще ни купите хамбургери и пържени картофи.“

„И шейкове“ - добави първият бейзмен.

„Сделка“ - каза Е-З, докато столът му се буташе напред.

Той седна търпеливо, докато Арден закопчаваше наколенките си. Пи Джей издърпа протектора на гърдите над главата си и сложи маската на кетчъра на лицето си. Е-З заби юмрук в ръкавицата на ловеца.

„Добре, хвърли ми топката - заповяда Е-З.

„Надявам се, че знаеш какво правиш, приятелю" - казаха Арден и Пи Джей.

„Повярвай ми", каза Е-З. Той се завъртя на позиция зад чинията. „Батер!"

Питчерът направи знак на Арден да удари. Той си избра бухалка и застана до чинията.

Е-З даде знак на питчера да хвърли висок фастбол. Вместо това питчерът хвърли крива топка и тя беше точно в зоната. Ардън пропусна да удари, но не напълно, тъй като се свърза с топката тичешком и тя се върна обратно. Е-Зи се надигна на стола си и я грабна.

„Уау!" - изкрещя питчерът. „Хубаво спасяване."

„Късметлия" - каза първият бейзмен.

Мажоретките се приближиха.

Второто подаване към Арден, той изскочи в дясното поле.

Пи Джей се изправи на бухалката и удари в аут. Е-З улови лесно всички топки, но последното подаване беше диво и той едва не го загуби. Пи Джей се беше насочил към първата, но Е-З изхвърли топката и той беше аут.

Те играха, докато не стана твърде тъмно, за да видят повече топката.

След края на играта решиха, че тя е равна. Отидоха в близката закусвалня и всеки сам си плати храната.

„Ще ви убием в утрешния мач", похвали се Брад Уипър, капитанът на отбора.

„Играете ли Е-3?" Лари Фокс, първият бейзмен, попита.

„О, той със сигурност ще играе" - казаха Арден и Пи Джей.

„Определено."

Червенокосото момиче беше Сали Суон и тя прошепна нещо на Арден, който поклати глава. „Попитай го сам" - каза той.

„Какво да ме питаш?"

Бузите ѝ почервеняха.

„Искаш да знаеш какво се е случило, нали?"

Тя кимна. „Ти ли помоли фризьора си да го направи, или те..."

„Сбърка ли?" - каза той.

Тя кимна.

„Събудих се тази сутрин и всичко беше така. Край на историята."

„Изтеглете другата" - каза един играч. „А сега ни кажи защо си в инвалидна количка".

Е-3 разказа своята история. Всички останаха тихи, докато той го правеше. Никой не ядеше и не пиеше. Когато приключи, той се притесняваше, че всички ще се отнесат различно към него, но това не се случи.

Говореха за предстоящите Световни серии и други разговори, свързани със спорта.

По-късно, когато приятелите му го придружиха до вкъщи, всички бяха тихи. Той каза лека нощ на момчетата и се прибра в стаята си. Опита се да гледа телевизия, да пише малко, но каквото и да правеше, все си мислеше за всичко, което беше загубил. Паднал на леглото, загледал се в тавана и накрая заспал.

ГЛАВА 14

Е-3 спеше, сънуваше.

„Събуди се Е-3! Събуди се!" Рейки каза, като скачаше нагоре-надолу върху гърдите му.

„Престани!" - възкликна той.

Хадза пръсна малко вода върху лицето му.

Той я изтръска. „Вие двамата имате да обяснявате и да поправяте нещо. Върни косата ми такава, каквато беше. И очите ми също!"

„Няма време!" - казаха те, когато столът му се преобърна, захвърли го в него, а след това излетя през вече отворения прозорец.

„Аз дори не съм облечен!" Е-3 възкликна.

Рейки и Хадза се захилиха и казаха на Е-3 да си пожелае това, което иска да облече. Когато той отново погледна надолу, беше облечен с дънки, колан и тениска. Той погледна към краката си, където обувките му за бягане сами завързаха връзките си. Докато се издигаха в небето, Е-3 им благодари.

„Значи ни прощавате?" Хадз попита.

„Дайте му време", каза Рейки.

Е-З кимна, докато столът му се издигаше все по-високо и по-високо. Над самолета, минавайки покрай него. Очевидно не беше тяхната дестинация. Летяха нататък, докато инвалидната му количка не спря напълно, след което се насочи надолу.

„Ето го - каза Рейки.

Долу група хора стояха пред висока офис сграда на групичка.

„Чувстваш ли това?" Е-З попита, като забеляза, че въздухът около инцидента е различен. Той вибрираше с енергия.

„Да", каза Хадз.

„Добре, че този път си забелязал - каза Рейки.

„Искаш да кажеш, че и друг път е имало вибрации?"

„Да, но с нарастването на силите ти ще можеш да занулаваш местата".

„И не само ти, твоят стол също може да ги долови."

„Искаш да кажеш, че имам супер-дупер умен стол? Знаех, че е модифициран, но това е страхотно!"

Ангелите се засмяха.

Столът ускори движението си, докато под тях се чуваха изстрели. Видяха хора да бягат, да крещят, да падат.

Е-З и неговият стол полетяха към хаоса, в насрещния поток от куршуми. Той трепна, докато инвалидната количка ги отклоняваше. Чудеше се какво ще стане, ако столът пропусне някой от тях.

„Сигурни сме, че си защитен от куршуми - каза Рейки, без да го пита. „Това беше част от ритуала."

„И диамантеният прах би трябвало да действа."

„Почти сигурни?" - каза той, надявайки се, че са прави. „Ако работи, значи е добър компромис за положението с косата ми!"

Желаещите да бъдат ангели се засмяха.

ГЛАВА 15

Инвалидната**му**количка се задвижи надолу и се спря на един мъж на покрива на сградата. Той стреляше в тълпата долу и по тях, когато те се приближаваха към него. Инвалидната количка се залюля напред, Е-3 чу странен звук, като от самолет, който слага колесника си. Той идваше от инвалидната количка, тъй като един метален калъф се спускаше надолу и се приземяваше върху човека. Пистолетът излетя от ръката му, прехвърли се през покрива, преди приспособлението да се захване. Мъжът се опита да отблъсне Е-3 и инвалидната количка от гърба си, но нищо не се получи.

В далечината се разнесе сирена, после стана все по-силна и по-силна, докато затваряше пролуката.

„Ако те пусна нагоре - попита Е-3, - ще се държиш ли прилично?"

Макар че мъжът кимна в знак на съгласие, инвалидната количка отказа да помръдне.

Е-3 трябваше да обезвреди оръжието и да се махне оттам, преди да пристигне полицията. Той се зачуди дали някой отдолу е пострадал. Очакваше, че линейките са на път. Той и столът му обаче можеха да закарат тежко ранените до болницата много по-бързо.

Той се вгледа в пистолета от другата страна на покрива. Съсредоточи се, после протегна ръка. Сякаш ръката му беше магнит, пистолетът влетя в нея и той обезвреди оръжието, като го завърза на възел. Е-3 извади колана си и го използва, за да завърже ръцете на стрелеца зад гърба му.

Столът се вдигна и отлетя като ракета, докато вратите на покрива се отвориха. Модифицираната измишльотина се издигна, увиснала във въздуха, докато Е-3 наблюдаваше как екип на SWAT се придвижва към стрелеца и го отвежда в ареста. Изразът на лицето на офицера, който откри пистолета, завързан на възел, беше безценен.

За секунда-две той се поколеба, обмисляйки мандата си, но долу имаше ранени хора и той можеше да им помогне по-бързо от всеки друг и точно това направи. Щеше да се притеснява за последствията по-късно и се надяваше, че ще го разберат.

Е-3 се приземи близо до тълпата. Събра четиримата, които бяха най-сериозно ранени, и тъй като бяха в безсъзнание, използва част от крилото си, за да ги задържи на сигурно място на стола си, докато летяха в небето.

Столът поглъщаше кръвта на ранените пътници, която капеше от раните им. Тяхната кръв се смеси с кръвта на Е-З и Сам Дикенс. Тази амалгама изтласка куршумите от телата им и раните им започнаха да заздравяват.

Отне им няколко минути да стигнат до болницата. Докато пристигнат, всички пациенти бяха оздравели, сякаш раните им никога не са се случвали. Те се хвърлиха с ръце около Е-З и му благодариха.

На паркинга пред болницата всеки от тях скочи от инвалидната количка.

На входа стояха санитарите с готови носилки.

Е-З погледна в тяхната посока. Махна с ръка и отлетя в небето. Под него тези, които беше спасил, му отвърнаха с махане. Надяваше се, че чакащите придружители ще бъдат твърде раздразнени, че все пак не са били необходими.

„Благодаря ви - извика един млад мъж, като му махна с ръка.

„Надявам се да се видим отново" - възкликна жена на средна възраст.

„Вие сте истински герой!" - каза един мъж, който му напомни за чичо Сам.

„Напомняте ми на внука ми - с изключение на странната ивица в косата ви!" - каза възрастна жена.

Обслужващият персонал се приближи към четиримата с въпроса: „Някой има нужда от помощ?".

Младият мъж каза: „Няма да повярвате, но преди малко ме простреляха - два пъти. Мисля, че загубих съзнание. Когато се събудих - той повдигна предната част на ризата си, която беше изцапана с кръв, - раните бяха изчезнали."

Възрастната жена, чиято рокля беше изцапана с кръв, обясни как е била простреляна близо до сърцето си.

„Щях да съм загинала, ако онова момче в инвалидната количка не беше спасило живота ми."

Другите двама пациенти имаха сходни истории за разказване. Те похвалиха Е-3 и му благодариха отново. Въпреки че той вече не беше с тях.

„Мисля, че всички вие все пак трябва да дойдете в болницата", каза първият санитар.

Вторият санитар казал: „Да, вие сте преминали през травматично преживяване. Трябва да отидете на лекар и да получите разрешение".

И четиримата бивши пострадали граждани позволиха на обслужващия персонал да им помогне да влязат вътре. Те се опитали да качат най-възрастния от четиримата на носилката.

„Аз съм здрава като дявол!" - възкликна възрастната жена.

Те я последваха в болницата.

$$* * *$$

По-добре **да** го направим сега - каза Рейки.

❞ „Но е тъжно. Направил е толкова забележителни неща, а сега никой няма да си спомни.“

Те изтриха съзнанието на всички в околността.

„Той наистина свърши невероятна работа.“

„Да, беше добре избран“, каза Хадз.

Е-3 се върна вкъщи, като прелетя дотам толкова бързо, колкото можеше. Знаеше, че болката идва, но не и колко силна ще бъде този път. Едва успя да мине през прозореца и да се качи на леглото, преди раменете му да пламнат, което го накара да загуби съзнание.

Ангелите се върнаха, шепнейки успокояващи думи, когато той извика в съня си. Когато болката ставаше твърде силна, те я облекчаваха, като я поемаха върху себе си.

„Това е завършено изпитание номер три - каза Рейки. „Той преминава през тях с лекота.“

„Вярно е, но трябва да се уверим, че не е идентифициран. Той може да бъде видян, но трябва да изтрием спомените. Притеснявам се обаче, че може да пропуснем някого“.

„Ако изтрием спомените на всички в околността, всичко би трябвало да е наред“.

ГЛАВА 16

На **следващата**сутрин Е-3 ядеше зърнена закуска, когато Сам влезе в кухнята.

„Кафето мирише добре", каза Сам.

Тийнейджърът наля на чичо си пълна чаша. „Какво?" - попита той с усещането за дежа вю.

„Какво, какво?" Сам попита, докато добавяше малко сметана в чашата.

„Гледаш ме" - каза Е-3. - „Ама ти не ме гледаш". Той поклати глава. Дали беше в Деня на земята? Филмът за един ден, който се повтаря отново и отново, с Бил Мъри?

„О, това. Има ли нещо, което искаш да ми кажеш?" Той пусна бучка захар в кафето си.

Пренебрегвайки чичо си, той сипа в устата си корнфлейкс. „Не съм сигурен какво имаш предвид."

Сам изчака племенникът му да приключи със закуската. „Погледнах те снощи и леглото ти беше празно, а прозорецът беше отворен. Как си се измъкнал със стола си, не знам. Във всеки случай, ако ще излизаш, трябва да ми кажеш. Аз съм отговорен за теб и за твоето местонахождение. Следващия път обещай, че ще ми съобщиш къде отиваш и кога ще се върнеш. Това е обикновена учтивост."

„I..."

ПОП.

ПОП.

Хадз и Рейки се появиха. Рейки долетя до Сам и се разтрепери пред очите му. За няколко секунди Сам изглеждаше зомбиран. След това продължи да пие кафето си. Вдигаше чашата, отпиваше, слагаше я. Повтаря.

Е-3 напомни за една играчка за птици - в която птицата потапя главата си в чашата и пие. Как изобщо се наричаше това нещо?

„Дипи птица" - каза Сам. Той погледна часовника си.

Какво, по дяволите? Можеше ли чичо му да чете мислите му сега?

„Кой *не може да* чете мислите му ? " Хадзъ каза с усмивка.

Сам се изправи и с оцъклени очи и роботизирани движения отиде до мивката, изплакна чашата си и я сложи в съдомиялната машина. След това грабна ключовете от колата си и си тръгна, без да каже и дума.

Устата на Е-3и висеше отворена, докато обработваше информацията, след което поиска: „Добре, вие двамата. Какво направихте на чичо ми Сам? Нямахте право да... направите каквото и да е." Той беше толкова разгневен, че лицето му беше зачервено, а юмруците му - стиснати.

ПОП.

ПОП.

Той мразеше това. Всеки път, когато направеше нещо нередно, те изчезваха и той трябваше да им се извинява, за да ги накара да се върнат, когато не беше направил нищо нередно.

„Извинявай", каза той. „Моля, върнете се."

POP

ПОП.

„Каквото е станало, станало е", каза той спокойно. „Наистина ли прочете мислите ми?"

Рейки каза: „Да, но това беше изолиран случай."

„Това е добре. Никога нямаше да мога да се измъкна от отговорност за каквото и да било."

„Ние сме твоето подкрепление по време на изпитанията. От нас зависи да защитим теб и твоите приятели, включително чичо Сам".

„Какво сте му направили?" - попита той отново, когато на вратата се позвъни. Той не помръдна, изчака да отговорят на въпроса му. Звънецът се разнесе отново. „Само за секунда", каза той. „Кажете ми какво сте му направили. СЕГА!"

„Изтрих съзнанието му", прошепна Рейки.

„Какво си направил!"

„Трябваше да го направим, за да защитим теб и твоята мисия" - добави Хадз.

Пи Джей и Арден влязоха в кухнята. „Вратата беше отключена - каза Арден.

„Да, вчера казахме на Сам, че ще те вземем тази сутрин".

„Добро утро и на вас." Той се избута от масата.

„Трябва да поговорим, приятелю. Но бързаме."

Той грабна раницата и обяда си. Двамата се отправиха към входната врата. В горната част на стълбите столът се стрелна напред - сякаш искаше да полети надолу. Той помоли приятелите си да му помогнат да слезе по рампата. Арден и Пи Джей му помогнаха да се качи на задната седалка на колата. Арден прибра инвалидната количка в багажника.

„Здравейте, госпожо Лестър - каза Е-3, когато трите момчета се качиха на задната седалка на колата.

„Добро утро - каза тя, след което включи радиото. Дикторът говореше за някаква нова рецепта.

„След като вече бяха на път", прошепна Пи Джей, „какво правихте снощи?".

„Нищо особено. Ядох. Спах. Обикновено."

„Покажи му."

Пи Джей подаде телефона си и натисна бутона за възпроизвеждане.

Беше видеоклип в YouTube. На него, в инвалидната си количка, летящ из небето, пренасящ ранени хора. Столът му беше кървавочервен, движеше се толкова бързо като огнено петно. Виждаха се белите му крила.

А контрастът на тази черна ивица върху русата му коса подчертаваше външния му вид.

„Бива ме - каза Е-З, докато се чешеше по главата с нулево споделено обяснение. Той зачака ангелите да пристигнат и да изтрият мислите на приятелите му - не го направиха. Той чакаше светът да спре - не се случи. Чудеше се дали някога ще види родителите си отново? Дали това е било изпитание? Той обърна телефона и го върна.

„Пич - каза Арден, когато майка му се върна на мястото за паркиране.

„Бързай сега, защото ще закъснееш" - каза тя, докато отваряше багажника.

„Ще се видим по-късно" - каза Арден, докато майка му потегляше.

Тримата приятели се отправиха към училището, без да говорят. Последният предупредителен звънец щеше да се чуе всеки момент.

Е-З се заизкачва по коридора, усмихвайки се на себе си, като в същото време се притесняваше кой друг ще види клипа. Въпреки че беше невероятно да се види в действие. Като един по-як Супермен. Истински герой. Беше спасявал хора. Спасявал е животи. Той и инвалидната му количка бяха непобедими. Бяха динамичен дует. Чудеше се дали изобщо имат нужда от помощта на двамата желаещи да бъдат ангели. Беше се чувствал добре. Всеки един момент от него. Спасяването. Спасяването. Успешното приключване на поредното изпитание. Страхотно. Само ако можеше да разкрие тайната на най-добрите си приятели.

„E-Z Dickens!" Госпожа Клаус, неговата учителка, извика.

„Да, госпожо", каза Е-З и обърна страницата, за да прочете урока. Чудеше се защо си губи времето в училище. Вече нямаше нужда от него.

Опитваше се да не заспива по време на час. Госпожа Клаус го наблюдаваше повече от обикновено. Всеки път, когато се унасяше, тя повишаваше глас, сякаш беше забелязала.

След като звънецът удари и часът свърши, учениците се разотидоха, за да го оставят да излезе пръв през вратата. Той погледна към няколко от съучениците си, за да им благодари. Малцина установиха контакт с очи. Повечето гледаха настрани. Все още не бяха свикнали с новото му положение.

В коридора го чакаше тълпа от съученици и почитатели. Светкавиците избухнаха, докато се правеха снимки с фотоапарати и телефони. Надяваше се, че училищният вестник е там. Дори щяха да напечатат статия за него. Чакай малко. Никога повече нямаше да види родителите си - не и ако всички знаеха! Как се случи това!? Той си проправи път. Продължиха да му ръкопляскат, като с времето ставаха все по-силни. Няколко души извикаха: „Реч!"

Пи Джей се приближи и попита: „Виждали ли сте Facebook напоследък?"

Е-З вдигна рамене.

„Погледни последните", каза Пи Джей и показа на приятеля си заглавията.

„Местен герой в инвалидна количка". Той спря да се движи и кликна върху клипа. В него пишеше, че местният герой учи в гимназията „Линкълн" в Хартфорд, Кънектикът. Е-З скоро разбра, че учениците смятат, че той е героят - той беше такъв - но не можеха да знаят това. Не им беше писано да знаят нищо от това. Трябваше да са изтрили съзнанието си, както направиха с чичо Сам. Но това нямаше значение - той не живееше в Хартфорд, Кънектикът. Те бяха сбъркали. Защо тогава съучениците му ръкопляскаха?

Той се провираше, а те се отстраняваха от пътя. Той излезе направо под проливния дъжд. Е-З се зачуди дали не може да използва новопридобитите способности на стола си в своя лична полза. Въпреки че нямаше криза или изпитание, можеше ли да направи магия или да се прибере ритуално у дома? Мислеше си за това, докато продължаваше да се търкаля по тротоара. Веднъж столът му помогна да спаси едно малко момиченце, още преди да има някакви специални сили.

Мислеше си за магически думи като бибиди-бобиди-бу и експилиармус. Опита и двете на инвалидната си количка, но нито една от тях не направи нищо. Той погледна през рамо, чувайки стъпки, които се приближаваха зад него. Очакваше някой от приятелите си - вместо това беше по-млад ученик, който попита: „Къде са ти крилата?".

Е-3 се засмя: „Нямам крила." В един момент крилата му се появиха и го понесоха към небето. Първоначално той си помислил „о, не", но решил да се съгласи и помахал на детето, връщайки се на тротоара. Детето било толкова развълнувано, че дори не помислило да извади телефона си, за да заснеме момента. „Вкъщи!" - заповяда той. Светкавица от червена светлина го пренесе през небето, точно покрай къщата му, защото столът имаше къде другаде да бъдат.

Продължиха да летят, докато не се озоваха точно над един търговски център. Сега той усещаше как въздухът вибрира, придърпвайки го по-близо до мястото, където беше нужен. Столът се насочи надолу, като го изпусна в една банка, а след това спря във въздуха. Клиентите долу продължаваха да се разхождат - той беше извън полезрението им. Все още нямаше представа защо е тук.

Това поредното изпитание ли е? - запита се той. Зачака, но отговор не дойде. Ако това беше поредното изпитание, то времето между тях ставаше все по-малко и по-малко. Къде бяха онези двама ангели - нали те трябваше да му пазят гърба? Той си помисли за другите изпитания. Повечето от тях се случваха през нощта. На тъмно. Ами ако желаещите да станат ангели не можеха да излязат на светло, както вампирите? Той се засмя на тази странна връзка и се надяваше да е вярна. Някак си нямаше нищо против, че този път беше само той и столът му. Е-3 се върна към момента. Клиентите крещяха вътре в търговския център. Той полетя напред, излезе от банката и влезе в близкия универсален магазин. Мястото беше празно.

Докосвайки се до земята, колелата се завъртяха от само себе си, водейки го нататък. Е-3 се опита да поеме контрол. Но инвалидната му количка също искаше контрол. Тя се ускори, все по-бързо и по-бързо. Накрая той ѝ позволи да доминира, страхувайки се да не си изпочупи пръстите.

Столът спря напълно, когато на земята на около 4 фута пред тях се разпиляха клиенти. Повечето от тях бяха разперени и с лице надолу на пода. Някои от тях бяха сложили ръце на тила си, други - зад гърба си.

В различни позиции той забеляза охранителни камери, които показваха само статични изображения. Това не беше добър знак.

Инвалидната количка отново се дръпна напред към една млада жена. Беше облечена в камуфлажна екипировка с шапка, свалена над очите. Беше със светло лице, вероятно естествено руса, и сини очи, тип модел. В едната си ръка държеше пушка, а в другата - ловен нож. Нейната неподвижност при боравенето с оръжието го смути. Това и прекомерната употреба на червено червило с цвят на захарна ябълка. То беше размазано и превръщаше страховитата усмивка в заплашителна гримаса.

Е-З разгледа застрашените на пода. От колко време са там? Какво е чакала тя? Дали беше поискала пари? Кой извън магазина знаеше, че се разиграва тази заложническа сцена, тъй като камерите не работеха?

Едно от момчетата на пода привлече вниманието му. Е-З сложи пръст на устните си. Момчето се обърна на другата страна, точно тогава той забеляза на пода телефон с пулсираща червена светлина. Той записваше звука. Надяваше се, че момичето не е забелязало - изглеждаше така, сякаш всеки момент можеше да го загуби.

Столът на Е-Зи се изстреля като взрив от оръдие и скоро беше при момичето. Пистолетът ѝ полетя в едната посока, а ножът - в другата. Металната обвивка на стола се спусна надолу.

„Обади се на 911 - изкрещя Е-З. А към клиентите на пода: „Махайте се оттук!" Те побягнаха, без да поглеждат назад. Сега той остана съвсем сам с лудото момиче. „Защо го направихте?" - попита той.

Тя изрече думите на една песен, която беше чувал преди: „Не обичам понеделниците." После се усмихна, извъртя очи и каза: „Освен това е само игра." Тя се върна към напяването на песента за няколко секунди, със затворени очи. След това ги отвори и с див поглед и смях каза: „А, и ако имаш нужда от професионалист, който да ти боядиса косата както трябва, познавам някого".

„Е, благодаря", каза той, като прокара пръсти през косата си.

Спомни си една песен, която майка му пееше. Истинска история, за една стрелба. Групата беше кръстена на мишки или плъхове.

Той поклати глава. Момичето пред него приличаше на герой от игра, която беше играл няколко пъти. Дори до размазаното червило. Не можеше да си спомни коя, но беше сигурен, че имитира играч. „Да играеш игра е едно - никой не се наранява. Това е истинският живот. Ако нещо не ти харесва - спри да го правиш! Не наранявай другите."

„Изчезвай - отвърна тя, - сякаш имам някакъв избор по въпроса".

Полицията се втурна и той трябваше да си тръгне.

Намериха момичето обезопасено с оръжията си, завързани на възли, в коридора за сигурност на една игрова конзола.

Той се отправи към дома си в очакване да го сполети ужасяващото парене от крилата. Измина целия път дотам, дотук добре. Но беше толкова гладен, че нямаше търпение да изяде всичко, което можеше да му попадне в ръцете.

В хладилника имаше половин пиле, което той изяде, докато чакаше сиренето да се разтопи в тигана. Той погълна сиренето на скара. После си направи още едно, докато хрупаше ябълка. Когато приключи с ябълката, си взе сладолед от ваничката. Болката така и не се появи, но ако продължаваше да се храни по този начин, щеше да има сериозен проблем с теглото.

„Чичо Сам?" - обади се той, като провери дали не е някъде в къщата - не беше. Влезе в кабинета си и свърши малко домашна работа, после изигра няколко игри. Все още нямаше следа от Сам. Няма SMS. Никакви обаждания или гласови съобщения. Сам винаги го уведомяваше, когато се прибираше късно. Странно. Къде беше той?

ГЛАВА 17

Бешеслед полунощ, а от чичо Сам все още нямаше и следа. За пръв път пропускаше да приготви вечеря, камо ли да не каже на Е-3 къде е. Знаеше колко тревожен става племенникът му, когато нещата са извън неговия контрол. В такива моменти кожата на тийнейджъра го сърбеше, сякаш кръвта му кипеше под повърхността.

Седнал в инвалидната си количка, той правеше еквивалент на крачене. Търкаляше стола си нагоре по коридора и обратно надолу. Трудната част беше да се обърне, което той направи в кабинета си. На връщане към кухнята той включи телевизора, за да създаде бял шум. Спря да гледа, преди да се върне в коридора, и го завладя извънтелесно преживяване.

Намирал се във всекидневната в инвалидната си количка и гледал себе си по телевизора в инвалидната си количка. Е-3 поклати глава, опитвайки се да го осмисли. Защо Хадза и Рейки не бяха изтрили спомените си? После се случи - репортерът каза името му и действителния му адрес, включително предградието. Този път всичко беше наред - и не спря дотук.

„Тринайсетгодишният Е-З Дикенс, искаше да стане професионален бейзболист. И имаше необходимите умения. Тогава една злополука отнема родителите му - и краката му. Сиракът - превърнал се в супергерой - сега живее с единствения си роднина, Самюъл Дикенс."

Искаше му се да ритне в телевизионния екран. Казаха го точно така. Сякаш всички супергерои трябваше да са сираци. Сякаш това беше задължително условие. Когато телефонът му иззвъня, той се надяваше да е Сам - беше Арден.

„Гледаш ли го?" - попита той. „Казаха на ВСИЧКИ къде живееш!"

„Знам", каза Е-З. „По-лошото е, че чичо Сам е в самоволно напускане. Той винаги ми се обажда, независимо от всичко".

Ардън си поговори с баща си. „Остани там, татко и аз ще дойдем веднага. Можеш да останеш при нас, докато двамата със Сам измислите какво да правите. Остави му бележка."

„Благодаря, но тук ще ми е добре."

„Татко казва, никакви ако, и или но. Казва, че репортерите ще се нахвърлят върху теб като върху бял ориз - каквото и да означава това."

„Не съм мислил, че репортерите ще дойдат тук. Добре, ще се приготвя."

Отиде в стаята си, опакова чантата за нощувка, после отиде в кухнята, за да напише бележка и да я сложи на хладилника. Навън внезапно спря автомобил, който изсвири с гуми. Вратата се затръшна, след което се чуха изстрели, а през прозорците изхвърчаха парчета стъкло. Входната врата се взриви от пантите си, докато столът му тръгна към стрелеца, който поддържаше огън, докато те се приближаваха.

„Той е просто едно дете" - каза Е-3, възползвайки се от колебанието му. Той грабна пистолета, завърза го на възел и го хвърли през моравата.

Момчето, което беше по-младо от Е-3, използва секундите, в които той хвърляше пистолета, за да го свали на земята.

„Не е готино - каза Е-3, докато столът му го избутваше и пускаше металната клетка върху хлапето, което ридаеше и питаше за майка си. „Отдръпни се - каза Е-3 на стола.

Детето се беше свило в положение на плод, трепереше и плачеше. Столът прибра клетката: момчето не помръдна.

Сега Е-3 отново се върна в инвалидната си количка и попита: - Кой те докара дотук? И защо е цялата тази стрелба?"

„Не е нищо лично" - обясни момчето. „Трябваше да го направя. Един глас в главата ми каза, че трябва да го направя. Или ще убият мен и семейството ми. Ето защо откраднах ключовете на баща ми и се научих да шофирам - бързо".

„Никога преди не си шофирал?"

„Само в игри."

Отново игри. „За кого говориш? Как се казват те?"

„Не знам. Играя няколко игри онлайн. Една жена влизаше в играта и ми казваше, че ще убие сестра ми. Превключвах на друга игра; друга жена казваше, че ще убие родителите ми. В играта, която играех днес, трета жена ми каза, че ако не убия едно дете, което живее на този адрес, ще има тежки последици." Детето се хвърли към Е-З, но не стигна далеч. Креслото го бутна и спусна стрелата.

„Измъкни ме оттук!" - поиска хлапето.

Е-З се засмя; момчето имаше топки. „Стой долу - каза той на стола и помогна на хлапето да се изправи на крака. Хлапето му благодари, като се изплю в лицето му. Той стисна юмруци и се замисли дали да не откъсне шибаната глава на хлапето, но не го направи. Вместо това го прегърна. Детето отново се разплака, а сълзите му паднаха върху раменете и крилата на Е-З.

„Благодаря ти, пич", каза детето. Отдръпна се, сложи ръка на сърцето си и изчезна.

Когато полицията най-накрая пристигна, Е-З седеше на стола си до бордюра. После не беше. Отново беше вътре в силоза и се чувстваше клаустрофобично в пълната тъмнина.

✳✳✳

Преди това , когато е бил в металния контейнер, той е можел да се движи. Сега беше в инвалидната си количка и едва се движеше. Опита се да раздвижи пръстите на краката си в обувките си - не ги усещаше. Ако краката му не работеха тук, значи се радваше, че е в инвалидната количка. Те бяха екип: като Батман и Батмобила. В отговор на мислите му инвалидната количка се залюля напред като мастиф на повод.

„Измъкнете ни оттук - заповяда Е-3.

Той усети движение над себе си. Преместване на светлината като облак, който напредва по небето. Само ако можеше да излети нагоре и да избяга през покрива, но крилете му нямаха място да се разтворят.

Кожата му започна да мехурчести и той започна да се сърди. Къде беше сега онзи успокояващ лавандулов спрей?

PFFT.

„Благодаря ви - каза той. Сега дори това нещо можеше да прочете мислите му.

Раменете му се отпуснаха, докато той формулираше списък с искания:

Номер едно. Искаше да разкаже всичко на чичо Сам. И имаше предвид всичко. Нищо не беше пропуснато.

Номер две. Искаше Пи Джей и Арден да знаят. Не всичко, както би направил чичо Сам. Но достатъчно, за да разберат под какъв натиск е бил. Достатъчно, за да могат да го подкрепят и насърчат. Мразеше да ги лъже. Трябваше да знаят за изпитанията. Защо ги прави. Сякаш имаше някакъв избор по въпроса.

Номер три. Искаше да поискат разрешението му, преди да го отвлекат. Така щеше да знае какво да очаква след това. Мразеше да го захвърлят в това нещо.

Номер четири. Искаше да знае къде се намира. Защо винаги го пускат в един и същи контейнер. Защо понякога краката му работеха, а понякога не. Защо понякога столът му беше с него, а понякога не.

„Чакайте дванадесет минути" - каза женски глас. „Искате ли напитка?"

„Вода", каза той, когато металът вдясно от него изплю рафт с чаша вода върху него. „Благодаря." Той я хвърли обратно. Чашата отново се напълни догоре. Той я остави за по-късно.

Сега беше по-спокоен и в главата му изникна една песен. Баща му я обичаше. Инвалидната количка се поклащаше напред-назад, докато той пееше текста.

Столът набираше инерция - сякаш се опитваше да се освободи.

Секунди по-късно той се върна у дома, в спалнята си, където навсякъде имаше счупени стъкла. По стените пулсираха сини и червени светлини. Сега при счупения прозорец той погледна навън.

„Той е там горе!" - изкрещя един репортер.

Неотново!" - извика той, вече обратно в металния контейнер. „Измъкнете ме оттук!" Той ритна с крак стената на силоза. „Ауч!" - извика той. После се усмихна, щастлив, че отново усеща краката си, и се изправи. Вдигна юмрук във въздуха: „Кой си мислиш, че си, че ме водиш тук, по всяка твоя прищявка!"

„Времето за изчакване е шест минути, моля, останете на мястото си."

От стените пред него, зад него и от двете му страни излязоха ремъци. Той беше вързан на мястото си. Той се бореше да се освободи, но кожените ремъци само се затягаха. Скоро той можеше да движи само главата и врата си.

PFFT.

„Ах, лавандула", каза той. Под него инвалидната количка започна да се клати и да трепери. „Ще се оправи." „Нима вие, страхливците, се страхувате да слезете тук и да се изправите срещу мен?"

PFFT.

PFFT.

Той се отпусна.

* * *

Той спеше спокойно, докато покривът на силоза не се отвори като Астродома в Хюстън. И едно нещо погълна светлината. Той го усети, преди да го види. Отнемаше светлината от неговия свят. Под него инвалидната количка се разтресе, докато нещото отгоре започна да пада свободно.

То спря като паяк в края на въжето си.

Луцифер?

Сатана?

Той зачака, твърде уплашен, за да проговори.

„Здравей - о - о - о - о - изръмжа крилатото същество, а гласът му отскочи от стените.

Толкова му се искаше да може да запуши ушите си.

Съществото се усмихна, разкривайки подобни на бръснач зъби, докато изпускаше неприятна гнилостна миризма.

Той се задави, закашля се и му се прииска да покрие и носа си.

Звярът се засмя с рев, който се разнесе нагоре-надолу по металния му затвор, сякаш пукаше пуканки. Той се наведе по-близо до лицето на тийнейджъра и изрева: „Не говоря ли на вашия език, сър?".

Е-3 не отговори. Не можеше да го направи. Чувстваше се много негероичен. Фактът, че инвалидната му количка се тресеше под него, не повишаваше самочувствието му.

„НЕ МЕ ЛИ РАЗБИРАТЕ?" - изрева нещото и разтърси металния затвор до основи. Нещото се приближи още повече: „РАЗБРАХ. ТИ. НЕ. НЕ СЛУШАШЕШ. МЕ?"

То приличаше на говорещ облак с глава в центъра, който се готвеше да го обсипе с гръмотевици и мълнии. Забивайки нокти в подлакътниците, той намери смелост да каже: „Да". Прегледа в главата си списъка с исканията си.

Звярът изръмжа и от устата му излетя огън. За щастие на Е-3, топлината се издига. Изведнъж се почувства много гладен, за бекон.

„Харесвам бекон" - призна съществото.

Е-3 се зачуди дали е казал на глас това за бекона. Дори предвид ускореното ниво на страха си, той знаеше, че не го е казал. Това означаваше едно - всички могат да четат мислите му! Той се изправи и се опита да се предпази, като затвори съзнанието си. Мислите му се стремяха към храни, палачинки в кафенето на Ан, гъст шоколадов шейк, маслен сироп. Всичко, което да държи страха настрана и да намали тревогата. Това беше мъчение, това нещо можеше да прочете мислите му и да го затвори завинаги. Имаше ли Съюз на супергероите, към който можеше да се присъедини?

„Бах, ха, ха!" - изръмжа от смях нещото.

На E-З толкова му се искаше да достигне до ушите му, но тъй като не можеше, се утешаваше, че то поне има чувство за хумор. „Защо съм тук?"

Нещото не отговори веднага, затова той се опита да го психира с поглед. Беше особено трудно да задържи погледа, тъй като столът все се опитваше да го изхвърли от него. Той сви юмруци, като си навлече кръв.

Съществото се движеше със змийска ловкост, а пенестият му език се стрелкаше напред-назад, докато облизваше юмруците на E-Зи.

„Ауууу!" - изкрещя той. „Това е толкова гадно!"

„Още, моля!" - поиска нещото, докато кръвта по езика му трептеше като дъждовни капки.

E-З и преди се беше страхувал, но сега беше много по-страшен. По-скоро се вкамени - но той беше супергерой. Трябваше да събере сили отнякъде - дори столът да беше безполезен.

„Не, не, не, не, не, не, не" - запя нещото, докато се приближаваше, после зарииджа по-далеч, после отново се приближи. То отскачаше от стените.

След няколко мига съществото се успокои. То кръстоса краката си във въздуха. После постави дългия си костелив пръст върху бузата си. Изглеждаше така, сякаш очакваше да проведе приятелски разговор.

„Хадза и Рейки са отстранени от вашия случай - прошепна съществото. „Тези двамата бяха имбецили. По-малко от безполезни. Аз съм новият ти наставник."

Тъмното същество се разкрещя. То трепна горе, изпълни полупоклон с размах и се издигна по-високо в контейнера.

Е-3 се замисли няколко секунди, преди да отговори. Тези две същества му бяха верни. Бяха му помагали и се грижеха за него - и най-важното, не пиеха човешка кръв.

„Можем ли да обсъдим това?" Е-3 попита. Той се опита да се усмихне. Не знаеше как изглежда от другата му страна.

„НЕ!" - каза нещото, като се задвижи по-близо до изхода.

Е-3 гледаше как то се носи нагоре. Безпомощен. Безнадеждно.

„Чакай!" - изкрещя той, нещото беше наполовина в контейнера, наполовина извън него. „Заповядвам ти да чакаш!" Е-3 каза, когато покривът започна да се затваря, после нещото за миг се озова в лицето му.

„И-Е-С?" - попита то.

„Искам да поговоря с шефа ти, за връщането на Рейки и Хадз. Те са по-подходящи за моите, моите изпитания. За успеха на изпитанията."

„Не ме ли харесваш?" - изпищя съществото с глас като нокти върху тебеширена дъска.

„Спри! Моля те!"

„За връщането на онези двама идиоти не може да става и дума." Нещото се завъртя като хамстер в колело.

„Спрете го! Замайваш ми главата! Изведете ме оттук!"

„Добре" - каза то, скръсти ръце и примигна като жената в старото телевизионно предаване „Аз мечтая за Джини".

Силозът изчезна, а Е-З и столът му останаха да падат на земята.

„Аххххх!" - извика той.

След това инвалидната му количка изчезна.

И докато продължаваше да пада, той размахваше юмруци към съществото над него. Той се подготви за падането.

„Между другото, казвам се Ериел."

„Арргхххххх!" - възкликна той.

Отново се върна в инвалидната си количка и се държеше за живота си. Те продължаваха да падат.

ГЛАВА 18

CRASH!

Право през покрива на къщата му. Инвалидната му количка се наклони напред и го захвърли на леглото. След това се претърколи на пода. И двамата бяха добре. Не бяха по-зле от останалите.

Над него дупката, която бяха направили, се запълваше сама.

„О, ето те!" Сам каза. „Добре дошъл у дома."

Е-З дори не го беше забелязал. Беше заспал здраво на стола в ъгъла.

Сам се протегна и се прозя. После се запъти към стаята, където чакаше кана с вода. Изпи една чаша, след което предложи чаша на племенника си.

„Какво става с това злобно създание Ериел!" Сам каза.

Е-З едва не изплю водата.

„Кой? КАКВО?"

Сам продължи. „Този Ериел, е най-отвратителното, най-отвратителното обрасло летящо същество, което никога не съм се надявал да срещна!" Той стисна

156

юмруци. „Надявам се, че ме чуваш, където и да се намираш! Не се страхувам от теб!"

Челюстта на Е-З едва не падна на пода.

Сам продължи. „Онова нещо ме беше вкарало в метален контейнер. Сега вече знам защо си имал лош сън. Наистина беше като силоз. Каза ми, че трябва да му предам попечителството ти, иначе ще те застрелят".

„О, това", каза Е-З. „Предполагам, че си видял всички счупени стъкла. Беше някакво дете, опита се да ме убие".

„Знам всичко за него. Наблюдавах всичко от вътрешността на силоза. Знаеш ли, че там имаше телевизор с голям екран? И добра озвучителна система."

„Какво?" „Току-що бях там и Ериел не ми е казвал нищо за теб или за поемане на попечителството." Той прекоси стаята и погледна към тавана: „Това тест ли е, Ериел? Ако кажа нещо, ще отмениш ли предложението? Дай ми знак."

„С кого говориш? Ериел не е тук. Ако беше, щяхме да усетим миризмата му от километър. Не, ние сме сами - въпреки че вдигнах юмруци към него. Не очаквах, че ще ме чуе."

„Сигурно има очи и уши навсякъде."

„Казват, че бог има очи и уши навсякъде. Ако той съществува."

„Какво още ти каза за мен?"

„Каза ми, че е трябвало да умреш заедно с родителите си. Той и колегите му са те спасили, а сега трябва да преминеш през редица изпитания."

„Точно така. Бях се заклел да пазя тайна, така че се чудя защо ти е разкрил тази информация".

„Отначало се опита да ме изнудва, но ти се измъкна от това задръстване с детето. Той ме закара обратно тук, в къщата, и аз не можах да те намеря никъде".

„Да, защото те той ме е държал в контейнера."

„Той ме вкарваше и изкарваше няколко пъти, но аз отказах да се откажа от твоето попечителство. След вторя или третия път той каза, че си поискал да ми кажеш всичко и..."

„Наистина измислих план да го попитам това. Не му казах какъв е той - но той, както и повечето други напоследък, може да чете мислите ми".

„Какво имаш предвид, всички останали?"

„Преди Ериел имаше двама желаещи да бъдат ангели, които се казваха Хадз и Рейки."

„О, той наистина спомена двама имбецили. Каза, че са понижени в длъжност, за да работят в диамантените мини."

„Небето има мини?"

„Съмнявам се, че това нещо е от небето - ако има такова нещо".

„Имаш ли нещо против да отидем в кухнята да закусим?" Е-3 попита. Продължиха по коридора, Сам включи скарата и приготви хляб със сирене и масло.

„Докато ти спеше, направих някои проучвания за Ериел. Трябваше да се поразровя малко, за да го намеря, но след като стесних търсенето, попаднах на злато". Той обърна сандвичите в чинии и ги занесе на масата.

„Благодаря, нямам търпение да чуя всичко за него. Имаш ли нещо против, ако започна?"

„Не, давай." Сам видя как племенникът му отхапа четири хапки, след което сандвичът изчезна. Той подаде своя, без да се чувства гладен. „Започнах търсенето, като въведох Ериел. Нищо не излезе. Затова написах Архангели и името Уриил беше точно в началото на страницата."

„Мислиш ли, че са едни и същи?" Той отхапа още една хапка.

„Отначало си помислих, че е така. После намерих списък на архангелите и името Радуриел в еврейската митология. Когато проверих описанието му, там се казва, че може да създава по-малки ангели само с едно изречение".

„Искаш да кажеш, че са като Хадза и Рейки? Чакай малко, ако ги е създал, сигурно затова е успял да ги изпрати в мините".

„Мисълта ми е точно такава. И така, мисля, че въз основа на тази информация вече знаем, че Ериел с псевдоним Радуриел е архангел".

Е-З кимна.

„И така, продължих да копая и намерих това. „Принц, който наднича в тайни места и тайни загадки. Също така велик и свят ангел на светлината и славата".

„Уау, той е пълен зевзек!

„Той също така може да създава нещо от нищото, проявявайки го от въздуха".

„Значи, от това разбирам, че може да променя собствения си външен вид плюс външния вид на другите".

„Точно така. И аз записах някои думи". Той прокара лист хартия по масата. „Но не ги казвай на глас. Ако го направиш, ще го призовеш." Думите на хартията бяха:

Рош-Ах-Ор.А.Ра-Ду,ЕЕ,Ел.

„Запомни думите на това листче, в случай че някога ти се наложи да го призовеш при себе си".

„Откъде да знаем, че те ще проработят?"

„Използвайте ги само ако трябва. Не си струва да го викате тук - освен в краен случай".

„Съгласен съм." Докато ги повтаряше отново и отново в съзнанието си, той почувства утеха, знаейки, че архангелът не чете непрекъснато мислите му.

„Ериел каза, че трябва да ти помогна с изпитанията. Предполагам, че спасяването на онова малко момиче е било първото, което си трябвало да направиш?"

„Досега направих няколко. Първото, да, на малкото момиче. При второто спасих един самолет от разбиване."

„Уау! Бих искала да науча повече за това как сте го направили. Изненадана съм, че не са ви показвали по новините."

„Бях, но не можеше да се каже, че съм аз. При третия случай спрях стрелец на покрива на една сграда в центъра на града. Четвърто, друг стрелец в търговски център със заложници и пето, момчето отвън, което се опитваше да ме убие".

Сам вдигна чиниите и ги занесе в съдомиялната машина. „Не мога да ти кажа колко се гордея с теб. Всичко това се случва, а аз нямах абсолютно никаква представа".

„Бях се заклел да пазя тайна. Ако кажа на някого, той ще…"

„Да се уверят, че никога повече няма да видиш родителите си - да, каза ми той. Това ми звучи малко подозрително. Ериел не е от сантименталните хора, той беше като голяма топка гняв, която чакаше мишена".

„Нараних чувствата му, когато си помисли, че не го харесвам".

Сам се подигра. „Представете си това нещо да има чувства." Той се изправи. „Искаш ли кафе?"

„Предпочитам какао." Той се прозя. „Денят беше наистина дълъг."

„Можем да поговорим повече за това сутринта, но как се чувстваш относно крайния срок? Завършихте пет изпитания, за колко дни?"

„Бяха случайни. Не знам нищо за твърд краен срок."

„Ериел ми каза, че трябва да завършиш дванайсет изпитания за трийсет дни. Ако вече си на две седмици, тогава ще трябва да увеличат темпото - много".

„За първи път чувам това."

„Каза, че ако не ги завършиш навреме - ще умреш."

„Какво?"

„Също така, че всички, които си спасил, ще загинат. Сам направи пауза, мисълта да го загуби сега, когато те едва са започнали. Животът му отново щеше да е празен, само работа, дом, работа, дом. Е-Зи го гледаше и чакаше. „Извинявай, просто си мислех колко много означаваш за мен, момче. Но ми каза и още нещо; каза, че ще умреш заедно с родителите си. Това би означавало, че всичко, което сме направили, цялото време, което сме прекарали заедно, ще изчезне. И не казвам, че мога или някога ще заема мястото на родителите ти, но разбираш какво искам да кажа, нали? Обичам те, момче!"

„Връщам ти се", каза Е-З. Той искаше да прегърне Сам и Сам искаше да го прегърне, можеше да каже и все пак техните се преместиха. Той си пое дълбоко дъх: „Това е сурово. Но звучи по-скоро като Ериел."

„И още нещо, той каза, че всеки път, когато завършиш изпитание, душата ти се увеличава. Докато стигнеш дванайсетте, тя ще е на оптимална стойност. Душевна валута, която можеш да използваш, за да видиш и говориш отново с родителите си".

Столът на Е-Зи се отдръпна от масата, когато входната врата се издърпа от пантите и той се изстреля в небето.

„Арргхххххх!" Сам изкрещя откъм гърба му. Беше се вкопчил в стола и крилата на племенника си като неуправляемо хвърчило.

„Дръж се!" Е-З каза. „Мисля, че Ериел се обажда."

Те полетяха.

ГЛАВА 19

„**Задръжте**- ще кацнем." Инвалидната му количка се насочи надолу.

„Искаше ми се и аз да имам предпазен колан!" Сам възкликна, обгръщайки с ръце врата на племенника си.

„Не се притеснявай, кацането ще е безопасно."

„Ако не се пусна преди това! Арргхххх!"

Докато се спускаха надолу, Е-3 забеляза кръг от статуи. Тъй като нямаше какво друго да прави, той ги преброи - бяха сто с нещо по средата. Странно, бил е в центъра на града много пъти, но не си спомняше тази група бетонни блокове. Колелата на стола докоснаха земята, но Сам все още се държеше за живота си.

„Вече всичко е наред - каза Е-3. „Можеш да си отвориш очите."

Той го направи. „Ще убия този Ериел следващия път, когато го видя!"

„Шшшшш. Това може да стане по-скоро, отколкото си мислиш." Нещото, което беше забелязал в центъра на статуите, беше Ериел в човешка форма, по физически черти, но не и по размер. Нещо повече, той беше седнал в инвалидна количка, която висеше като магически трон.

Косата му беше черна като струя и се спускаше по раменете и до кръста му. Очите му бяха като въглен, а тенът му - като алабастър. Брадичката му беше покрита със стърнище, като сянка в шест часа, въпреки че беше по-близо до обяд. Устните му бяха много червени, сякаш беше сложил прясно червило. Докато носът му приличаше на нос на футболист, който го е чупил неведнъж. За дрехи носеше бяла тениска, черни дънки, а на краката си чифт сандали „Исус".

Е-З се завъртя в кръг, като отново огледа сто и десетте мъже. Всички те бяха облечени в модерни дрехи. Повечето носеха очила и силови костюми. Тогава той разбра истината: Ериел беше превърнал сто и десет живи, дишащи мъже в статуи.

И това не беше всичко. Осъзна, че макар да се намираха в централния бизнес район, не се чуваха обичайните звуци. В нормален ден колите, заседнали в задръстването, щяха да натискат клаксоните си, а изгорелите газове да изпълват въздуха.

Тишината беше обезпокоителна, но свежият чист въздух го накара да вдиша по-дълбоко. Това го успокои. Знаеше, че това е затишие преди бурята.

Погледна нагоре към небето. Един пътнически самолет беше спрял във въздуха. Покрай него имаше птици, които бяха спрели да летят. За фон - облаци. Неподвижни. Неподвижни.

После всичко над него се промени от синьо на черно.

И някогашната зловеща тишина се разкъса.

Това, което я замени, бяха стонове. Стонове. Корените на дърветата бяха изтръгнати от земята. А въздухът се сгъсти и се уви около гърлата им. Крадеше дъха им.

А под краката им земята започна да трепери. Тя се пропука широко. Земетресение. Разкъсване. Разкъсване.

И слънцето, луната и звездите засияха заедно, но само за секунда. След това се пръснаха и се разпаднаха на милиони парчета.

„Защо превърнахте хората в статуи? И защо се опитваш да унищожиш света?" Е-3 попита. „И защо се носиш там горе в инвалидна количка?"

„О, не" - извика Сам и размаха юмруци във въздуха.

Ериел се засмя: - Крайно време е да дойдеш тук, протеже. Как смееш да ми говориш, да ми задаваш въпроси. Аз съм велика и могъща, но съм истинска, а не фалшива като Магьосника от ОЗ. Ти съществуваш само защото съм избрал да те спася".

„Когато Офаниъл ми говореше в Библиотеката на ангелите, тя дори не те спомена".

Ериел се засмя и посочи костелив пръст, който се протегна надолу и докосна носа на Е-3. „Случаят ти беше предаден на мен, след като онези двама идиоти Хадз и Рейки се провалиха в задълженията си".

„Не ме докосвай!" Пръстът се отдръпна. „Пак те питам, какво правиш тук, на моя територия - и защо си в инвалидна количка?"

„Всичко ще бъде обяснено", каза Ериел. Той вдигна краката си нагоре и им се усмихна. „Харесвам тези обувки; много са удобни."

„Това не са обувки, а сандали" - каза Сам и се приближи до висящия стол.

„Чакай, чичо Сам, ела зад мен."

Ериел отметна глава назад и се разсмя. „Истината е куче, което трябва да се развъжда" - това е цитат от Шекспир, който означава, че чичо ти трябва да бъде опитомен."

„Защо ти!" Сам изкрещя, като вдигна юмрук във въздуха.

" Трудно е да победиш човек, който никога не се отказва" - това е цитат от Бейб Рут, един от най-известните бейзболисти в историята." Столът на Е-3 се вдигна от земята и полетя по-близо до Ериел.

„Бейзболът е игра на равновесие" - каза Ериел. „Това е цитат от писателя Стивън Кинг". Той се поколеба, после се усмихна с толкова голяма усмивка, че бузите му, можеха да се сринат, когато столът на Е-3 падна, сякаш беше направен от олово. „Опа - каза Ериел, докато ревеше от смях.

Не след дълго E-3 успя да придобие контрол над стола си и той се издигна като асансьор. Той се опита да овладее ситуацията с крилата си. Но нямаше време, тъй като се беше превърнал във въртящ се връх и се въртеше в кръг.

„Арргхххххххххх!" - извика той и заби нокти в подлакътниците на стола. Въртенето спря, столът отново падна като оловен балон, после спря.

Отново се опита да накара крилата си да заработят. Те не му съдействаха и следващото нещо, което разбра, беше, че отново се върти. Но този път беше в посока, обратна на часовниковата стрелка.

„Hhhhhggggrrraaa!" - извика той.

Ериел се разсмя толкова силно, че разтърси земята.

Долу Сам събираше камъни от паважа и ги хвърляше по Ериел, която избягваше и се измъкваше от повечето от тях. Един голям камък обаче се свърза с носа на съществото. „Избери някой, който е по-близо до твоята възраст!" Сам извика.

Докато кръвта се стичаше по лицето му, Ериел постави чичото на E-3 на мястото му.

„Неееее!" E-3 изкрещя, докато продължаваше да се върти. Когато спря напълно, обърнат с главата надолу, това, което видя долу, не можеше да бъде сбъркано. Чичо Сам сега беше една от статуите в кръга: там стояха сто и единайсет мъже. Беше толкова замаян, че все пак му хрумна един цитат и понеже беше всичко, което имаше, го изкрещя колкото можеше по-силно: „„It isn't over "till it's over!

ПОП.

ПОП.

Хадз седна на едното рамо на тийнейджъра, а Рейки - на другото.

„Това е цитат от Йоги Бера, а това, е от мен и чичо Сам!"

В ръцете си сега държеше най-голямата бухалка в света, копие на 54-ата унчера на Бейб Рут, и тя блестеше от диамантен прах. Нямаше представа колко е тежка, когато замахна към Ериел на трона на инвалидната му количка и го прати да се преобърне. Той изпя: „Поздрави човека на Луната, когато го срещнеш!"

В далечината се чу гласът на Ериел: „Изпитанието приключи!"

Хадз и Рейки аплодираха. Както и сто и единайсетте човека, които се бяха върнали в човешките си форми, включително чичо Сам.

„Разбира се, знаете, че той ще се върне - каза Хадз.

„И ще бъде много ядосан!"

„Благодаря за помощта!" Е-З каза, докато двамата със Сам летяха към дома.

Рейки и Хадз изтриха умовете на сто и десетте, след което подновиха работата си в мините и се надяваха никой да не забележи, че са измислили как да избягат.

Ериел продължаваше да се върти извън контрол, докато формулираше план за отмъщение.

ГЛАВА 20

С лед няколко натоварени дни E-Z най-накрая се наспа добре. Той сънуваше как играе бейзбол и на следващия ден Арден и Пи Джей дойдоха да го заведат на мач. „Днес не ми се играе, но ще дойда за морал", каза той.

„Разбира се", отговориха приятелите му.

След като изкараха E-Z на игрището, те настояха той да играе. Трябваше им да хваща и той се съгласи. Когато дойде първият път, когато трябваше да бъде на бита, той искаше да удари за себе си. Грабна любимата си бухалка и се запъти към игрището. Първото подаване беше високо и той го пропусна. Зоната на подаването му беше много свита, тъй като беше седнал.

„Първи страйк" - извика съдията.

E-Z се отдалечи от плочата. Направи още няколко тренировъчни замаха, след което отново се върна. При следващото подаване той се свърза с него и той се отказа.

„Страйк две" - обади се съдията.

„Няма батер, няма батер" - заговориха момчетата на полето.

Питчерът хвърли крива топка, а Е-3 се наведе към подаването и се свърза. Тя полетя, извън полето. Над оградата. Извън парка.

„Вземете базите", каза съдията. „Заслужаваш го, момче."

Е-3 се завъртя около базите, задържайки стола си да не излети. Когато столът му се свърза с плочата на домакините, съотборниците му се събраха около него и го аплодираха. Той се наслаждаваше на това, докато траеше.

Докато не се приземи отново в металния контейнер - само че този път беше свит на топка - и остана без стол. Подобно на новородено бебе, той дишаше дълбоко, тъй като това беше единственото нещо, което можеше да направи. Чакай. Бебетата можеха да се обръщат сами. Всичко, което трябваше да направи, беше да се концентрира, да се съсредоточи.

Да, той го направи. Единственият проблем беше, че не беше по-добре. Все още беше преобърнат, в тъмнина. Затворен в пространство без светлина и без възможност да се движи почти никак. Всъщност този път формата на металния контейнер беше различна. В единия си край беше по-тънък и имаше формата на куршум.

Знанието за това не му помогна, тъй като клаустрофобията и тревожността му се включиха на висока скорост. Чудеше се колко ли дълго ще може да диша в това ограничено пространство. Не за дълго. Въздухът щеше да му свърши за нула време и щеше да умре. Вдиша дълбоко, като се опитваше да намали нивото на тревожност.

Едно нещо беше сигурно - нямаше как Ериел да се побере в това нещо с него. Освен ако не взриви стените - което можеше да се окаже не толкова лоша идея.

E-3 почука по стените и тавана. Извика. Крещеше. Спомни си за телефона си. Можеше ли да стигне до него? Не беше там. Беше го сложил в спортната чанта, за да спази правилото, че на терена не се допускат телефони.

Извън контейнера се чуваха тревожни звуци. Драскане. Плъхове? Не, не плъхове. Той можеше да се справи с много неща, но не и с плъхове. „Пуснете ме навън!" - изкрещя той.

Двигателят се задейства. По-старо превозно средство, като камион. Подът под него започна да се клати и да дрънчи, докато куршумът се търкаляше напред и подскачаше.

Отвън контейнерът отскачаше от стените. Вътре той се намираше в толкова тясно пространство, че нямаше много движение. Това беше едно от предимствата на това да бъдеш хванат в капана на куршума.

Превозното средство се удари в нещо и главата на E-3 се свърза с горната част на нещото. Той извика, но звукът заглъхна. Металният контейнер отново се раздвижи, настрани. Той се удари в нещо, след което се върна в първоначалното си положение. Рамото го болеше от удара.

Е-3 се зачуди дали това не е задача на Ериел, но реши, че не може да е така. Започна да стига до заключението, че е бил отвлечен и е държан в плен. Но защо точно сега?

„Хей!" - извика той, когато металният предмет се търкулна и се приземи върху плоското дъно - там, където беше неговото дъно. Сега тежестта беше разпределена по-равномерно. Беше му удобно. Или толкова удобно, колкото можеше да бъде при тези обстоятелства. И така, той остана съвсем неподвижен, докато автомобилът не спря напълно и той не се преобърна наопаки.

Пое си дълбоко дъх, успокои се и изрече думите на глас,

„Рох-Ах-Ор, А, Ра-Ду, ЕЕ, Ел."

Докато чакаше, той попита: „Къде си, Ериел?
Рох-Ах-Ор, А, Ра-Ду, ЕЕ, Ел?"

„Ти ме повика?" Ериел отговори. Гласът му беше ясен и отчетлив, но той не се виждаше.

„Да, Ериел, мисля, че съм бил отвлечен. Намирам се в контейнер. Можеш ли да ми помогнеш?"

„Винаги знам къде се намираш" - каза Ериел. „Въпросът, който би трябвало да си зададеш, е ДАЛИ ще ти помогна".

„Не знаех, че ме наблюдавате 24 часа в денонощието!" Е-З възкликна, като с всеки изминал миг се ядосваше все повече. Той пое няколко дълбоки вдишвания и се успокои. Нуждаеше се от помощта на Ериел, а архангелът нямаше да го улесни. „Не мога да видя водача на това нещо и не мога да разперя крилата си. А къде е столът ми? Въздухът ми свършва тук. Ако искаш да завърша тези изпитания за теб, тогава по-добре ме изкарай оттук, и то бързо".

„Първо ме обиждаш, като ме питаш дали съм ангел, или не, а после ме молиш да ти помогна. Хората наистина са много непостоянни същества."

„Знам. Съжалявам. Моля те, помогни ми."

„Обмислял ли си - предложи Ериел. „Че това Е изпитание? Нещо, което трябва да преодолееш сам?"

„Искаш да ми кажеш, че това определено е изпитание?"

„Не казвам, че е. И не казвам, че не е", отвърна Ериел с кикот.

Е-З се опули. Толкова му липсваха Хадза и Рейки.

„Толкова е тъжно, че все още мислиш за онези двама идиоти. А сега Е-З, ако това беше изпитание, как щеше да се измъкнеш от него?"

„Първо, те се притекоха на помощ за мен, когато ти едва не уби Земята. Второ, това не може да бъде изпитание, защото няма кой да ми помогне".

Ериел се засмя. „Ти смяташ, че не си никой?" Ериел направи пауза. „Днес ти спасяваш себе си и само себе си. Използвайте инструментите, с които разполагате." Той се поколеба, после отново се засмя. „Мисли извън металния контейнер". Смехът му беше толкова силен в металния куршум, че заболя ушите на Е-З. Той ги закри. След това не чу повече Ериел.

Е-З затвори очи и се концентрира. Реши да свие юмруци и да се опита да изтласка стените. Колкото и да се опитваше, те не помръдваха. План Б беше да извика стола си, което той направи. Представи си, че не е далеч. Дали висеше горе и чакаше Е-З да го извика? Толкова се беше концентрирал върху призоваването на стола си, че не разбра, че някой се разхожда навън. Стъпки по тротоара. Един човек, с тополящи ботуши. Мъжът заобикаляше автомобила, стигаше до задната му част. Вкара ключа. Вратата се отвори.

„Той се търкаля тук" - каза мъжът.

Смях. Не беше смехът на Ериел. Смех на друг мъж.

После писък.

После още писъци.

После бягане. Бягство.

Още писъци.

После движение. Контейнерът се движи. Вдигане в инвалидната количка.

После се издига нагоре, все по-високо и по-високо. Напред към безопасността.

„Благодаря ви", каза Е-З на стола си. „А сега ме закарайте у дома при чичо Сам."

Е-З знаеше, че чичо Сам ще успее да го извади от контейнера. Щеше да му трябва гигантски отварач за консерви, но ако имаше такъв, чичо Сам щеше да го намери.

Инвалидната му количка обаче потегли в обратна посока.

КНИГА ВТОРА:
ТРИТЕ

ГЛАВА 1

Далеч, далеч от мястото, където живееше Е-З Дикенс, едно малко момиченце танцуваше. Уроците ѝ по балет се провеждаха в малко студио в централния бизнес район на Нидерландия.

Беше хубаво дете със златиста коса и линия лунички, простиращи се по носа и бузите ѝ. Най-запомнящите се черти на лицето ѝ бяха лешниковозелените ѝ очи. Цветът им беше същият като този на баба ѝ. Мечтата ѝ беше един ден да стане най-известната балерина в Холандия

Розовата ѝ пачка беше направена от тюл. Това беше лек плат, подобен на мрежа, използван от дизайнерите за професионални танцьори. Пачката ѝ е проектирана и ушита за нея от бавачката ѝ. Костюмът - произведение на изкуството сам по себе си - дотолкова, че всяко дете в класа искаше да има такъв.

Хана, бавачката на Лия, получи много молби от други родители да уши същата пачка за дъщерите им. Тя твърдо казвала на децата, на техните родители, на учителите и на много други, че няма време да се заеме с допълнителна работа. Въпреки че можеше да използва парите.

Всичко, което Хана правеше, го правеше, защото обичаше подопечната си Лия. Лия, която тя наричала Kleintje, което в превод означава „малката".

След като балетът (в превод: часовете по балет) почти приключи, Лия прибра обувките си. Тя разтриваше болните си крака.

Всички balletdansers (в превод: балетисти) - дори седемгодишни като Лия, трябваше да тренират минимум двадесет часа седмично.

Тази допълнителна работа, в допълнение към пълната училищна програма, изискваше всеотдайност и ангажираност. На децата, които не успяваха да се справят, бързо им показваха вратата. Без значение колко пари са предлагали родителите им, за да ги задържат в програмата.

Лия се надяваше един ден да се срещне с идола си Игон де Йонг - най-известният нидерландски балетист на всички времена. Откакто идолът й се пенсионира, Лия гледа нейните изпълнения по телевизията.

Хана се грижеше за Лия през делничните дни. Майката на Лия Саманта пътуваше по работа през седмицата.

Извън танцовото студио Хана и Лия се качиха във Volkswagen Golf. Скоро щяха да се приберат у дома.

„Имаш ли домашна работа?" Хана попита.

Лия кимна.

„Goed" се превежда като „добре". „Иди и започни, когато приготвя вечерята", каза Хана.

„Оке", в превод „добре" - отвърна Лия.

Лия веднага отиде в стаята си, където окачи балетния си костюм, след което се захвана за работа на бюрото си.

В училище учеха за легендата за Дървото на вещиците. Задачата им беше да нарисуват дървото и да създадат нещо вълшебно за него. Тя възнамеряваше да нарисува контур с тебешир. След това да използва чистачки за тръби за корените и блясък върху листата за магическия елемент.

Въпреки че имала природен талант за изкуство, не ѝ харесвало да го създава. Предпочитанията ѝ бяха насочени към танца. Тя не се оплакваше и не отхвърляше задачи, които не ѝ харесваха особено. Не беше в природата ѝ да бъде непокорна или разрушителна.

Въпреки че Лия живееше в Зумберт, Нидерландия, тя посещаваше международно училище. Английският ѝ беше отличен. Самият Зумберт беше известен в целия свят като родното място на Винсент Ван Гог. Лия знаеше всичко за Ван Гог, тъй като във вените ѝ и на него течеше една и съща кръв.

След като свърши домашното си, тя отвори компютъра си. Включи се и заигра на една игра. Достигането на следващото ниво щеше да отнеме само няколко мига. Скоро Хана щеше да я извика за авондетен (вечеря).

Никой никога не трябва да знае- каза едно гласче в задната част на съзнанието й. Лия се вслуша в гласчето, но за да е сигурна, че никой няма да разбере, затвори вратата на спалнята си.

Докато пръстите й щракаха по клавиатурата, крушката над бюрото й изгасна с пукот. Тя затвори лаптопа и отново отвори вратата. Погледна надолу по коридора, където бяха резервните халогенни крушки. Бавачката държеше запас от тях в шкафа за бельо в горната част на стълбището. Всичко, което Лия трябваше да направи, беше да излезе, да донесе една, да се върне и да смени крушката сама. Тогава щеше да има повече време да играе играта си.

Върнала се в стаята си, тя прецени ситуацията. Трябваше да се изправи на стола на бюрото си - който беше на колелца. Щеше да го притисне здраво към леглото, за да го закрепи. Да, това щеше да свърши работа.

Столът се закрепи под осветителното тяло, тя се качи на него. Като държеше новата крушка под брадичката си, тя отвинти старата. Изгорялата крушка тя хвърли на леглото. Взе другата крушка под брадичката си и я завинти.

ТРЯСЪК!

Новата крушка се взриви.

От нея се разпръснаха парчета стъкло, предимно дребни по размер. В лицето и очите на малкото момиче.

Лия не изкрещя веднага, защото синя светлина изпълни стаята и накара времето да спре. Светлината я заобиколи, докато се движеше на нивото на лицето ѝ.

СВИШ!

Появи се малко ангелско същество, което разгледа очите на момиченцето. След това реши, че те са повредени непоправимо, и прошепна: „Ще бъдеш ли ти, една от трите?"

„Я", преведено като „да", каза Лия. и времето спря.

Пристигнал ангелът, чието име било Ханиел. Тя изпя на Лия успокояваща приспивна песен, докато отстраняваше стъклото.

На английски език текстът на песента беше:

„Едно скръбно, тъжно момиченце седна

На брега на реката.

Момичето плачеше от мъка

Защото и двамата ѝ родители бяха мъртви."

На нидерландски език текстът на песента беше:

„Asn d'oever van de snelle vliet

Eeen treurig meisje zat.

Het meisje huilde van verdriet

Omdat zij geen ouders meer had."

За щастие, малката Лия спеше, така че не можеше да се уплаши от думите на приспивната песен.

Когато Ханиъл приключи с най-тежката част от раните на Лия, тя сложи ръце на хълбоците си и спря да пее. Задачата беше почти изпълнена, сега ѝ оставаше само да положи основите на новите очи на протежето си.

Двете малки ръчички на Лия бяха свити на топки. Стегнати малки юмручета. Ханиъл позволи на крилете си нежно да погалят затворените пръсти и да ги накарат да се разтворят.

Когато дланите на Лия се отвориха, ангелът Ханиъл очерта с показалеца си формата на око върху двете длани. Върху пръстите тя нарисува по една линия, която водеше от дланта нагоре до края на пръста. След като изпълни задачата си, ангелът Ханиел нежно целуна Лия по челото, след което с

СВИШ!

и изчезна.

Времето започна отново, а нашата смела малка Лия все още не беше изкрещяла. Шокът прави това с тялото ти като защитен механизъм и със спирането на времето болката също спря. Когато Лия най-накрая изкрещя, тя не можа да спре. Не и когато пристигна линейката. Нито когато я вдигнаха на носилка в автомобила със сирената, която се присъедини към нейния хор от писъци. Или когато я вкараха на носилка в болницата. Не и когато светнаха с голяма светлина в лицето ѝ, което тя усещаше, но не виждаше.

Престана да крещи, когато я упоиха. След това използваха най-модерната технология, за да отстранят останалите стъкла. Всяко парче стъкло обаче вече било отстранено. Хирурзите продължили и превързали очите ѝ, след което я отвели в стаята ѝ, за да се възстанови.

След операцията пристигна майката на Лия - Саманта. Тя беше хванала полет „Червено око" от Лондон. Тя се срещна с хирурга, докато дъщеря ѝ спеше.

„Съжалявам, но тя никога повече няма да прогледне", каза той.

Майката на Лия пъхна юмрук в устата си, борейки се с желанието да се разплаче.

Лекарят каза: „Тя може да научи брайловото писмо и да посещава училище за хора с нарушено зрение. Тя е в отлична възраст за учене и ще попива знания. За нула време подписването ще бъде втора природа за нея".

„Но дъщеря ми иска да стане балерина. Виждали ли сте или чували ли сте за сляп професионален танцьор?"

„Алисия Алонсо е частично сляпа. Тя не позволи на това да я спре."

Майката на Лия потупа спящата си дъщеря по ръката. „Благодаря ти, ще намеря подробности за нея в интернет. Седем години са твърде малко, за да бъдеш принуден да се откажеш от една мечта".

„Съгласна съм. Сега и ти си почини малко. Лия трябва да се събуди скоро и ще има нужда да бъдеш силна за нея. За момента, в който ще й кажеш. Ако искаш и аз да бъда тук, кажи ми."

„Благодаря ви, докторе, първо ще се опитам да се справя сам."

Когато вратата се затвори, майката на Лия докосна следите по лицето на дъщеря си. Оставените отпечатъци приличаха на гневни дъждовни капки. После погледна към спящата бавачка на Лия Хана. Докато минаваше покрай нея, за да вземе вода, тя случайно нарочно ритна лявата й обувка, за да я събуди. „Навън!" - каза тя, докато Хана се прозяваше.

Сега в коридора майката на Лия, Саманта, даде воля на емоциите си, без да се сдържа. „Как можа да позволиш това да се случи на бебето ми? Как можа!? В един момент бях на бизнес среща - в следващия трябваше да прекъсна командировката си и да хвана първия полет от Лондон! Какво се случи? Как се случи това?"

„Току-що се бяхме върнали от курс по балет. Аз приготвях вечерята, а Лия довършваше домашните си. Крушката сигурно е прегоряла. Тя взе друга от гардероба в коридора и се опита да я смени сама, но тя избухна. Когато изкрещя, аз бях там за секунди и ziekenwagen (линейката) пристигна за нула време. Молех се очите й да са наред, да се оправи, да се оправи".

„Тогава се молиш насън, нали?" Саманта попита, без да чака отговор. „Артсен (лекарите) казват, че тя никога повече няма да прогледне", каза Саманта с неприязнен яд в изказа си.

* * *

МеждувременноЛия сънува сън, в който лети с ангел. Беше обгърнала врата му с ръце и се бе сгушила в гърдите му. Движението на инвалидната количка във въздуха я люлееше и успокояваше.

След това съзнанието ѝ се преобърна и тя гледаше отгоре метален контейнер. Контейнерът седеше върху седалката на инвалидна количка с крила. Пренасяха го на неизвестно къде.

Тя вдигна дясната си ръка, а след това тук лявата и с тях видя, че в него е затворен ангел/момче. Той имаше мило лице, с очи, по-сини от небето, с петънца от злато, които ги караха да блестят, въпреки че беше в тъмното. Косата му беше предимно руса, с изключение на някои посивели места по слепоочията. Но най-странното нещо беше черната ивица по средата. Тя караше момчето да изглежда по-възрастно.

Ангелът/момчето в контейнера, возещ се на седалката на инвалидната количка, долетя до малкото момиче в съня ѝ. Тя докоснала контейнера и когато го направила, почувствала и чула сърцебиенето на ангела/момчето вътре. Не само това, но и да прочете мислите и емоциите му.

Лия се събудила и извикала: „Майко! Хана! Ела бързо!"

„Тук съм, скъпа", каза майка ѝ, докато се връщаше към леглото на дъщеря си.

Хана избърса очите си и отново влезе в стаята.

„Няма време майка ти да хвърля вината върху Хана. Това беше инцидент. Освен това нашата помощ е необходима. Моля те, намери ми хартия и моливи - СЕГА".

„Тя е в делириум!" Саманта възкликна. Тя провери челото на дъщеря си за температура. Тя изглеждаше добре.

Хана извади исканите предмети от чантата си и ги постави в ръцете на Лия.

Без да се колебае, Лия започна да рисува. Тя драскаше по хартията като вдъхновен художник. Саманта и Хана я гледаха с любопитство.

Първата рисунка, която нарисува, беше на момче в метален контейнер с формата на куршум. Контейнерът беше поставен на седалката на инвалидна количка, а количката имаше крила. Ангелски крила. Лия обърна страницата и нарисува втора картина на момче/ангел вътре от всички ъгли. От всички страни. След първата рисунка тя нарисува маниакално още много, а след това ги подхвърли във въздуха.

Картинките, сякаш бяха уловени от порив на вятъра - танцуваха из стаята, като се издигаха нагоре, после надолу, после наоколо. Сякаш бяха подвластни на магическо заклинание. Една от картинките погна бавачката и тя избяга от стаята с викове.

Лия сви здраво юмруци, после промълви някакви нечленоразделни думи.

„Да се обадя ли на доктора?" - попита истеричната й майка. „Моето бебе, о, не, бедното ми бебе!"

Хана се върна, разтреперана, докато гледаше как Лия се е унесла обратно в сън.

Двете жени седнаха до леглото на детето. Гледаха я как спи спокойно, докато накрая и те се унесоха в сън.

Лия не можеше да вижда с лешниковите си очи, с които се беше родила. Те бяха заменени с очи на дланите на ръцете й.

Новите й очи, поставени на дланите, включваха всяка нормална част на окото. Като зеницата, ириса, склерата, роговицата и слъзния канал. Всяко око на дланта имаше клепач. Горният започваше там, където свършваха пръстите. Долната част завършваше там, където започваше китката.

Що се отнася до миглите, на всеки пръст имаше татуирана линия на косъма. От върха на клепача до мястото, където започваше нокътят, както и палецът.

Което беше добре, тъй като никое младо момиче не би искало да има пръсти, по които растат косми.

192

Особено пък за момиченце като Лия, която се надяваше един ден да стане велика балерина.

ГЛАВА 2

Когато се събуди, дланите на ръцете ѝ силно я сърбяха. Всъщност я сърбяха повече, отколкото някога преди. Това ѝ напомни за нещо, което баба ѝ беше казала веднъж. Баба казваше, че когато дясната ти ръка те сърби, това означава, че ще получиш пари, и то много. Ако те сърби лявата ръка, означава, че ще загубиш пари. Никога не каза какво ще стане, ако и двете длани сърбят едновременно.

Мигът на ангела/момчето, затворено в контейнера, я върна към реалността. Тя разтвори дланите си, подготвяйки се да се почеше. Вместо това беше шокирана да види себе си отразена в тях. Усмихна се, сякаш позираше за селфи.

Все още не сто процента сигурна дали не сънува, тя обърна и двете си длани настрани от себе си. Намерението ѝ беше да направи панорамна снимка на стаята.

Беше декорирана така, сякаш плуваше в аквариум. Клоуни и златни рибки бяха заети да си гонят опашките. Тя продължи да движи ръцете си из стаята, докато не намери Хана. След това намери майка си. Тя изпищя от удоволствие.

Майката на Лия, Саманта, подскочи, както и Хана.

„Какво има, бебе?"

„Мамо? Виждам те."

„Разбира се, че виждаш, скъпа моя."

„Вярваш ли ми?"

„Да, разбира се, че ти вярвам. Но кажи ми нещо, преди защо нарисува инвалидна количка с крила? Инвалидните колички нямат крила."

Тя не вижда новите ми очи, помисли си Лия. „Обичам те, мамо, но някои инвалидни колички имат крила и някои ангели летят в инвалидни колички с крила".

„Аз също те обичам, бебчо", отвърна тя. „Какво момче/ангел? Сънувала ли си нещо?"

„Има едно момче/ангел", каза Лия.

„Момче/ангел? Къде, бебе?"

Лия разтвори дланите на ръцете си и си помисли за момчето/ангела. Мислеше толкова усилено, че го виждаше, чуваше, усещаше присъствието му в съзнанието си. „Момчето/ангелът идва тук, за да ме види", каза тя.

„Тук, скъпа?" - попита майка й, поглеждайки по посока на бавачката, която сви рамене.

„Да, момчето ангел има нужда от моята помощ. Той идва да ме види чак от Северна Америка".

„Когато нарисувахте картинките - попита Хана, - рисувахте ли по спомен за ангела/момчето?"

„Или от сън?" - попита майка й.

„Започна като сън, но сега го виждам и когато съм будна."

„Ако ме виждаш, бебе, какво нося?"

„Виждам те, мамо, но не със старите си очи. Но с новите си. Облечена си в червена рокля с перли около врата."

Възрастен пациент, минаващ покрай стаята й, спря на място, когато видя детето, държащо отворени длани пред себе си. *Това е тя*, помисли си той, и за да потвърди това, не му се наложи да чака дълго. Защото Лия, усещайки присъствието на друг човек, обърна лявата си длан по посока на вратата. Старецът видя как дланта й помръдва, след което се отдалечи от погледа й.

„Тя гадае - предположи Хана, като отклони вниманието на Лия от вратата.

Пристигна една медицинска сестра и Лия, която никога преди не я беше виждала, каза: „Здравейте, сестра Винке".

„Срещали ли сме се преди?" Сестра Хайди Винке попита.

Лия се захили. „Не, но мога да прочета табелката с името ви."

„Тя казва, че може да вижда с новите си очи", каза майката на Лия.

„Ето, ето - отвърна сестра Винке, като се занимаваше с майката вместо с малкото момиченце. Детето нямаше нищо против, когато сестра Винке изведе майка си навън, за да поговори с нея насаме.

„Нормално е дъщеря ви да използва въображението си при тези обстоятелства, тя е загубила зрението си. Тя е щастливо момиченце, въпреки че й се е случило ужасно нещо".

Саманта кимна и двете се върнаха при Лия.

„Трябва да си уморено дете", каза сестра Винке, като измери пулса на момиченцето.

„Не съм", каза Лия. „Току-що се събудих и не искам да заспивам отново. Ако заспя сега, може да го изпусна."

„На кого?" Винке попита, прибирайки момиченцето.

„Ами момчето/ангела", каза Лия. „Той вече се приближава. Почти е тук - и има нужда от моята помощ. Нямам търпение да се срещна с него. Той е изминал дълъг, дълъг път, само за да ме види."

„Ето, ето, дете", провикна се Винке. Тя натисна в ръката на Лия игла, пълна с лекарство, което предизвикваше сън.

Лия протестира, но след това веднага заспа.

„Лека нощ, лека нощ", провикна се майка й.

***

Възрастният **мъж** се върна в стаята си и вдигна слушалката. След това поиска външна линия.

„Тя е тук“, прошепна той в слушалката. „Видях я сам - точно тук, в болницата, в дъното на коридора от стаята ми.“

Настъпи мълчание, после се чу щракване в другия край. Старецът се качи в леглото. Той включи телевизора с дистанционното.

Любимата му програма: „Сега или Невърленд“ (известна още като „Фактор на страха“) тъкмо започваше. Искаше му се да види с какво ще се захванат тези луди глупаци в епизода тази седмица.

ГЛАВА 3

В **се още** натъпкан в сребърния куршум, Е-3 вече не се чувстваше толкова самотен. Защото в съзнанието си той говореше с едно малко момиче.

Тя бе дошла в съзнанието му, придружена от светкавица и писък. Беше ранена. Той наблюдаваше как ангелът Ханиъл ѝ помага. Слушаше как Ханиъл пееше песен на момиченцето, докато тя отстраняваше стъклото.

Това, което последва, беше неочаквано. Ангел Ханиъл нарисува линии върху дланта и пръстите на момиченцето. Ангел Ханиъл дари детето с нов вид зрение. И очи на дланта.

Той веднага разбрал, че съдбата на момиченцето е свързана с неговата.

Отначало, въпреки че я виждал в съзнанието си, не можел да общува с нея. Сякаш гледаше телевизионна програма в съзнанието си без звук. После, когато детето сънувало, тя дошла при него и сложила ръцете си върху куршума, в който бил попаднал. Тогава той знаеше това, което тя знаеше, и тя знаеше това, което той знаеше, и те бяха свързани.

Първите думи, които му бе казала, бяха: „Не обичам тъмнината".

Е-З бе отговорил: „Не се страхувай. Аз съм тук. Името ми е Е-З. А как се казваш ти?"

„Казвам се Сесилия", отговори детето. „Но приятелите ми ме наричат Лия. Можете да ме наричате Лия. Аз съм на седем години. На колко години си ти?"

Е-З беше помислил, че детето е по-малко. „Аз съм на тринайсет", каза то. „Аз съм от Северна Америка."

„Аз живея в Нидерландия", каза Лия.

И двамата млъкнаха, докато Лия използваше очите на дланта си, за да го погледне вътре в стоманения куршум.

„Какво правиш там?" - попита тя.

Е-З се замисли, преди да отговори. Не искаше да плаши детето, с истинската история в това, че е бил отвлечен като изпитание от архангел. Искаше му се да ѝ каже истината, но не беше сигурен, че тя може да се справи с нея, тъй като беше толкова малка.

Той казал: „Не съм съвсем сигурен защо бях поставен тук, но мисля, че беше така, че бях поставен тук, за да се срещна с теб". Той се поколеба, почеса се по главата и попита: „Познаваш ли Ериел?"

Лия беше поласкана, че е дошъл да се види с нея, но се притесняваше, че се е пренесъл по такъв начин в нейна полза. „Много съжалявам, ако сте принуден против волята си да пътувате по този път, за да се срещнете с мен. А и не, това име не ми е известно."

E-3 беше много любопитен за Лия. Тъй като тя каза, че е холандка, той беше изключително впечатлен колко отличен е английският ѝ.

„Усещах те, но не можех да те видя, докато не ми пораснаха очите, новите ми очи. Преди това можех да чета мислите ти. А ти можеше ли да прочетеш моите? О, и ти благодаря за моя английски."

„Видях какво се случи с теб, злополуката. Дълбоко съжалявам, че си бил наранен. Не бях в състояние да ти помогна, заради това нещо". Той удари с юмруци по стените. Закри ушите си, тъй като блъскащият шум се отразяваше. „Когато си сънувала, си била с мен. В главата ми."

Лия затвори десния си юмрук, като остави левия отворен и докосна външната стена. Дланта ѝ мигаше отворена и после затворена, отворена и после затворена. Тя не каза нищо, а се взираше напред като човек, изпаднал в транс.

В този момент E-3 реши да ѝ разкаже своята история.

„Родителите ми загинаха при автомобилна катастрофа. А аз загубих възможността да използвам краката си."

Той спря дотук. Чудеше се колко да ѝ каже.

Това колебание взе решението вместо него.

Тя спеше непробудно.

ГЛАВА 4

В болницата дежури нов лекар. Той прегледа за кратко картата на Лия. Виждайки, че Цецелия все още спи, той прошепва на майка ѝ.

„Трябва да заведем дъщеря ви на втория етаж за още едно изследване.“

„Това спешно ли е?“ Майката на Лия попита. „Тя спи толкова спокойно, би било срамно да я събудим.“

Лекарят, чийто етикет беше покрит от яката на медицинското му яке, се усмихна. „Няма нужда да я будите. Можем да я вкараме в машината, докато спи. Някои пациенти, особено по-младите, предпочитат този начин.“

Саманта погледна часовника си. „Разбира се, ще сляза с нея.“

„Няма нужда“, каза лекарят. „Имам асистенти, които ще дойдат след малко. Възползвайте се от времето, за да си вземете сандвич или чаша чай от лайка - жена ми се кълне в това нещо. Помага ѝ да се отпусне и да заспи.“

„Благодаря - каза Саманта, когато пристигнаха двама помощници. Двамата яки мъже, облечени в улични дрехи, вдигнаха Лия от леглото и я поставиха върху носилка с колелца. Лекарят извади одеяло от долната част на носилката и го сложи върху Лия. „Ще я държим на топло и ще се върнем за нула време. Не забравяйте да се възползвате от това време, за да се почерпите с чай или кафе".

Докато Хана спеше нататък, Саманта наблюдаваше как санитарите и лекарят бутат дъщеря ѝ по коридора. Сега, когато чакаше асансьора, тя наблюдаваше по-внимателно. Когато вратите на асансьора се затвориха, тя се запъти по коридора, пренебрегвайки вътрешното чувство, което я тормозеше. Отблъсна го, като си каза, че е гладна, и се отправи към кафенето. Беше много оживено. Предимно с членове на персонала, облечени в престилки.

Докато приготвяше и отпиваше от чая си, ѝ хрумна, че никой от персонала не носи улично облекло.

„Извинете ме", каза тя на един от лекарите. „Какво има на втория етаж? Там ли се правят рентгеновите снимки и сканирането на тялото?"

Той поклати глава: „Вторият етаж е родилното отделение."

Саманта се надигна от стола си, като при това събори горещия си чай и го разля в скута си. Когато тя изкрещя, от всички страни се появиха помощници.

„Дъщеря ми!" - извика тя. „Един лекар с двама асистенти току-що отведоха дъщеря ми Лия на носилка. Казаха, че я водят на втория етаж за някакви изследвания. Ако вторият етаж е за родилките, защо ще я отвеждат?

Избухването ѝ привличаше прекалено много внимание. Така че лекарят, към когото се беше обърнала на първо място, я подкани да излезе навън.

Върнаха се в стаята на Лия. Саманта обясни всичко по-подробно. Добре, че беше погледнала часовника си, за да може да им каже точното време, в което се беше случило всичко.

„Това е сериозен въпрос - каза доктор Браун. „Оставете го на мен. Имаме охранителни камери в цялата болница. Може би не сте чули за втория етаж? Може би тя е на седмия етаж, където в момента се извършва сканиране. Оставете го на мен. Седнете спокойно тук и аз ще се върна при вас възможно най-скоро".

Саманта седна и обясни всичко на Хана. Споделиха си сандвича с риба тон и всячески се опитваха да не се притесняват.

ДокатоЛия спеше, мъжът, който всъщност не беше лекар, и стажантите, които не бяха стажанти, напуснаха сградата. Отидоха до една чакаща кола. Оставиха носилката на паркинга.

Доктор Браун свика среща с администратора. С помощта на видеонаблюдението те станаха свидетели на отвличането на Лия. Предупреждават полицията, като дават описание на автомобила. За съжаление камерите не са засекли данните за регистрационния номер.

„Нека изчакаме малко - каза Хелън Мичъл, администраторът на болницата. Тя се пенсионираше само след няколко дни. „Преди да информираме майката на малкото момиче. Не искаме да я тревожим.“

„Не мога да направя това“ - каза доктор Браун.

„Полицията може да върне детето за нула време“.

„Надявам се да сте прав. Все пак това е притеснение. Надявам се да не стигнат далеч.“

Телефонът иззвъня, беше от полицията. Те пуснаха бюлетин за всички точки (АРВ) за малкото момиче. Поискаха скорошна нейна снимка.

„Искат скорошна снимка" - каза Хелън Мичъл.

„Единственият начин да я получим е да попитаме майка й - каза доктор Браун.

Хелън кимна, докато Браун се обърна да си тръгне.

„Кажете им, че ще я изпратим по факса възможно най-скоро."

„Ще изпратя някой от травматологичния екип", каза Хелън. После към полицаите по телефона: „Тя е сляпа и е само на седем години. Защо, по дяволите, тези трима мъже са си направили труда да я измъкнат от болницата по този начин?"

„Не мога да кажа - отвърна полицаят от другата страна на телефона.

ГЛАВА 5

Е-3 веднага разбра, че нещо не е наред с новата му приятелка Лия. Тя трябваше да спи в болничното си легло, но леглото й беше в движение. Какво става?

Той се замисли дали да не я събуди, но какво би могла да направи дори ако го направи? Не, най-добре да продължи да спи - докато я намери и спаси. Както и да е, тя беше заета да сънува как изпълнява балетен танц. Никога досега не беше обръщал внимание на балета, но му се стори, че това момиченце е талантливо. И тя танцуваше, използвайки очите в ръцете си, докато се движеше по сцената.

Е-3и се пренесе в съзнанието си на нейното място без особени усилия. Там беше тя, заспала на задната седалка на движещо се превозно средство. Изглеждаше толкова спокойна, защото в съзнанието си се занимаваше с нещо, което обичаше - да танцува.

Той разшири погледа си и видя три глави. Тази, която шофираше, беше с нормален размер и ръст. Докато другите двама мъже приличаха на футболисти.

„Ускори!" Е-3 заповяда на стола си, но той вече го беше направил.

Как щеше да ѝ помогне, когато все още беше затворен в капана на сребърния куршум? Трябваше да го разбие на пух и прах - и то по-скоро рано, отколкото късно. Досега всяко усилие да го разбие не бе дало резултат.

Чудеше се защо мъжете я бяха взели. Дали са знаели за нейните сили? Откъде можеха да знаят? В повечето болници имаше видеонаблюдение, можеше ли да я наблюдават? Това обаче нямаше никакъв смисъл. Тя беше седемгодишно сляпо момиче. Какво са искали от нея?

Докато Е-3 изгаряше със скорост в небето, той не можеше да не се запита защо са я отвлекли. Дали възнамеряваха да поискат откуп?

Във всеки случай, ако са търсили това, за него това имаше повече смисъл. По-добре, отколкото да знаят, че я е видял. Със специални сили в добавка. Все пак приоритет номер едно за него беше да се измъкне от куршума.

Той изкрещя. Както беше правил много пъти преди: „ПОМОЩ!"

ПОП.

„Здравей - каза Хадз, докато седеше на рамото на Е-3. „Какво, по дяволите, правиш тук? Това място е твърде малко за теб." Хадз извърна очи.

Е-З беше повече от развълнувана да види Хадз. Той грабна малкото същество и го прегърна плътно до гърдите си.

„Ех, гледай крилата" - каза Хадз.

Е-З пусна създанието. „Благодаря, че дойдохте и се отзовахте на призива ми. Напълно ми е необходимо да ми помогнеш да разбера как да се измъкна от това нещо. Знам, че си отстранен от случая ми, но има едно момиченце на име Лия и то е в опасност и има нужда от мен. Просто трябва да ми помогнеш. Сигурна съм, че Ериел ще разбере."

„А, значи не искаш да участваш в това дело?" Хадз попита.

„Не, не искам да бъда тук. Искам да изляза, но как?"

„Просто го направи", каза Хадз.

„Опитах всичко. Страните не искат да помръднат. Призовах Ериел да ми помогне, но той каза, че в този случай съм сам".

„А, това няма да му хареса. От мен не се очаква да помагам, но едно нещо мога да ти кажа: съобразявай се с обкръжението си".

„Това не е никаква помощ" - каза Е-З, като се опитваше да не изгуби напълно самообладание. „Помолих стола да ме заведе при чичо Сам. Той със сигурност щеше да ме измъкне от това нещо. Но столът пренебрегна желанието ми. Сега едно малко момиче е в беда и има нужда от моята помощ. Ако не мога да се измъкна, значи не мога да си помогна, а ако не мога да си помогна, значи не мога да й помогна. Моля. Кажи ми как да се измъкна оттук. Изхвърлете ме или нещо подобно."

Съществото поклати глава, след което полетя към върха на куршума. Докосна върха му. „Помисли за физиката. Ако се намираш вътре в куршум, на какъвто прилича това нещо, значи трябва да се изстреляш. Изстрелян. Вярно ли е?"

Е-3 обмисли възможностите си. Можеше да каже на стола да го пусне, като го изстреля към земята. Земята щеше да прекъсне падането му. Дали щеше да разкъса куршума? Реши, че рискът си заслужава. „Добре - каза Е-3, - трябва да накарам стола да ме пусне, нали?"

Съществото се засмя. „Ти си забавен, Е-3. Ако паднеш от тази височина, това нещо ще се забие в земята. Това е при условие, че не се взриви при удара. И то с теб в него." Тя отново се засмя. „Или да не си умрял при падането. Ако загинеш, няма да можеш да спасиш момиченцето. Ей, за какво момиченце изобщо говориш?"

„Казва се Цецелия, Лия, и е в Холандия, недалеч от мястото, където сме сега".

Хадз усещаше върха на контейнера, който Е-3 не беше видял, нито пък можеше да достигне. Съществото го натисна. Цилиндърът се отпусна и се разтвори като лале. Хадз помогна на Е-3 да се измъкне от куршума и скоро той седеше на стола си, държейки нещото в скута си. Крилете на Е-3 се разтвориха. Чувстваше се добре да ги разтяга.

Е-3 излетя през небето, носейки цилиндъра, който пусна в Северно море.

Триото - Е-3, столът и Хадз - полетя с висока скорост и се насочи към Северна Холандия, където се движеше автомобилът.

„Благодаря - каза Е-3.

„Няма за какво - отвърна Хадз. „Ще остана наоколо, в случай че имаш нужда от мен.“

„Страхотно!“

ГЛАВА 6

E-Z настигаше автомобила, който вече наближаваше Заандам. Той провери и Лия все още спеше на задната седалка. Тя обаче вече не сънуваше, затова той се притесняваше, че скоро може да се събуди.

Количката му промени курса, ускори и се насочи към колата, след което увисна над нея. Фалшивият лекар, който шофираше, забеляза инвалидната количка зад тях в страничното огледало.

„Wat is dat vliegende contraptie?" - попита той. (В превод: (Какво е това летящо приспособление?)

Двамата бандити обърнаха глави.

Единият каза: „Ik weet het niet, maar versnel het!" (В превод: Не знам, но го ускорете!"

Вторият бандит се засмя, след което извади пистолет от таблото на автомобила. (В превод: кутия за ръкавици.) Той провери дали има патрони. Затвори я и щракна ключалката.

Инвалидната количка на E-3 се приземи на покрива на колата с трясък.

Шофьорът натисна рязко спирачката, в резултат на което инвалидната количка се плъзна напред. Тя се плъзна по предното стъкло с лице напред, а след това по капака.

Е-З се издигна, увисна и се обърна с лице към тях.

„Какво става?" - изкрещя шофьорът, докато губеше контрол над колата, което я караше да се пързаля и да се движи на зиг-заг.

Е-З и инвалидната количка се вдигнаха, върнаха се назад и се хванаха за бронята на колата, като я накараха да спре напълно.

Мигновено пътникът се отвори и се чуха изстрели.

На задната седалка Лия хъркаше надалеч.

Бандитът с пистолета се изтъркoли през вратата, след което на колене се приготви да стреля по Е-З.

Хадз се появи от нищото и избута пистолета от ръката на бандита. След това върза ръцете му зад гърба и краката му зад гърба, сякаш беше теле на родео.

Вторият бандит се насочи право към Е-З, който го притисна с колана си. Бандитът падна, за да може лесно да увие колана около краката му.

Човекът се опита да отскочи, но не стигна далеч. Сега, когато беше спрян, те се насочиха към лекаря, като използваха клетъчния механизъм на стола. Докторът беше хванат и обездвижен.

Лия спа през цялото време, дори докато Хадза я вдигаше от автомобила и я отнасяше на безопасно място.

Е-З постави тримата мъже един до друг на задната седалка на колата.

„За кого работите?" - поиска той.

Хадз пребледня: „Те не разбират английски". Тя преведе на мъжете въпроса на Е-З. След като фалшивият лекар отговори, Хадз преведе. „Той казва, че не знаят за кого работят".

„Това е нелепо. Те са отвлекли дете от болницата. Попитай ги тогава къде я водят? И откъде са разбрали за нея?" "Откъде?

Хадз преведе. Фалшивият лекар отново отговори с: „Казаха ни да я заведем на пристанището и че там някой ще я чака. Това е всичко, което знаем."

Е-З не им повярва, но Хадз потвърди, че наистина казват истината. „Какво искате да направите с тях?" - попита тя.

„Можеш ли да им изтриеш съзнанието? И умовете на тези, с които са свързани, Тези тримата са винтчета в машината. Искаме да изтрием съзнанието на човека в пристанището. Така че всички да забравят за нея - завинаги."

„Готово", каза тя.

„Уау, бърз си!"

Е-Зи и Хадза в стола се върнаха в болницата, точно когато Лия започна да се събужда. Тя размърда глава, усети как вятърът развява косата ѝ и се сгуши в гърдите на Е-Зи. Тя отвори дясната си длан и погледна приятеля си, момчето/ангела. Засмя се и го прегърна силно. Когато забеляза малкото феерично същество на рамото на Е-З, тя използва очите на дланта си, за да я погледне.

„Ти си толкова малка и сладка", каза тя.

„Приятно ми е да те видя" - каза Хадзъ. „И ти благодаря."

Те полетяха към болницата.

„Вече си в безопасност", каза Е-Зи.

„И вече не си в онова нещо", каза Лия.

„Хадз ми помогна да се измъкна" - каза Е-З и размаха криле.

„Откъде ги имаш?" Лия попита. „Може ли да си взема?"

Е-З се усмихна. Не беше сигурен колко трябва да ѝ каже. Притесняваше се какво ще каже Ериел, ако разкрие твърде много. „Получих ги, след като родителите ми починаха."

„Но защо?" - попита малката Лия.

„Започнах да спасявам хора", каза Е-З.

„Искаш да кажеш, че аз не съм първият човек, когото си спасил?"

„Не, не си."

Хадз прочисти гърлото си, което беше сигнал за Е-З да спре да говори.

Те полетяха нататък в мълчание. Малкото момиче прегърна гърдите на Е-3. Инвалидната количка, която знаеше къде трябва да отиде. Хадз отново се чувстваше нужна.

Е-3 беше потънал в мислите си. Чудеше се дали спасяването на Лия е било основното изпитание. Или дали измъкването от куршума е изпълнило задачата. Може би беше две за едно! Колко ли щяха да бъдат тогава? Трябваше да ги запише, за да ги следи. Точно това правеше в дневника си, но напоследък не му оставаше много време да записва нещата.

„Чувам те как си мислиш - каза Лия. Беше отворила и двете си длани. Наблюдаваше външната страна на Е-3, докато слушаше какво си мисли вътре. „Искам да знам повече за тези изпитания. И искам да знам защо мога да виждам с ръцете си, вместо с очите си. Мислиш ли, че този Ериел ще знае?"

POP

Хадза не чакаше отговора.

„Болницата се намира долу", каза Е-3.

Столът се спусна бавно и те влязоха в болницата. Е-3 и крилата на стола изчезнаха. Той се запъти по коридора и намери стаята на Лия. Майка ѝ я чакаше там.

„Арестувайте това момче - изкрещя майката на Лия.

Е-3 беше смаян. Защо тя искаше да го арестува? Той току-що беше спасил дъщеря ѝ.

„Но мамо - започна Лия.

Полицаите влязоха. Стигнаха зад Е-З и сложиха белезници на ръцете му.

Преди да ги затворят, Лия изкрещя. После разтвори дланите на ръцете си и ги протегна пред себе си. От очите на дланите ѝ излезе ослепителна бяла светлина, която накара всички в стаята, с изключение на нея и Е-З, да спрат навреме. Малката Лия спря времето.

„Готино! Как го направи?" Е-З възкликна, когато белезниците паднаха на пода с трясък.

„Аз, не знам. Исках да те защитя. Да те спася." Тя спря и се заслуша. „Някой идва, трябва да се махнеш оттук. Чувствам, че някой друг идва, а ти трябва да си тръгнеш".

„Някой?" Е-З попита. „Знаеш ли кой?"

„Не знам. Знам само, че някой друг идва и ти трябва да си тръгнеш - незабавно".

„Ще бъдеш ли, добре? Ще те наранят ли?"

„Ще се оправя - те идват за теб - не за мен. Излизай оттук, веднага."

„Кога ще те видя отново?" Е-З попита, като разби прозореца на болницата, излетя навън и я изчака да отговори.

„Винаги ще ме виждаш, Е-З. Ние сме свързани помежду си. Ние сме приятели. Ти се измъкни оттук, а аз ще се справя с останалото". Тя му духна една целувка.

Лия се качи в леглото, дръпна завивките до врата си и се престори, че спи непробудно, преди отново да задвижи света.

„Какво се случи?" - попита майка ѝ.

Всичко отново беше наред. Лия беше в леглото невредима.

Светът продължаваше да се движи както преди, докато Е-3 отново се връщаше с криле у дома.

„Благодаря, Хадз за помощта", каза Е-3, въпреки че си беше тръгнал. По някакъв начин знаеше, че където и да е, тя го чува.

ГЛАВА 7

ДокатоЕ-3 летеше в небето, той осъзна, че е гладен. Под него се виждаше Биг Бен. Той реши да се приземи и да си купи английска риба и чипс.

Докато столът се спускаше, той забеляза бял микробус, който се движеше бързо по пътя. Той се движел успоредно на едно училище. Видя родители в автомобили и пеша, които чакаха да приберат децата си.

Когато микробусът зави зад ъгъла, той увеличи скоростта си.

Инвалидната му количка се засили напред и се оказа зад превозното средство. Шофирането ставаше все по-безразсъдно, докато наближаваше училището. Децата започнаха да излизат.

Е-3 се хвана за задната част на микробуса. Използвайки цялата си сила, той го издърпа до пълно спиране с писък.

Шофьорът натисна газта, опитвайки се да се отдалечи. Нямаше никакъв късмет. Те не можеха да видят какво или кой ги задържа.

Е-3 разби ключалката на багажника, посегна вътре и извади кабелите за джъмпер. Столът се залюля напред и се приземи върху покрива на автомобила. Е-3 използва джъмперните кабели, за да завърже вратите на кабината. Шофьорът не можеше да излезе.

Звуците на сирените изпълниха въздуха.

Е-3 излетя и като забеляза, че няколко души го снимат с телефоните си, летеше все по-високо и по-високо.

Стомахът му се размърда и той си спомни за рибата с пържени картофи. Тъй като нямаше британска валута, той така или иначе не можеше да ги плати, затова се прибра вкъщи.

Като си помисли, че чичо му се чуди къде е, той реши да остави съобщение и започна да го прави: „На път съм към дома".

Кликнете.

„Къде си?" Чичо Сам попитал.

Е-3 беше доволен, че това не беше съобщение!

„Току-що прелитам над Великобритания. Денят е приятен за летене, не мислите ли?"

„Какво? Как?"

„Това е дълга история, ще ти обясня, когато се върна".

„Вие сте в самолет?"

„Не, само аз и столът ми".

Долу Е-3 виждаше как хората го снимат. Когато забеляза местния превозвач 747 да се приближава към него, разбра, че има проблеми. Преди да е имал възможност да излети по-високо, камерите са го снимали и са ги публикували в социалните мрежи.

„Съжалявам, Ериел", каза той и се издигна по-високо. „Знаеш ли поговорката, че всяка публичност е добра публичност? Ами..." Е-3 се засмя. Ако Ериел го виждаше всеки ден и всеки час, защо трябваше да го вика на помощ? Нещо не се връзваше съвсем. Не аз, а архангелите искаха той да завърши изпитанията.

Побиха го тръпки, когато небето се промени - черни облаци се завихриха и пулсираха около него. Той летеше напред, опитвайки се да ускори темпото, но тогава започнаха мълниите и той трябваше да ги избягва. Тогава си спомни за самолета. Видя, че той се приземява успешно, а хората са невредими. Той продължи към дома си.

След бурята излязоха звездите. Столът му продължаваше да маха с криле, докато Е-3 дремеше.

„Е-3?" Лия се обади в главата му. „Ти там ли си?"

Той се размърда, забрави, че е в стола, и падна. Започна да пада, но крилата му се задействаха и скоро отново се върна на стола.

„Всичко ли е наред, малката?" - попита той.

„Да. Те мислят, че всичко е било сън, че съм ти говорил. Рисувах те. Мама знае истината, но не иска да се изправи пред нея."

„О, това притеснява ли те?"

„Не. Силите ми се увеличават. Усещам ги и знам, че нещо предстои. Нещо, за което ще ти трябва моята помощ. Скоро ще се прибера у дома. Ще попитам мама дали можем да те посетим. Скоро.“

„Какво? Майка ти трябва да се обади на чичо ми Сам и да си поговорят?“

„Да, това е умна идея. Мама е виждала снимките и се е срещала с теб, но не си спомня. Сякаш съзнанието ѝ е било изчистено или спомените ѝ за теб са заспали".

„Сигурен ли си, че това е правилното нещо, което трябва да направим?“

„Сигурен съм. Трябва да бъда там, където си ти. Трябва да ти помогна.“

Съзнанието на Е-Зи се замъгли. Лия беше изчезнала.

Тийнейджърът си помисли за Лия, дошла в Северна Америка. Тя беше малко момиче, виждаше с ръцете си, да, но как можеше да му помогне? Беше му помогнала да избяга, но той беше объркан от нейното участие. Не искаше да я излага на опасност. Той отново извика Ериел. Извика песнопението, но нищо не се случи.

Той се вгледа в пейзажа, като за миг забрави за малкото момиче. Вече беше почти у дома. Слава богу, че столът му беше модифициран и можеше да пътува по Ф-А-С-Т!

ГЛАВА 8

Точнопред него E-Z забеляза брега. Той въздъхна с облекчение, докато не забеляза голяма птица, която се насочи право към него. Когато тя се приближи, той разбра, че това е лебед. Но не с нормален размер. Беше огромен, както и размахът на крилете му, който той оцени на над сто и петдесет сантиметра. Това беше същият лебед, който му беше говорил преди. И не само това, но и забеляза ярка червена светлина, която трептеше на рамото на птицата.

Лебедът се отклони и след това кацна тежко на раменете му. Беше се качил на коня.

„Е, здравей - каза E-Z, като погледна красивото създание, докато се стабилизираше.

„Хухуху" - каза лебедът. После поклати глава, отвори човка и каза: „Здравей, E-Z".

„Мисля, че ти дължа благодарност", каза той.

„О, няма за какво. И се надявам, че нямаш нищо против, че се качих на стоп - каза лебедът и разроши перата си.

„Няма проблем - отвърна E-Z.

„Това е моят наставник Ариел - каза лебедът.

WHOOPEE

Един ангел замени червената светлина.

„Здравей", каза тя, сядайки на коляното на E-3.

„Приятно ми е да се запознаем", каза той.

„С какво мога да бъда полезен?" - попита той.

„Надявам се, че вие и моят приятел лебедът тук ще можете да създадете партньорство."

„Как така?" - попита той.

„Моето протеже е преминало през много неща. Той ще може да те запознае с подробностите, когато се почувства готов, но засега имам нужда да му помогнеш, като му позволиш да ти помогне с изпитанията. Можеш да се възползваш от помощ, да?"

„Според моите разбирания", каза той, насочен към Ариел. После към лебеда: „Нищо против теб, приятелю." Сега към Ариел: „е, че никой не може да ми помогне в изпитанията. Това дойде директно от Ериел и Офаниел."

„Изясних го с тях. Така че, ако това е единственото ти възражение - тя направи пауза, след което

УСПЕХ

и тя изчезна.

След това E-3 и лебедът продължиха през Атлантическия океан и навлязоха в Северна Америка. Тъй като той винаги е искал да види Големия каньон. Щеше да се наложи да го види друг път. Лебедът хъркаше и се притискаше към врата на E-3.

E-3 посегна към джоба си и извади телефона си. Направи си селфи с лебеда. Държеше телефона в ръката си, като планираше да запише лебеда при следващото му проговаряне. Трябваше му доказателство, че не си е изгубил ума.

По някое време по-късно E-3 се насочи към къщата му. Беше учебен ден, но той беше прекалено уморен, за да отиде. Когато столът започна да се спуска, лебедът се събуди. „Стигнахме ли вече?"

„Да, в дома ми сме", каза E-3 и натисна бутона за запис на телефона си. „Искаш ли някъде да те закарам?"

„Не, благодаря. Ще остана с теб", каза лебедът, като удължи шията си, за да огледа къщата, в която щеше да отседне. „Ние с теб трябва да поговорим."

E-3 натисна бутона за възпроизвеждане, но въздухът беше мъртъв. Лебедът не можеше да бъде записан. Странно.

Те се приземиха пред входната врата. E-3 постави ключа в ключалката, но преди да успее да я отвори, чичо Сам беше там. Той прегърна силно племенника си и каза: „Добре дошъл у дома". Почеса се по брадичката и изглеждаше малко притеснен, когато видя спътника на E-3 - изключително голям лебед.

„Радвам се, че се върнах", каза E-3 и си проправи път вътре.

Лебедът го последва с паяжинистите си крака, които се подаваха след него.

„А кой е твоят пернат приятел?" Чичо Сам попита.

Е-З осъзна, че дори не знае името на лебеда.

Лебедът каза: „Алфред, казвам се Алфред."

Е-З направи официално представяне.

След това лебедът тръгна по коридора, влезе в стаята на Е-З и се качи на леглото му, за да подремне заслужено.

Е-З отиде в кухнята с чичо Сам на колела.

„Какво, по дяволите, прави този лебед тук?" Той се спря и извади малко мляко от хладилника. Наля пълна чаша на племенника си. „Той не може да остане тук. Ще трябва да го сложим във ваната. Това, ако се побере. Той е най-големият лебед, който някога съм виждал. Къде го намерихте и защо го донесохте тук?"

И-З преглътна обратно млякото си. Той избърса млечните си мустаци. „Не съм го намерил аз, а той намери мен. И то може да говори. То, то, беше там, когато спасих онова малко момиче и когато спасих самолета. Той казва, че трябва да поговорим."

Чичо Сам, без да отговори, тръгна по коридора. Е-З следваше плътно след него, без да говори.

„Говори!" Чичо Сам поиска.

Лебедът Алфред отвори очи, прозя се и после отново заспа, без да издаде дори звук.

„Казах, говори", каза чичо Сам и опита отново.

Лебедът Алфред отвори човка и изхвръкна.

„Всичко е наред, Алфред", каза Е-З. „Това е моят чичо Сам."

„Той не може да ме разбере. И не мисля, че някога ще може да го направи. Аз съм тук за теб и само за теб", каза лебедът Алфред. Той изхърка, после се сгуши в одеялото и отново се унесе в сън.

Чичо Сам гледаше насам-натам, докато лебедът се беше оживил и гледаше внимателно Е-З.

На излизане двамата с чичо Сам затвориха вратата и се върнаха в кухнята да си поговорят.

Е-З беше толкова уморен, че едва успяваше да държи очите си отворени.

„Не може ли това да почака до сутринта", попита той.

Сам поклати глава.

„Добре, започваме. Първо, ударих една бейзболна топка извън парка. И тичах или се въртях на колело около базите. След това бях хванат в капан в контейнер с форма на куршум, от който нямаше изход. След това можех да говоря с едно малко момиченце в Холандия. Отидох там, за да я спася. Тя се казва Лия и майка ѝ ще ви се обади. В Лондон, Англия, спрях превозно средство да нарани деца. След това срещнах лебеда-тромпетист Алфред. А сега вече сте в течение - мога ли да си легна?"

„Какво трябва да кажа, когато тя се обади?" Сам попита. „Ние дори не познаваме тези хора, но се предполага, че трябва да им позволим да останат тук, в къщата, с нас. Ние и лебедът Алфред?"

„Да, моля те, съгласи се. Тук има план, по който се работи, и аз все още не знам всички подробности.

Лия има сили, очи в дланите на ръцете си и може да чете мислите ми и да спира времето. Лебедът Алфред също има сили, той може да чете мислите ми и може да говори. Мисля, че ние тримата сме свързани по някакъв начин, може би заради изпитанията. Не знам. Всичко може да се случи с Ериел, която ме следи 24 часа в денонощието - каза Е-3.

Вървейки по коридора, те чуха пляскането на краката на лебеда, който се движеше по него. „Прекалено съм гладен, за да спя - каза лебедът Алфред.

„Какви неща ядеш?"

„Царевицата е добра, или можеш да ме пуснеш отзад и ще си набера трева."

„Имаме ли царевица?" Е-3 попита.

„Само замразена", каза чичо Сам. „Но мога да пусна зърната под топла вода и те ще бъдат готови за миг."

„Кажи му, че му благодаря", каза лебедът Алфред. „Това е много мило от негова страна."

Чичо Сам сложи царевицата в чиния и Алфред изяде предложеното. Той обаче все още беше гладен и трябваше да отиде да изпразни пикочния си мехур, затова все пак поиска да излезе навън. Докато беше навън, той щеше да се наслади на тревата.

Е-3 и чичо Сам наблюдаваха лебеда в продължение на няколко секунди.

„Надявам се чихуахуато на съседите да не се отбие на гости - каза чичо Сам. „Този лебед е толкова голям, че ще го изплаши до смърт."

Е-3 се засмя. „Представете си какво би направил, ако кучето можеше да го разбере като мен?"

Лебедът Алфред се чувстваше като у дома си. Беше сигурен, че тук ще бъде щастлив.

ГЛАВА 9

По-къснолебедът Алфред поиска да говори с Е-3 насаме.

„Тук можеш да кажеш каквото и да е“, каза Е-3. „Чичо Сам не те разбира, помниш ли?“

„Да, знам. Но това е въпрос на възпитание. Човек не говори на човек, когато присъства друг, особено когато е гост в чужд дом. Това би било, ами, доста грубо. Всъщност, много грубо.“

Е-Зи едва сега разбра, че лебедът Алфред говори с британски акцент.

„Може ли да ме извините?“ Е-3 попита.

Чичо Сам кимна и Е-3 отиде в стаята си, а лебедът Алфред го последва.

„Добре“, каза Е-3. „Кажи ми защо Ариел те изпрати тук и какво точно възнамеряваш да направиш, за да ми помогнеш?“

Сега, когато Е-3 беше в леглото си, лебедът се полюшваше наоколо, докато се месеше в одеялото, опитвайки се да се настани удобно.

„Можеш да спиш в долната част на леглото" - каза Е-З, като подхвърли там една възглавница.

„Благодаря", каза лебедът Алфред. Той се качи на възглавницата и я блъскаше с паяжинените си крака, докато му стане удобно. След това приклекна.

„А сега да започнем" - каза Алфред.

Е-З, вече по пижама, слушаше как Алфред разказва историята си.

„Някога бях човек."

Е-З изтръпна.

„Най-добре да не прекъсваш, докато не свърша" - скастри го лебедът. „В противен случай разказът ми ще продължи и ще продължи и никой от нас няма да заспи."

„Съжалявам", каза Е-З.

Лебедът продължи. „Живеех с жена си и двете си деца. Бяхме невероятно щастливи, докато една буря не връхлетя, не събори къщата ни и не уби всички. Аз оцелях, но без тях не искам. Тогава при мен дойде един ангел, Ариел, с която се запознахте, и ми каза, че мога да видя всички тях още веднъж, ако се съглася да помагам на другите. Харесва ми да помагам на другите и това би ми дало смисъл. Освен това нямах други възможности и затова се съгласих."

„Имаш изпитания?" Е-З попита. Той погрешно бе предположил, че разказът на Алфред е приключил.

„Моята история все още не е приключила", каза лебедът Алфред доста сърдито. След това продължи.

„Това е същината на моята история. Аз нямам изпитания, защото не съм ангел в обучение. Моите крила не са като вашите крила. Аз съм лебед, макар и по-голям от обикновения лебед. Името на моята порода е Cygnus Falconeri, която е известна още като гигантски лебед. Моят вид е изчезнал много отдавна. Моето предназначение е неопределено. Бях заседнал в междината и между тях, носех се през времето, защото направих грешка. Но сега не искам да говоря за това. Когато видях, че спасяваш онова момиченце, се обадих на Ариел и попитах дали мога да ти бъда полезен. Тя ми се скара, че съм избягал, и бях изпратен обратно в междуредието. Отново избягах оттам и ви помогнах със самолета, а Ариел помоли Офаниел да ми даде още един шанс. Сега имам цел - да ти помагам."

„И Офаниел се съгласи? Но какво да кажем за Ериел?"

„Отначало не искаха. Това беше, защото Хадз и Рейки ме докладваха, че съм ви помогнал, като съм призовал моите приятели птиците. Когато чух, че са изпратени в мините и отново са избягали, Ариел изложи моя случай и Офиниел се съгласи. Не знам за Ериел. Той ли е твоят наставник?"

„Да, той зае мястото на Хадз и Рейки. Те ту се появяваха, ту изчезваха, докато той казва, че винаги може да види къде съм и какво правя."

„Това звучи като пресилено. Все пак бих искал да се срещна с него някой ден. Засега ние сме екип. Мога да ти помогна, така че един ден и аз да бъда отново със семейството си. Така че, там, където ти отиваш Е-З, отивам и аз."

Е-З отпусна глава на възглавницата си и затвори очи. Чувстваше се благодарен за всяка помощ. В края на краищата лебедът му беше помогнал в миналото със самолета.

„Няма да ти преча", каза лебедът Алфред. „Знам, че си мислиш, че сме нелогична двойка, а когато Лия пристигне, ще бъдем още по-нелогична тройка, но..."

„Чакай", каза Е-З. „Ти знаеш за Лия? Откъде?"

„О, да, знам всичко за теб и знам всичко за нея, а знам и още. Че ние тримата сме свързани. Предопределени сме да работим заедно." Той разтегна челюсти, които изглеждаха така, сякаш се опитваше да се прозяе. „Твърде уморен съм, за да говоря повече тази вечер." Не след дълго Алфред, лебедът вече хъркаше.

Е-З прегледа всичко, което знаеше в ума си за лебедите. Което не беше много. На сутринта щеше да направи някои проучвания за вида на Алфред.

Чудеше се как ли щяха да се почувстват Пи Джей и Арден по отношение на Алфред. Трябваше ли да ги запознае с тях или Алфред можеше да остане тайна?

Той наду възглавницата си с юмруци и се приготви да заспи.

Събуди Алфред и той беше раздразнителен от това.

„Трябва ли да го правиш?" Алфред го попита.

„Съжалявам", каза Е-З.

ГЛАВА 10

Наследващата сутрин Е-З се събужда и чува звука на чичо Сам, който блъска по вратата му. „Събуди се Е-З! Пи Джей и Арден вече са на път да те заведат на училище."

Е-З зяпна и се протегна. Облече се и се намести на стола си. Тъй като Алфред все още спеше, той щеше да се измъкне и да го види след училище.

„Не можеш да ходиш никъде без мен!" Алфред каза. Той разтърси перата си навсякъде и след това скочи на пода.

„Не можеш да ходиш с мен на училище. Домашните любимци не са позволени."

„Е-З, хайде, момче!" Чичо Сам извика от кухнята. „В противен случай ще пропуснеш закуската."

Стомахът на Е-З се сви, когато миризмата на препечен хляб се понесе в неговата посока. „Идвам!"

Без да има време да спори, Е-З отвори вратата. Той влезе в кухнята точно когато Арден и Пи Джей пристигнаха. Тръгване отвън го уведоми, че са там.

„Добре, добре!" Е-З извика, докато грабваше парче тост. Той тръгна по коридора, а новият му спътник с паяжина вървеше зад него.

Пи Джей излезе от колата, за да помогне на Е-З да влезе, и закрепи инвалидната му количка в багажника. Докато го затваряше, той забеляза Алфред да се опитва да влезе в автомобила.

„Това нещо не може да влезе в колата - изкрещя Пи Джей.

Арден свали прозореца.

„Какво, по дяволите, е това? Пропуснал ли съм бележка, че днес ще имаме „ Покажи и разкажи"?" Той се ухили.

„Това лебед ли е?" Майката на г-жа Handle PJ попита.

„Или това нещо е президент на твоя фенклуб?" Пи Джей попита с усмивка.

След като влязоха в колата, Е-З отговори. „Твърде стари сме за показване и разказване" - засмя се той. „Лебедът е мой проект. Експеримент, като куче-водач за сляп човек. Той е моят спътник в инвалидната ми количка." Той закопча Алфред с предпазния колан.

Пи Джей отиде да седне отпред до майка си.

Лебедът Алфред каза: „Няма ли да ме представиш?".

Госпожа Ръкохватка изтегли колата и те се отправиха към училището.

„Алфред - Е-З погледна към приятелите си, - запознай се с госпожа Хендъл. И двамата ми най-добри приятели Пи Джей и Арден. Всички, това е Алфред, лебедът-тромпетист." Е-З кръстоса ръце.

Алфред каза: „Ху-ху." На Е-З той каза: „Невероятно ми е приятно да се запозная с вас. Можеш да ми превеждаш."

„Откъде знаеш името му?" Пи Джей попита.

„Сега не се превръщаш в, как му беше името, онзи човек, който можеше да говори с животните, нали Е-З? Моля те, кажи ми, че не си. Макар че може да се превърне в истинска дойна крава. Бихме могли да продаваме таланта ти. Да задаваме въпроси и да публикуваме отговорите в собствения ни канал в YouTube. Бихме могли да го наречем „Е-З Дикенс - нашепвачът на лебеди".

„Отлична идея!" Пи Джей каза, когато майка му спря на една пешеходна пътека. „Преди няколко години сигурно щяхме да направим милиони онлайн. В днешно време печеленето на пари онлайн е трудно. Наистина са затегнали контрола."

„Не бъди груб - каза госпожа Ръкохватка, докато шофираше.

„Човекът, за когото говори, е доктор Долитъл - предложи Алфред. „Това беше поредица от дванайсет книги с романи, написани от Хю Лофтинг. Първата книга е публикувана през 1920 г., а останалите следват чак до 1952 г. Хю Лофтинг умира през 1947 г. Той също е бил британец. Роден и израснал в Бъркшир."

„Знам кого имат предвид" - каза Е-З на Алфред. „И не, аз не съм."

Арден каза: „Надявам се, че твоят спътник лебед няма да ни открадне всички момичета днес. Знаеш колко момичетата обичат пернати неща."

Госпожа Хендъл прочисти гърлото си.

„Навремето бях доста голям убиец на дами - каза Алфред, последван от още едно „Ху-ху!", което насочи към Пи Джей и Арден.

Пи Джей каза: „Твоят спътник лебед наистина ме разсмива."

Ардън попита: „Кой филм за птици е спечелил „Оскар"?"

Пи Джей отговори: „Властелинът на крилете".

Арден попита: „Къде птиците инвестират парите си?"

Пи Джей отговори: „На пазара на щъркелите!"

„Приятелите ти лесно се забавляват" - каза Алфред. „Те са двама плужеци, изрязани от една и съща материя. Разбирам защо ги харесваш. На мен ми харесва госпожа Хендъл. Тя е тиха и е отличен шофьор."

Е-З се засмя.

„Радвам се, че се наслаждавате на сутрешния хумор - каза Пи Джей.

„Всъщност не ми е много приятно" - каза Алфред. „Освен това вие двамата сте истински плужеци".

Ардън и Пи Джей направиха двоен удар.

Е-3 също направи двоен дубъл на техните двойни дубли. „Какво?"

„Не чухте ли това?" - казаха двамата в един глас. „Лебедът може да говори - и то с британски акцент. О, човече, момичетата наистина ще го харесат".

Госпожа Ръкохватка поклати глава. „Не се правете на глупави просяци, вие двамата!"

Е-3 погледна лебеда Алфред, който изглеждаше объркан.

Алфред се опита да се пошегува, за да види дали наистина ще го разберат. „Защо колибритата бръмчат?" - попита той.

Трите момчета се спогледаха, беше ясно, че и Арден, и Пи Джей вече могат да го разберат.

Алфред каза поантата: „Защото не знаят думите, разбира се".

Пи Джей и Ардън се засмяха, донякъде, но най-вече се стреснаха.

„Как стана така, че и те вече те разбират?" Е-3 попита. „Първо не можеха, а сега вече могат. Мислех, че си казал, че това съм само аз. А защо чичо Сам не можеше да те разбере?"

Сега, когато те го разбираха, Алфред се чувстваше неудобно. Той прошепна на Е-Зи: „Честно казано, не знам. Освен ако това, за което съм тук, няма нещо общо и с тях."

„И не включва чичо Сам? Или госпожа Хендъл?"

„Може би не - отвърна Алфред.

„И къде намерихте този говорещ лебед?" Арден попита.

„И защо го водиш в училище?" Пи Джей попита.

Госпожа Ръкохватка изпъшка. „Всички вие се държите много глупаво. Е-З казва, че той е лебед-компаньонка. Той не може да говори."

„Първо, той не е просто лебед, той е Cygnus Falconeri. Известен още като гигантски лебед и вид, който е изчезнал от векове."

„Не съм виждал много лебеди в реалния живот", каза Арден. „Тези, които съм виждал по канала за природата, не изглеждаха толкова големи, колкото е той. Краката му са огромни! А какво ще стане, ако му се наложи да отиде до тоалетната?"

„Средният гигантски лебед има дължина от човката до опашката между 190 и 210 сантиметра" - предложи Алфред. „А ако се наложи, ще използвам тревата - спортното игрище би трябвало да ми осигури достатъчно пространство, за да се нахраня и да си свърша работата, ако и когато се наложи."

„Искаш да кажеш, че ядеш тревата и след това се качваш на тревата?" Пи Джей каза.

„Ауууу!" Ардън каза.

Вече бяха ужасно близо до училището, затова Е-З обясни. „Не мога да ви дам подробности, защото не ги познавам истински. Единственото, което знам със сигурност, е, че Алфред е тук, за да ми помага, и ще го виждаш много често".

„Не мисля, че ще го пуснат в училището - каза Арден.

„Това няма да е проблем, тъй като аз съм твой спътник", каза Алфред.

Пи Джей, Арден и Алфред се засмяха, когато колата спря пред училището.

„Обади ми се, ако искаш да те взема след училище - каза госпожа Хендъл.

„Благодаря" - отвърнаха те.

След като столът на Е-3 беше изваден от багажника, госпожа Хендъл потегли от бордюра.

Приятелите му помогнаха да се качи в него, докато Алфред долетя и седна на рамото му. Те се насочиха към предната част на училището, където директорът Пиърсън вкарваше учениците вътре.

„Добро утро, момчета - каза той с огромна усмивка на лицето си. Докато не забеляза лебеда Алфред. „Какво е това нещо?" - попита той.

„Той е лебед-придружител", каза Е-3.

„По-точно един Сигнус Фалконери" - каза Арден.

„Той е с нас", каза Пи Джей.

Директорът Пиърсън скръсти ръце. „Това нещо, Сигнус какавида, няма да влезе тук!"

Алфред каза: „Всичко е наред, Е-3. Нека не предизвикваме сцени. Ще бъда тук, когато свършат часовете ви. Ще се видим по-късно." Алфред полетя и се приземи на покрива на сградата. Той се вгледа в гледката, преди да полети надолу към футболното игрище. Имаше много трева, която можеше да хрупа.

240

Когато се насити, щеше да си намери сенчесто място под някое дърво и да подремне.

Директорът Пиърсън поклати глава, след което задържа вратата за Е-Зи и приятелите му. Вътре прозвуча петминутният предупредителен звънец.

Този учебен ден беше неприятен за Е-Зи и неговите приятели.

Все още нямаше никаква вест от Ериел за нови изпитания.

ГЛАВА 11

Алфред навлезе в новата си рутина. Децата в училище се запознаха с него - макар че само Е-3 и приятелите му знаеха, че може да говори.

В този ден пред училището Алфред чакаше Е-3 и го попита: „Можем ли да поговорим?"

Е-3 се огледа наоколо; все още не искаше другите ученици да го чуят да говори с лебед. Той прошепна: „Може ли това да почака, докато се приберем у дома?"

„О, разбирам", каза Алфред. „Все още се чувстваш неудобно, когато разговаряме. Което е разбираемо, но децата ме обичат тук. Редят се на опашка, за да ме погалят, да ме нахранят. Освен това, няма ли чичо Сам да се прибере у дома? Трябва да поговоря с теб насаме."

„Тъй като той все още не може да те разбере, ти говориш с мен насаме дори когато сме вкъщи".

„Но това е въпрос, който предизвиква известно безпокойство, и е доста чувствителен във времето", каза Алфред.

Пи Джей спря до бордюра до тях. Арден попита дали искат да ги закара до вкъщи.

„Е, момчета. Съжалявам, но днес ще се прибера пеша с Алфред. Той има да ми предаде някаква жизненоважна информация".

Пи Джей и Арден поклатиха глави. Ардън каза: „Очаквахме един ден да се хвърлим заради момиче - не заради птица". Той се ухили.

„А какво ще кажете за играта?" Арден попита.

„Днес е днес, а играта е чак утре. Съжалявам, момчета." Е-3 ускори темпото. Колата запълзя покрай него, после се отдалечи със скърцане на гумите.

„Плонкери" - каза Алфред.

„Искат да са добри. А сега какво е толкова важно?"

„Чувал ли си нещо от Лия напоследък? Притеснявам се за нея." Алфред закрачи покрай Е-3, като по време на движението си откъсваше главичка от глухарче.

„Защо се тревожиш? Никакви новини са добри новини, нали?"

„Ами всъщност, чух се с нея и имаше едно, хм, ами, объркващо ново развитие."

Е-3 спря. „Разкажи ми повече."

„Продължавай да вървиш", каза Алфред, който сега откъсваше главичка от маргаритка. „Лия и майка ѝ вече са на път за тук. Трябва да пристигнат по някое време утре."

„За какво бързат? Искам да кажа, да, това е изненада. Знаехме, че ще дойдат скоро. Какво смущаващо има в това?"

„Не това е озадачаващото."

„Спри да се бавиш и го изплюй!“

„Лия вече не е на седем години - тя вече е на десет години.“

„Какво? Това е невъзможно.“

„Мислиш ли, че тя би излъгала?“

„Не, не мисля, че би излъгала, но - това няма абсолютно никакъв смисъл. Хората не порастват от седем на десет години за няколко седмици“.

„Тя каза, че е отишла да спи. На следващата сутрин влязла в кухнята за закуска и бавачката й започнала да крещи. Така открила, че е остаряла с три години за една нощ.“

„Уау!“ Е-3 възкликна.

„И още нещо.“

„Още. Не мога да си представя нищо повече.“

„Тя успя да убеди майка си, че не е необходимо да остава тук за цялото посещение. Тя е заета бизнесдама. Наложи се доста да я убеждава. Лия каза, че ще е по-добре, като се има предвид опитът на Сам с теб и изпитанията. Майка й се съгласи, но при няколко условия“.

„Като например?“

„Че тя харесва чичо Сам.“

„Всички харесват чичо Сам.“

„Също така, че ще й обясниш как дъщеря й е могла да остарее така за една нощ“.

„И как точно трябва да го направя?“

„Честно казано - каза Алфред, - нямам представа. Ето защо исках да поговоря с теб насаме. Искам да кажа, че чичо Сам знае, че Лия ще дойде, нали?"

Е-З кимна: „Предполагам, че е така, щом са на път".

„Но той очаква седемгодишно момиченце, когато на прага му ще се появи десетгодишно".

Е-З отново спря. Чичо Сам. Дори не беше помислял, че чичо Сам трябва да се справя с десетгодишно момиче. „Не съм сигурен, че някога съм му споменавал за възрастта на Лия!"

Алфред продължи да размишлява. „Чувал съм, че хората остаряват бързо. Има болест, наречена прогерия. Това е генетично заболяване, доста рядко и доста смъртоносно. Повечето деца не доживяват тринайсет години, а Лия вече е на десет, така че трябва да разберем това".

„Как е това нещо, което казахте?"

„Прогерия."

„Да, прогерия, как се лекува?" Е-З попита.

„Според мен се случва през първите няколко години. И децата обикновено са обезобразени".

„Лия е обезобразена заради стъклото, а не заради болестта. Има ли лечение?"

„Няма лечение. Но Е-З, има и нещо друго. То е свързано с очите в ръцете й. Те са нови и болестта е нова. Твърде голямо съвпадение, не мислиш ли?"

Е-З обмисли това и реши, че Алфред е прав. Беше твърде голямо съвпадение. Но какво щеше да направи по въпроса? Трябваше ли да се обади на Ериел? „Познаваш ли Ериел?“

Алфред забави темпото си и Е-3 също. Бяха почти вкъщи и трябваше да поговорят за това, преди да се срещнат с чичо Сам. „Да, чувал съм за него. Но както знаете, Ериел не е мой ангел. Ти си се запознал с моята наставница Ариел, а тя е ангел на природата, затова и аз съм в състояние на рядък лебед. Може би ще успее да ми помогне, но за целта ще трябва да изчакаме следващото ѝ появяване“.

„Искаш да кажеш, че не можеш да я призовеш?“

Алфред кимна. „Можете ли да призовавате Ериел по желание?“

Е-3 се засмя. „Не точно по желание, но е достижим. Макар че е болка знаете какво за него и не обича да бъде призоваван или призоваван“. Е-3 се замисли тихо, както и Алфред. Къщата им вече се виждаше и чичо Сам си беше вкъщи, тъй като колата му беше паркирана на алеята. „Мисля, че трябва да изчакаме и да видим какво ще стане с Лия“.

„Съгласен съм“, каза Алфред, като слезе от пътеката, издърпа от земята малко трева и я сдъвка. Е-3 наблюдаваше. „Предпочитам да не ям прекалено много трева; имам предвид тревата на моравата. Това е, което ям по цял ден, когато вие сте на училище - освен няколкото цветя, които мога да намеря. Точно сега ми се иска да хапна малко от мокрите неща, които растат под водата. То е по-свежо и по-сочно.“

„Напълно разбирам това“, каза Е-З. „Обичам да ям салата, когато е свежа и хрупкава. Не ми харесва толкова, когато е в торбички и единственият начин да я свалиш е да я залееш със салатен дресинг.“

„Липсва ми човешката храна.“

„Какво ти липсва най-много?“

„Чийзбургерите и пържените картофи, без съмнение. А и кетчуп. Как обичах този гъст, червен, лепкав сос, който отива на всичко.“

„Може би няма да е толкова лошо да е на трева?“ Е-З се засмя, но Алфред се замисли.

„Бих бил готов да опитам.“

„Нека го включим в списъка ти с кофите“, каза Е-З.

„Какво е списък с кофи?“ Алфред попита.

ГЛАВА 12

Е-3 размишляваше върху въпроса на Алфред. Алфред не знаеше какво е bucket list... а фразата е създадена през 2007 г. В едноименния филм на Никълсън и Фрийман. Той обясни, без да навлиза в подробности.

„Това е наистина интересна идея - каза Алфред, като разпери перата си. „Но какъв е смисълът да се води списък с кофи? Със сигурност ще си спомниш всичко, което наистина искаш да направиш?"

„Знаеш ли, Алфред, не съм съвсем сигурен. Предполагам, че може да е свързано с възрастта. Остаряването и загубата на памет."

„Има смисъл."

Продължиха пътуването си и пристигнаха у дома. Когато Е-3 се качи на рампата, Алфред се качи. Лебедът размаха криле, за да подпомогне движението нагоре. На върха, когато Е-3 отвори вратата, те чуха непознат глас.

„О, не, те вече са тук!" Алфред каза.

„Можеше да ме предупредиш!" Е-З отвърна, прибирайки чантата си на една кука по пътя към всекидневната.

„Очевидно щях да го направя, ако знаех!"

Лия се изправи.

За Е-З десетгодишната Лия изглеждаше забележително различна, докато не вдигна отворените си длани.

Лия изпищя, изтича при него и го прегърна силно. След това прегърна Алфред и каза, че е невероятно щастлива, че най-накрая го е срещнала.

Майката на Лия Саманта също стоеше и гледаше как дъщеря ѝ прегръща момчето, което ѝ е спасило живота. Ангелът/момчето в инвалидната количка. Дъщеря ѝ беше споменала за Алфред, но не и че той е огромен лебед.

Чичо Сам се изправи и каза: „О, Е-З! Слава богу, че си у дома!" Той се приближи до племенника си. След това неловко предложи да отидат в кухнята, за да получат освежителни напитки.

„Ние сме добре - каза Саманта.

Сам все пак настоя да отидат в кухнята.

„Еми", заекна Е-З. „Искам да пия."

Сам въздъхна.

„Не си създавай проблеми заради нас", каза Саманта.

„Никакви неприятности", каза Сам и бутна стола на Е-Зи към изхода на всекидневната.

„Лия, ти си много красива - каза Алфред и наведе глава, за да може тя да го погали.

„Благодаря ти - каза Лия и се изчерви. Тя погледна в посока на Е-3, докато излизаха от стаята, но той не я забеляза, тъй като очите му бяха насочени към чичо му.

Щом се озоваха в кухнята, Сам паркира племенника си. Той отвори хладилника и го затвори отново. Отиде до шкафа, отвори вратата и отново я затвори.

„Какво става?" Е-3 попита.

„Аз, не ги очаквах толкова скоро, а и изобщо какво ядат и пият хората от Холандия? Не мисля, че имам нещо подходящо в къщата. Трябва ли да изляза навън и да купя нещо специално?"

„Те са хора като нас, сигурен съм, че ще опитат каквото и да имаш. Не се замисляйте."

„Помогни ми тук, момче. Какви неща трябва да сервираме? Сирене и крекери? Нещо горещо, сандвичи със сирене на скара? Имаме вода, сок и безалкохолни напитки."

„Добре, нека засега да направим това със сиренето и крекерите. Да видим как ще се справим с това. И поднос с разнообразни напитки."

Сам въздъхна и сложи всичко на подноса. „О, салфетки!" - каза той и извади купчина от чекмеджето.

„Всичко е готово?" Е-3 попита.

„Благодаря, хлапе", каза Сам, докато вдигаше пълния с храна и напитки поднос. Той се отправи към всекидневната, а племенникът му го следваше. Сам постави всичко на масата, след което скочи и каза: „Странични чинии!" и излезе от стаята, като скоро след това се върна със споменатите предмети.

E-3 погледна в посока на Лия, когато отпи от питието си. Все още я виждаше като малко момиче, макар че вече не беше такава. Косата ѝ беше по-дълга.

Майката на Лия изглеждаше още по-неудобно, отколкото чичо Сам. Тя си играеше с една бисквита, но не я отхапваше. Движеше чашата с напитка напред-назад, но не пиеше от нея. От време на време поглеждаше към чичо Сам, но не за дълго. После въздъхна много силно и се върна към храната си.

„Как мина полетът ти?" E-3 попита.

„Беше лесно-лесно в сравнение с полета с теб - каза Лия. Тя се засмя и безалкохолната напитка едва не излезе от носа ѝ. Скоро всички се засмяха и се почувстваха по-спокойни.

Алфред разговаряше свободно, знаейки, че само Лия и E-3 могат да го разберат. „Сега сме заедно, *Тримата*. Както е трябвало да бъде."

Лия и E-3 си размениха погледи.

Алфред продължи. „Продължавам да се чудя защо сме събрани заедно. E-3, ти можеш да спасяваш хора и си супер-дупер силен, освен това можеш да летиш, както и твоят стол. Лия, твоите сили са в твоя поглед. Можеш да четеш мисли. От това, което E-3 ми каза, ти имаш сили на светлината и можеш да спираш времето.

„Аз, аз мога да пътувам, да летя в небето и понякога мога да кажа кога ще се случат нещата, преди да са се случили. Мога да чета и мисли, но не през цялото време. Освен това повечето хора обичат лебеди. Някои казват, че сме ангелски. Има дори такива, които вярват, че лебедите имат силата да превръщат хората в ангели. Не знам дали това е вярно. Аз самият мога да помогна на всички живи, дишащи същества да се излекуват".

Последната част беше нова за Е-З. Той искаше да научи повече.

Алфред доброволно каза: „Първата стъпка е да се предадеш".

Е-З и Лия бяха потънали в мисли относно признанието на Алфред.

„Какво да правим сега?" Лия попита.

„Всеки отбор се нуждае от лидер, от капитан. Аз номинирам Е-З", каза Алфред.

„Подкрепям кандидатурата", каза Лия.

Лия и Алфред вдигнаха чашите си за Е-З. Чичо Сам и майката на Лия Саманта се присъединиха към тоста. Въпреки че нямаха представа за какво вдигат тост всички.

Е-З благодари на всички. Но вътре в себе си се чудеше как ще се получи всичко това. Как ли щеше да поведе едно малко момиче и един лебед-тромпетист? Как щеше да ги държи в безопасност и да ги пази от опасности?

Чичо Сам и Саманта предложиха да почистят, а триото се върна във всекидневната.

„Това ще е добра възможност да се опознаят малко по-добре - каза Алфред.

„Да, майка никога досега не е била толкова нервна. С работата си тя се среща с много хора и разговаря с тях, дори с напълно непознати, сякаш винаги ги е познавала. Според мен това е една от тайните на нейния успех. Със Сам обаче тя е тиха като мишка и нервна.“

„Може би е от джетлаг“ - предположи Е-3.

Алфред се засмя. „Не, те са привлечени един от друг. И двамата сте твърде млади, за да забележите, но във въздуха се усещаше някаква вибрация“.

„Наистина, майка ми е влюбена в Сам?“

„Чичо Сам също беше неудобен - но той не се среща с много момичета в наши дни, тъй като работи от вкъщи и прекарва по-голямата част от времето си, помагайки ми. Гласувам, да сменим темата.“

„И аз“, каза Лия.

„Вие двамата не сте забавни.“

„Мисля, че може би е време да повикаме Ериел“, каза Е-3. „Той трябва да е този, който ни е събрал всички заедно. Трябва да ни запознае с плана. Да знаем какво ще се очаква от нас и кога“.

„Кой е Ериел?“ Лия попита. „Спомням си, че преди ме попитахте дали го познавам.“

„Той е архангел и е наставник на моите изпитания. Е, поне през последните няколко.“

„Моят ангел, този, който ми даде дарбата да виждам с ръка, се казва Ханиел. Тя също е архангел. Тя се грижи за земята.“

Това изненада Е-3. Ако всички работеха за собствените си ангели, защо тогава бяха събрани заедно? Дали единият ангел беше по-могъщ от другия? Кой беше главният ангел? Кой на кого отговаряше?

„Бих искал да знам какво се случва - каза Алфред.

„Всичко, което знам - каза Лия, - е, че след инцидента ме попитаха дали бих била една от трите. И сега, воала, ето ни тук.“

Чичо Сам и Саманта влязоха в стаята. Те разговаряха още известно време заедно, докато Саманта, която беше уморена от полета, не отиде в стаята си. Чичо Сам също отиде в стаята си.

„Да отидем в моята стая и да си поговорим - каза Е-3и.

Лия и Алфред го последваха. След няколко часа обсъждане триото осъзна, че има много въпроси, но малко отговори. Лия отиде в своята стая, която споделяше с майка си. Алфред спеше на ръба на леглото на Е-3. Е-3 хъркаше надалеч. Утре беше друг ден - тогава щяха да разберат всичко.

ГЛАВА 13

Наследващата сутрин Лия изнесе купички със зърнени храни в задната градина. Слънцето се издигаше в небето, денят беше безоблачен и наближаваше 10 ч. Алфред хрупаше на тревата край пътеката.

Лия подаде на Е-3 неговата купичка, после седна под чадъра на терасата и си взе лъжица корнфлейкс.

„Северноамериканският корнфлейкс има различен вкус от този, който имаме в Холандия".

„Каква е разликата?" Е-3 попита.

„Тук всичко е по-сладко на вкус."

„Чувал съм, че в различните страни използват различни рецепти. Искаш ли нещо друго?" Тя отказа с поклащане на главата. „Снощи не можах да заспя" - каза Е-3, като взе още една лъжица „Капитан Крънч".

„Извинявай, прекалено много ли хърках?" Алфред попита, докато буташе лицето си в росната трева.

„Не, беше добре. Имах много работа с ума си. Имам предвид, че всички сме тук. Тримата - и аз не съм имал изпитание от известно време... Откакто Хадза и

Рейки бяха понижени в длъжност, не знам какво се случва. След последната битка с Ериел - която между другото спечелих - не съм чувал нищо от Ериел. Това ме изнервя. Чудя се какво ли е измислил, за да направи живота ми нещастен".

Алфред се отдалечи в градината, докато един еднорог кацна на тревата.

„На твоите услуги", каза малката Дорит.

Еднорогът се притисна до Лия, а тя се изправи и го целуна по челото.

Над тях започна да се изписва синя ивица на небето. Тя изписваше думите:

СЛЕДИ МЕ.

Столът на Е-3 се вдигна: „Хайде!" - извика той.

Малката Дорит се поклони и позволи на Лия да я качи.

Алфред размаха криле и се присъедини към останалите.

„Имате ли представа накъде сме се запътили?" Алфред попита.

„Знам само, че трябва да побързаме! Вибрациите се увеличават, така че трябва да сме близо."

„Погледни напред", извика Лия. „Мисля, че сме нужни в увеселителния парк."

Веднага за Е-3и стана ясно как са били необходими. Въртележката беше дерайлирала. Вагоните висяха наполовина на релсите, наполовина извън тях. Пътници от всички възрасти крещяха. Едно дете висеше толкова несигурно с краката си над страната на количката, че беше ясно, че ще падне първо.

„Ще хванем детето - каза Лия и потегли. Двамата с Малката Дорит тръгнаха право към момчето. Той се отпусна, падна и се приземи благополучно пред Лия върху еднорога.

„Благодаря ти", каза момчето. „Това наистина ли е еднорог, или сънувам?"

„Наистина е", каза Лия. „Тя се казва Малката Дорит."

„Майка ми има книга с това име. Мисля, че е на Чарлз Дикенс."

„Точно така", каза Лия.

„Има ли еднорози в „Малката Дорит"? Ако да, трябва да я прочета!"

„Не мога да кажа със сигурност", каза Лия. „Но ако разбереш, кажи ми."

E-Z хвана надвисналите коли една по една. Трябваше да се потруди, за да го балансира, отначало приличаше малко на слинки, цялото наклонено в една посока. Но опитът му със самолета му помогна и го вдъхнови, докато вдигаше колите обратно на релсите. Той ги държеше стабилно, докато всички пътници не бяха на безопасно място.

Благодарение на помощта на Алфред този процес премина гладко. Алфред, използвайки своите крила, клюн и огромни размери, успя да ги изведе на безопасно място.

„Всички ли са добре?" Е-З се обади и предизвика бурните аплодисменти на всички пътници.

Задачата беше изпълнена успешно и Алфред полетя към мястото, където се намираха Лия и останалите. Това беше отлично място за наблюдение.

„Добре ли е сега да свалим момчето?" Лия попита.

Е-З й вдигна палец.

Долу беше докаран кран с цел да бъде вдигнат за спасителна акция. Той все още не беше почти готов. Той наблюдаваше как работниците се струпаха наоколо в жълтите си хардшапки.

Е-З изсвири на човека, който управляваше влакчето, да го пусне.

Операторът на влакчето пусна двигателя отново. Отначало количките потеглиха малко напред, после спряха. Пътниците изкрещяха от страх, че влакчето отново ще дерайлира. Някои се държаха за вратовете си, които при първоначалния инцидент бяха наранени.

Е-З позиционира инвалидната си количка в предната част на вагоните, за да наблюдава, че положението им не се променя. Той забеляза, че вятърът се усилва, тъй като косите на пътниците се развяваха във вагоните. Един възрастен мъж изгубил бейзболната си шапка „Лос Анджелис Доджърс". Всички гледаха как тя пада на земята.

„Опитай още веднъж", извика Е-З, надявайки се на най-доброто, но замисляйки план Б за всеки случай.

Операторът завъртя двигателя. За пореден път влакчето се задвижи напред. Този път малко по-далеч, но отново се завъртя до пълно спиране.

Е-З извика заповеди към Малката Дорит: „Моля, сложете Лия на земята. След това вземете няколко верижни връзки с куки в двата края и ги донесете при мен".

Еднорогът кимна, спускайки се под „ооо" и „ах" от тълпата, която се беше събрала долу. Едно момче се опита да я хване и да се повози, тя го отблъсна с нос и полицията се придвижи, за да отцепи района.

„Тук!" - каза един строителен работник. Той беше чул какво е поискал Е-З. Той постави част от веригата в устата на Малката Дорит, а останалата част завъртя около врата ѝ.

„Не е ли прекалено тежка?" - попита той, докато Малката Дорит се издигна без проблем и с криле се отправи нагоре към мястото, където Алфред вече чакаше при Е-З.

Алфред, използвайки клюна си, вкара куката в предната част на влакчето. Той я закрепи на място и я прикрепи към инвалидната количка на Е-З.

„Моля, останете на мястото си - извика Е-З. „Ще ви сваля, бавно, но сигурно. Опитайте се да не се размествате прекалено много, искам тежестта да бъде поставена последователно. На три, да се търкаляме", каза той. „Едно, две, три." Той дръпна, давайки всичко от себе си, и колата се търкулна заедно с него. Спускането надолу беше лесно, при изкачването трябваше да се увери, че количката не е набрала прекалено голяма скорост и не се е разместила отново. Малката Дорит и Алфред летяха покрай колата, готови да действат, ако нещо се обърка.

Лия беше толкова уплашена, нервна и развълнувана.

„Ти можеш да го направиш, Е-3!" - извика тя, забравяйки, че може да изрече думите в главата си и той ще ги чуе.

„Благодаря" - каза той, като поддържаше бавно и равномерно темпо. Въпреки че Е-3 беше уморен, той трябваше да изпълни поставената задача. Когато колата зави зад ъгъла и спря напълно, тя се върна в тунела. Обратно там, където пътуването му бе започнало за първи път.

„Благодаря ви!" - извика операторът.

Пожарникарите, парамедиците и медицинските сестри се приготвиха за наплива на пътниците. Слизаха едновременно.

„Е-3! Е-3! Е-3!" - скандираше тълпата, с вдигнати телефони, които заснемаха целия инцидент.

„Мислите ли, че имаме време да вземем малко захарен памук?" Лия попита.

„И карамелена царевица?" Алфред каза. „Не съм сигурен дали ще ми хареса, но съм готов да пробвам!" „Не, не съм сигурен.

„Разбира се - каза Е-З, - ще ти донеса и двете без притеснения! Може дори да си взема една бонбонена ябълка.“

Когато отиде да направи покупките, той забеляза, че са пристигнали репортери. Те се бяха събрали около някой, който беше много висок и с черна коса. Човекът държеше шапка пред себе си и приличаше на Ейбрахам Линкълн. След като се вгледа по-внимателно, той разбра, че това е Ериел под прикритие. Той се приближи, за да се вслуша.

„Да, аз съм тази, която събра това динамично трио. Лидерът е Е-З Дикенс, той е на тринайсет години и е суперзвезда. Освен че е най-опитният член на „Тримата“, той е и лидерът. Както сигурно сте забелязали, той може да управлява почти всичко. Той е страхотно дете!“

Е-З усещаше как бузите му се нагорещяват.

„А какво ще кажете за момичето и еднорога?“ - обади се един репортер.

„Тя се казва Лия и това беше първото ѝ начинание в света на супергероите. Еднорогът ѝ е Малката Дорит и двамата са невероятен екип. Тя е спасила това момче - грабна той момчето. Постави го отпред и в центъра на вниманието на камерите.

Когато всички погледи бяха насочени към него, той довърши изречението си. „С лекота. Лия и Малката Дорит са чудесни попълнения в екипа и ще бъдат от огромна полза за Е-3 във всичките му бъдещи начинания."

„Какво беше това?" - попита момчето един репортер.

„Лия беше много мила", каза момчето.

Тъмнокожата фигура отблъсна момчето. Той избърса праха си.

„Лебедът тромпетист се казва Алфред. Това беше първата му възможност да помага на Е-3. Той смело се изложи на риск. Алфред е още един отличен член на този екип от супергерои на *Тримата*. Ще ги виждате много в бъдеще". Той се поколеба: „А, и аз се казвам Ериел, в случай че искате да ме цитирате в статията си".

Сега Е-Зи съжаляваше, че не се е съгласил да събира карнавални лакомства. Той се сгуши встрани, като се надяваше да не го забележат.

„Ето го!" - извика някой.

Другите, които бяха на опашката зад него, го избутаха към началото на редицата.

„Това е на къщата" - каза продавачът и му подаде по един от всичко.

„Благодаря ви", каза той, докато се издигаше.

„Това е той! Момчето в инвалидната количка! Нашият герой!" - изкрещя някой отдолу под него.

„Ето го, снимайте го."

„Върнете се за селфи, моля!"

Е-3 погледна към мястото, където беше Ериел, но сега, когато го бяха забелязали, никой не се интересуваше от него. Следващото нещо, което знае, е, че Ериел е изчезнал.

„Да се махаме оттук!" Е-3 възкликна, чудейки се къде точно да отидат. Ако отидеха в дома му, репортерите и феновете най-вероятно щяха да го последват. В известен смисъл му липсваха дните, когато Хадза и Рейки изтриваха умовете на всички участници - това със сигурност не усложняваше нещата.

На връщане Е-3 не можеше да не се зачуди какво ли е замислил Ериел. В края на краищата никой не биваше да знае за изпитанията му. Беше много странно - но той беше прекалено изтощен, за да говори за това с приятелите си. Вместо това се чудеше защо вече не е важно да крие изпитанията си - и как това щеше да промени нещата. Добре беше, че крилата му вече не горяха, а столът му не изглеждаше заинтересован да пие кръв.

„Е, това беше доста лесно - каза Алфред.

Лия се засмя: „И беше доста забавно, като те видях в действие Е-3".

„Ей, а какво да кажа за мен, аз също помогнах!"

„Сигурно си помогнал", каза Е-3. „И Малката Дорит, благодаря ти! Нямаше да се справя без теб!"

Малката Дорит се засмя. „Радвам се, че мога да помогна."

„Ти беше невероятна!" Лия я погали по врата.

Но нещо ги притесняваше. Беше очевидно, че Е-Зи би могъл да направи всичко сам. Не се нуждаеше от помощ.

Особено Алфред имаше чувството, че като лебед-тромпетист е направил всичко, което е могъл. Но той не беше много полезен в този вид спасяване. Не като някой, който имаше ръце, да може да помогне. Беше положил максимални усилия, но дали те бяха достатъчни? Дали той беше най-добрият избор за член на *Тримата*?

Лия си мислеше, че Малката Дорит можеше да се приземи под момчето и да го спаси, без тя да е на гърба му. Еднорогът беше умен и можеше да последва примера и инструкциите на Е-З. Имаше чувството, че е изминала целия този път и за какво? Всъщност нямаше никакъв смисъл.

Отново се върнаха у дома. Макар че бяха постигнали нещо прекрасно заедно, настроението им беше слабо.

Малката Дорит си тръгна и отиде там, където живееше, когато нямаше нужда от нея.

Е-З веднага отиде в кабинета си, където свърши малко работа по книгата си. Искаше му се да актуализира списъка с изпитанията, за да види къде се намира. Реши да ги напише всички отново отначало:

1/ спаси малкото момиче

2/ спаси самолета от разбиване

3/ спря стрелеца на покрива

4/ спря момичето в магазина

5/ спрял стрелеца пред къщата му

6/ проведе дуел с Ериел

7. измъкна се от този куршум

8/ спаси Лия

9/ върна едно влакче в увеселителен парк обратно на пистата.

Не беше сигурен дали спасяването на чичо Сам е било изпитание или не. Хадза и Рейки бяха изтрили съзнанието му. Интуицията на E-З беше, че спасяването на чичо Сам не е било изпитание.

Той седна обратно на стола си. Мислеше за предстоящия краен срок. Трябваше да изпълни още три изпитания в рамките на ограничен период от време. От една страна, той искаше да ги свърши, да приключи с тях. От друга страна, приключването на ангажимента му го плашеше.

Междувременно Алфред реши да отиде да поплува в езерото.

Докато Лия и майка ѝ отидоха на разходка.

✱✱✱

И какво беше?" Саманта попита.

" „Беше изключително вълнуващо и страшно едновременно. Е-3 е забележителна. Безстрашен - обясни Лия.

„И какъв беше твоят принос?"

Те завиха зад ъгъла и седнаха заедно на една пейка в парка. Деца играеха, тичаха нагоре-надолу и крещяха. И майката, и дъщерята си спомниха как Лия си играеше така, безгрижно, когато беше на седем години. Сега, когато беше на десет години, интересът ѝ към игрите беше силно намалял.

„Липсва ли ти това?" Саманта попита.

Лия се усмихна. „Винаги знаеш какво си мисля. Всъщност не, но някой ден скоро бих искала отново да опитам да танцувам. За да видя как и дали ще мога да се приспособя".

Те седяха заедно и гледаха, без да казват нищо.

„Що се отнася до моя принос, едно малко момче висеше от колата и без помощта на Малката Дорит можеше да падне".

„Можеше да падне?"

„Да, мисля, че Е-З щеше да го спаси, а след това да се справи и с останалите, ако не бяхме там. Той е свикнал да се справя сам с изпитанията."

„Мислиш ли, че ти или Алфред не сте били нужни?"

„Това, че бяхме там за морална подкрепа, беше полезно, не знам. Архангелите са си направили труда да ни съберат заедно. За да ни прелетят чак от Холандия, нашия дом. Когато, въз основа на това изпитание, не мисля, че сме необходими".

Саманта взе ръката на дъщеря си в своята и те станаха от пейката и се обърнаха обратно към дома.

„Мисля, че да имаш екип, резервен, е нещо хубаво и съм сигурна, че Е-З знае и оценява това. Той не изглежда като дете, което да е самотник. Играел е бейзбол, все още го прави от това, което Сам ми каза. Знае, че отборите работят добре заедно, като се опират на силните страни на всеки играч. Що се отнася до теб, не бих се притеснявал, че не си най-решаващият фактор в този процес. И никога не подценявай стойността си".

„Благодаря, мамо - каза Лия, докато завиваха зад ъгъла на тяхната улица. „А сега да поговорим за Сам. Ти наистина го харесваш, нали?"

Саманта се усмихна, но не отговори.

***

В също време Сам проверяваше Е-3. „Всичко ли е наред?" - попита той, като надничаше в кабинета на племенника си.

„Не съм сигурен. Можем ли да поговорим?"

„Разбира се, момче."

„Затвори вратата, моля те."

„Какво става? Пробата на първия отбор не мина ли добре?"

„Първо, искам да те попитам какво става с теб и майката на Лия?" "Не, не.

Сам разбърка краката си и почисти очилата си. „Нека не правим така, че да става дума за мен и Саманта. Това е между нас."

„О, значи има САЩ, значи?" - усмихна се той.

„Смени темата" - каза Сам.

„Добре тогава, каквото кажеш. Що се отнася до процеса, той мина добре и не си мисли лошо за мен. Не го казвам, защото съм дебелоглав, но можех да го завърша и без останалите".

„Разкажи ми какво точно се случи. Каква беше задачата ти? И трябва да кажа, че това ме изненадва, тъй като ти винаги си бил екипен играч".

„Знам. Това е, което и мен ме притеснява. Беше в увеселителния парк. Едно влакче в увеселителен парк излезе от пистата. Предната му част висеше от ръба и пътниците се изсипаха навън. Само един беше в истинска опасност - едно дете, което Лия хвана с помощта на еднорога Малката Дорит".

„Изглежда, че спасяването е било полезно."

„Беше, защото хлапето беше на време, но аз бях там и можех да го спася. След това върнах каруцата обратно на пътя и помогнах на останалите вътре. За мен времето сякаш беше спряло - така че, лесно можех да разреша тази ситуация без ничия помощ."

„Изглежда, че Алфред не ти е бил много полезен. Искаш да кажеш, че си могъл да се справиш и без него?"

Е-З прокара пръсти през тъмната средна част на косата си. Усещането за настръхнал косъм някак си го караше да се разтовари от стреса.

„Алфред ми помогна. Но аз търсех начини той да ми помогне. Той се старае толкова много. Толкова искаме да му помогнем, но честно казано, той е достатъчно умен, за да знае, че съм му създал работа. Така че той може да помогне, а аз не се чувствам добре от това".

„Това е, което правят отборните играчи. Те се грижат един за друг. Помагат си един на друг."

„Знам, но когато става дума за животи, от мен зависи да се уверя, че никой няма да умре. Ако намирам задачи за останалите, за да ги накарам да се чувстват необходими, това е пречка, а не помощ." Той въздъхна дълбоко, щракайки с пръсти по клавиатурата си. Засрамен, той избягваше контакт с очите на чичо си.

След няколко минути мълчание Е-3 отново се върна към работата върху книгата си, за да остави чичо си да обмисли нещата. Той прегледа подробно събитията от деня.

Докато разказваше. Преразглеждаше нещата. Разглобявайки процеса и сглобявайки го отново, той изпита откровение. Това беше нещо, което никога преди не беше правил. Можеше да обсъди въпроса с екипа си. Те можеха да му кажат как се е справил, да направят предложения, за да може да се подобри. Да, имаше много предимства да бъде един от тримата. Чувстваше се спокоен и по-щастлив от това знание.

„Мисля, че трябва да дадеш на тази ситуация в екипа повече време, преди да решиш нещо. Сигурно ти е от полза да знаеш, че всеки от тях има свои специални сили, за да ти помага. В тази ситуация вашите умения бяха на преден план. Това не означава, че винаги ще бъде така. Нещата може да се променят за следващата задача. Всичко се случва по някаква причина."

„Мислиш по същия начин, както и аз сега. Всичко винаги е по-добре, ако не се налага да се изправяш сам срещу него. Ти ме научи на това.“

„Някой друг в тази къща гладува?“ Алфред се обади, докато си проправяше път по коридора.

Е-З избута стола си назад и отговори: „Аз!“

Сам каза: „Ти какво?“

„О, Алфред попита дали някой е гладен.“

„И аз!“ Сам се обади.

„Аз съм“ - каза Лия. „Какво има за вечеря?“

Саманта предложи да си поръчат пица. Всички се зарадваха, с изключение на Алфред. Той не беше почитател на жилавото сирене.

Прекараха вечерта заедно, пълнейки лицата си и гледайки един сериал за зомбита.

„Не е прекалено страшно за теб, нали?“ Е-З попита,

„Прекалено страшно е за мен!“ Саманта отговори. Сам я обгърна с ръка, а Лия се захили и хвана ръката на майка си.

ГЛАВА 14

Рано на следващата сутрин Алфред се събуди с писък. Ако никога не сте чували лебедов крясък, значи сте късметлии. Той беше толкова силен, че събуди всички.

Е-3 се опита да успокои Алфред. Лебедът само размаха още повече криле и издаде ужасен звук. Сякаш го измъчваха. Или това, или светът свършваше!

Чичо Сам пристигна, за да провери какво се случва.

„Това е Алфред, но не се притеснявай. Аз се справям с това", каза Е-3.

Скоро Лия и Саманта дойдоха да разследват. Лия убеди Саманта да се върне и да заспи.

Лия остана, за да помогне на Е-3 да успокои Алфред. Който веднага отиде до прозореца, отвори го с човката си и излетя в нощта.

Над тях Е-3 и Лия слушаха как паяжинените крака на Алфред удрят по покрива.

„Какво чакате вие двамата!" - изкрещя той. „Трябва да тръгваме - СЕГА!"

Лия се измъкна през прозореца и застана разтреперана на перваза. Тя изчака, докато Е-Зи успееше да се качи в инвалидната си количка и да я маневрира във висящо положение.

„Чакай, мисля, че еднорогът най-сетне е на път" - каза Алфред. „Ето защо съм горе. За да видя дали идва."

Малката Дорит се приземи, подложи нос под Лия и я метна на гърба си.

Те отлетяха, като Алфред ги водеше.

„Намали скоростта!" Е-З изкрещя. Алфред го игнорира. Той продължи, като набираше височина и скорост. Крилата на стола на Е-З започнаха да махат, както и ангелските му крила. Трябваше да работи бързо, за да държи Алфред в полезрението си.

Лия потрепери. „Иска ми се да имах пуловер с мен."

„Прегърни се до врата ми", каза Малката Дорит. „Ще ти е топло."

Е-З ускори темпото, приближавайки се, след което осъзна, че Алфред забавя темпото. Или поне така си мислеше. Вместо това видя гледка, която никога нямаше да се изтрие от съзнанието му. Алфред беше застинал във въздуха с изпънати крила и крака. Сякаш беше моделиран като Х.

После цялото му тяло започна да трепери, което прерасна в треперене. Изглеждаше така, сякаш го удря ток. А лицето му, изразът на непоносима болка върху него, предизвика сълзи в очите на приятелите му.

„Какво става с него?" Лия попита. „Не мога да го гледам повече. Просто не мога", просълзи се тя.

„Сякаш му причиняват шок. Кой би направил такова нещо?" Докато го казваше, той знаеше. Само Ериел можеше да бъде толкова жестока. Ериел ги беше призовал. Използваше тази техника на токов удар, за да ги накара да последват приятеля си Алфред. Само че какво щеше да стане, ако той не оцелееше след шоковете? Докато казваше това, една шепа от перата на Алфред се отдели от тялото му и се понесе във въздуха. Той спря да се тресе и започна да лети. Над рамото си каза: „Хайде, дръж се, преди да ме е ударило отново".

„Добре ли си?" Лия попита.

„Това беше третото и всеки път става все по-лошо. Трябва да стигнем там, където искат да бъдем, и то бързо. Не знам дали ще мога да преживея още един - не по-лош от предишния. Беше гадно."

Те продължиха да летят, разговаряйки по пътя.

„Съжалявам, че събудих всички", каза Алфред, след като сътресенията бяха спрели.

„Не беше по твоя вина." Е-З каза. „Почти съм сигурен, че знам чия е вината - и когато го видим, ще му кажа за какво."

„Какво имаш предвид?" Лия попита, като се сгуши във врата на Малката Дорит. Беше толкова тъмно и студено; тя не можеше да спре да трепери.

Алфред каза: „Бяхме призовани, като изпратихме електрически шокове по цялото ми тяло. Сякаш перата ми горяха отвътре навън. Толкова грубо. Толкова много грубо и за минута си помислих, че отново съм се върнал в междината".

Цялото му лебедово тяло трепереше при мисълта за това. „Ще дам на този, който го е направил, това, което заслужава, когато и аз го видя!"

Алфред продължи да лети на крачка от останалите. „Преди това Ариел прошепна в ухото ми, за да ме събуди. След това заедно изработвахме план. Тя дори правеше това, когато бях в междучасие. Тя винаги е била нежна и мила с мен. Това призоваване беше различно."

„Звучи като дело на Ериел" - призна Е-З. „Той не е много тактичен и може да бъде малко мелодраматичен и доста безчувствен. Да не говорим, че има болно чувство за хумор".

„Малко мелодраматичен, дори не надрасква повърхността" - каза Алфред.

„Ще трябва някой път да ни разкажеш повече за това междучасие. Името звучи симпатично, но имам чувството, че е оксиморон" - каза Е-З.

„Не обичам да говоря за това - отвърна Алфред.

„Наистина с нетърпение очаквам да се запозная с този човек Ериел. НЕ." Лия си призна. „Това е все едно да очакваш с нетърпение да се срещнеш с Волдемор. Репутацията му го предшества".

„А, значи си фен на Хари Потър?" Алфред каза.

„Определено", призна Лия.

Звездите в небето над нея изпращаха въображаема топлина. Въпреки това те се размърдаха неподготвени на нощния въздух.

„Почти ли сме там?" Е-3 попита.

„Не знам със сигурност - отвърна Алфред. „Шокът не каза къде сме призовани, а и не мога да доловя никакви вибрации във въздуха. Единственото нещо, което ще покаже, че не правим това, което се очаква от нас, е още един шок. За съжаление."

„Не искаме това да се случи. Да ускорим темпото."

„Изглежда, че все пак се приближаваме." Алфред спря по средата на въздуха; крилата му бяха напълно разперени. „О, не!" - прошепна той в очакване на новия шок. Той чакаше и чакаше, но нищо не се случи. „Предполагам, че сме почти..."

Този път тялото на лебеда не само се разтресе и потрепери. Тялото на Алфред се претърколи отново и отново. Сякаш правеше салта в небето.

Около него се развяваха разпилени пера, които танцуваха на вятъра, докато лебедът преминаваше в свободно падане.

Е-3 прелетя под лебеда-тръбач и го хвана. „Алфред? Алфред?" Горкият лебед беше припаднал. „Ериел! Ти! Голям космат лешояд!" Е-3 изкрещя, вдигайки юмрук към небето. „Не е нужно да убиваш Алфред. Кажи ни къде си и ние ще бъдем там, но само ако се съгласиш да го свалиш с електрическите заряди. Това е варварско. Той е лебед, заради самото съжаление. Дайте му почивка."

„Каквото каза - отвърна Лия с отворени длани, обърнати към небето.

За секунда те увиснаха, все така на място.

След това в количката настъпи шок. После удари еднорога Дорит. И всички изпаднаха в свободно падане.

Смехът на Ериел изпълни въздуха около тях. Светът беше неговият сензор и той се подиграваше на *Тримата*, както никой друг не можеше. Или не искаше да го направи.

ГЛАВА 15

Те продължиха да падат за известно време. Никой от тях не контролираше специалните си сили или качества.

Полуочакваха, че телата им ще се разпръснат на асфалта долу. Настилката се издигаше, за да ги посрещне.

Изведнъж спускането приключи. Сякаш всички те бяха прикрепени към някакъв невидим кукловод.

След няколко секунди движението отново започна Но този път то беше плавно.

Водеше ги, докато не можеха безопасно да се спуснат в краката на архангелите Ериел, Ариел и Ханиъл.

„Приятно пътуване?" Ериел попита. Той изръмжа от смях. Спътниците му гледаха, без да се смеят и без да говорят.

Алфред, който вече беше буден, полетя и се приземи, последван от еднорога Малкия Дорит, който носеше Лия.

Еднорогът се поклони на останалите гости, след което се оттегли в далечната част на стаята.

Ериел беше най-високият от останалите трима, стоеше с ръце на хълбоците, като се уверяваше, че няма съмнение кой командва.

За разлика от него Ариел беше ееричен.

Ханиел беше статуарен и излъчваше красота.

Ериел пристъпи напред, повдигна се от земята, така че да бъде над тях. Той изръмжа: „Достатъчно дълго ви отне да стигнете дотук! В бъдеще, когато заповядам присъствието ви, ще бъдете тук на място!"

Ханиъл долетя до Алфред. Тя го докосна по челото. След това се обърна към Е-З и направи същото. Усмихна се. „Радвам се да се запозная и с двамата." Тя се обърна към Лия. Лия отвори дланта си и двамата размениха докосвания с пръсти на отворената си длан. Лия се хвърли в прегръдките на Ханиъл. Ханиъл обгърна с крилата си Лия, като се вглеждаше във външния вид на новото десетгодишно момиче.

Ариел трепна близо до Е-З. Тя му намигна и се усмихна на Лия. Тя долетя до Алфред и го освободи от болката му.

„Достатъчно суетене!" Ериел заповяда с глас, който гърмеше толкова силно, че Е-З се страхуваше, че ще вдигне покрива.

„Чакай малко" - каза Алфред и тръгна със звука на паяжините си, които пляскаха по бетонния под. „Едва не ме удари ток и бих искал да получа извинение".

Ериел разпери крилата си широко, по-широко, колкото можеше да стигне. Той се надвеси над Алфред, който се размърда, но удържа позицията си. Очите им се втренчиха.

Е-З усещаше, че лебедът-тромпетист Алфред е или много смел, или много глупав. И в двата случая той се нуждаеше от помощ.

Е-З се претъркoли напред и постави стола си между тях. „Каквото е станало, става.“ Обърна се към Алфред: „Спри се.“ Алфред го направи. След това се обърна към Ериел: „Знам, че си хулиган и това, което направи с нашия приятел, беше непростимо и жестоко. Сега е посред нощ, така че преминете към същността - кажете ни защо сме тук? Каква е голямата спешна ситуация?“

Ериел се приземи и крилете му се сгънаха зад тялото му. Той изръмжа: „Опитите ми да се свържа лично с теб, моето протеже, останаха без отговор. Каквото и да правех, хъркането ти не позволяваше да се събудиш. Изпратих Ханиъл за Лия, но тя не успя да я събуди, без да разтревожи майка й, която спеше до нея. Затова повикахме Алфред, който също не реагира от доста време. Наставницата му се опита да се приближи до него по обичайния си начин - но шепотът ѝ не беше достатъчно силен, за да го събуди“.

„Притеснявах се за теб - каза Ариел.

„Съжалявам - каза Алфред. „Леглото на Е-З е чудесно удобно и той хърка доста силно. Отдавна не бях спал отново в истинско легло.“

„ТИШИНА!“ Ериел изпищя.

Алфред се отдръпна, докато E-Z премести стола си още по-близо до съществото.

Ериел снижи гласа си. „Ханиел мислеше, че си мъртъв, лебеде. И затова аз, използвах тази възможност, за да оценя най-новата ни технология".

„Досега не е била прилагана върху хора - призна Ханиъл.

„Сметнахме, че ще е най-добре да опитаме върху някой, който не е човек - Алфред, ти отговаряше на изискванията и тя проработи като по чудо. Вярно е, че всички вие закъсняхте с пристигането си, но стигнахте дотук. Както се казва, по-добре късно, отколкото никога."

„Използвахте ме като опитно зайче?" Алфред размърда шия напред-назад с широко отворена човка и се запъти към пода.

E-Z отново позиционира инвалидната си количка между тях. „Застани долу - каза той на Алфред.

Ериел, Ханиъл и Ариел образуваха полукръг около триото.

„Прав си E-Z. Това, което е направено, е направено. По-добре да го опитат върху мен, отколкото върху двама ви. А сега се заемете с това", поиска Алфред.

„Да, Ериел - каза E-Z, - пак питам, защо сме тук?"

„Преди всичко - изръмжа архангелът, - планът беше тримата да образуваме някакво трио."

„Ние вече разбрахме това за себе си", каза Лия. Тя държеше дланите си отворени, за да може да обхване изцяло гледката на тримата архангели едновременно. От време на време тя също така оглеждаше стаята, за да се запознае със заобикалящата ги среда. Изглеждаше позната, с метални стени като тази, в която за пръв път срещна Е-3. Само че беше много по-просторна.

Е-3 се огледа и погледна към Лия. Той си мислеше същото. Колкото повече гледаше стените, толкова повече му се струваше, че те се затварят в него. Чувстваше се студен и клаустрофобичен, въпреки че пространството беше огромно. Искаше му се инвалидната му количка да има бутон като в някои коли, с който седалката да се отоплява.

„Тишина!" Ериел изкрещя. Тъй като всички мълчаха, той изглеждаше не на място. Разбира се, не бяха взели под внимание, че той също може да чете мислите им.

Алфред се засмя.

Ериел затвори разстоянието помежду им и Алфред отстъпи назад. Ериел отново затвори пространството. И така, нататък и така нататък, докато Алфред не се озова с гръб към стената. Алфред излетя. Ериел го вдигна с краката си, подобни на нокти. Издигна го над останалите.

„Ериел, моля те", каза Ариел. „Алфред е добра душа."

Ериел го пусна на земята и вдигна юмруци. От тях излетяха мълнии и рикошираха в металния таван на контейнера. Всички, освен Ериел, играеха на доджъм с летящите електрически заряди. Ериел наблюдаваше. Засмя се. Докато забавлението не му омръзна.

Доверието на *Тримата* беше подложено на изпитание.

Ериел улови остатъците от мълниите. Направи голямо шоу, докато ги прибираше в джобовете си.

„А сега" - каза той с лукава усмивка. „Предстои ви ново изпитание. Днес. Един от вас ще умре."

E-З се изправи на стола си. Алфред изкрещя неволно „Ху-ху!", а Лия нададе писък на малко момиченце.

Ериел продължи, без да обръща внимание на реакциите им. „Вие сте тук, за да изберете. Кой от вас ще умре днес? След като изберете, ще ви обясня последствията, с които ще се сблъскате поради тази смърт." Ериел отлетя на няколко метра и другите двама ангели бяха до него, по един от всяка страна.

Първо Ериел описа смъртта на Алфред:

„Не мога да ти кажа никакви подробности за този процес. Единственото, което мога да ти кажа, е, че Алфред, ако умреш днес, няма да изпълниш договорното си споразумение. Следователно няма да видиш семейството си отново, нито сега, нито някога. Смъртта ти обаче ще бъде красива. Защото, както и в живота, смъртта на един лебед винаги е красива. Величествена. Защото когато лебедът умре, той наистина се превръща в ангел. Преобразяването ви ще бъде ново начало за вас. Твоята цел ще бъде да подобриш живота на хората и животните. Ще получиш ново име и нова цел. Ще бъдете истински ценени във всяко отношение. А душата ти ще се завърне на мястото на вечния си покой."

По бузите на лебеда-тромпетист Алфред се стичаха сълзи. Ариел го успокои, като обгърна с крилата си неговите криле.

Второ,Ханиъл разказа за смъртта на Лия:

„Дете, което скоро ще се превърне в жена, подобно на Ариел, не мога да ти кажа никаква информация за поставената задача. Единственото, което мога да ти кажа, скъпа Цецелия, известна още като Лия, е, че ако умреш днес, тогава вече няма да те има. В каквато и да е форма. Смъртта ти ще бъде точно това - смърт. Окончателно. Ще бъде така, както е било, когато крушката е избухнала - ти щеше да умреш. Бедният ви живот щеше да приключи тогава. И все пак сега сте тук и имате какво да предложите на света. Дори не сте надраскали повърхността на силите, с които разполагате. Но ако умрете днес, тези сили ще останат неизползвани. Бихте отишли в земята, от прах на прах. Само спомен за тези, които са ви познавали и обичали. Но и душата ти ще се върне на мястото на вечния си покой."

Лия склютчи ръце, за да задържи сълзите, които се стичаха от тях. Те се стичаха и от очите. Нейните стари очи. Тялото ѝ се разтрепери, когато се разплака. Беше прекалено претоварена от емоции, за да говори.

Малката Дорит се приближи и потупа момиченцето по рамото. Ханиъл също се опита да я утеши, като я целуна по челото.

И тогава Ериел започна да разказва историята на Е-З:

„Е-З, ти постигна много неща, откакто родителите ти умряха. Бяха ти дадени изпитания. Понякога, често пъти непосилни задачи за един човек. И все пак си успял да ги преодолееш. Спасявал си животи. Не си ме разочаровал. Въпреки това, ние чувстваме.“ Тя се поколеба, като погледна настрани. „Особено усещам, че сте осуетили силите си. Понякога дори си ги отричал. Взели сте времето, което ви дадохме, за да направите света по-добър, и сте го пропилели.“

Е-З отвори уста, за да говори.

„Мълчи!“ Ериел изкрещя. „Не се опитвай да се оправдаваш. Гледахме те как играеш бейзбол и си губиш времето с приятели, сякаш имаш цялото време на света, за да изпълниш задачите си. Е, времето изтече. Ако умреш днес, изпитанията ти ще бъдат незавършени“.

Е-З имаше добра представа какво ще последва, но трябваше да изчака Ериел да го каже. Да изрече думите, за да се сбъдне.

Както предполагаше, Ериел все още не беше приключила. „Оставяйки ни с незавършени изпитания, заради които беше спасен животът ти. Сега това би било непростимо. Ако умреш днес, ще загубиш крилата си. Това е за начало. Онези изпитания, които все още не ти бяха дадени - никога нямаше да бъдат. Защото ти беше единственият, който можеше да изпълни задачите. Единствената ни надежда.

„Затова онези, които ти би спасил, нямаше да бъдат спасени от никого и по никое време. Те ще умрат заради теб. Всички, които някога си спасил по време на изпитанията, щяха да умрат.

„Щеше да е все едно, че никога не си съществувал. Смъртта им щеше да е окончателна. Завърши. Нулева възможност за задгробен живот за всеки от тях. Дори да ги изпратиш в междинното пространство, това нямаше да е възможно. Смъртта ти тогава Е-3 щеше да предизвика хаос и да внесе безредие в света. Като в деня, в който се дуелирахме с теб. Помниш ли какъв беше светът в онзи ден? Такава щеше да бъде Земята - във всеки един ден". Ериел му обърна гръб. Те го гледаха как разперва криле, сякаш се готвеше да си тръгне.

Всички замълчаха. Съзерцаваха съдбите си.

След известно време Ериел наруши тишината. „Ариел, Ханиъл и аз ще ви оставим засега. Можете да поговорите помежду си и да решите. Но побързайте да го направите. Не разполагаме с цял ден."

Триото архангели изчезна през тавана.

ГЛАВА 16

След като архангелите си тръгнаха, *Тримата* бяха твърде зашеметени, за да кажат нещо. Докато Е-3 не наруши мълчанието.

„За мен е безсмислено те да ни събират тук. Да измъчват Алфред. Да ни доведат тук. После да ни кажат, че един от нас трябва да умре. И ние трябва да изберем кой. Това е варварско - дори за Ериел."

Лия крачеше със свити юмруци. Беше прекалено ядосана, за да говори, и не я интересуваше дали ще се блъсне в нещо. Всъщност, когато това се случваше, тя го риташе.

Алфред се включи. „Мисля, че ако някой трябва да умре, то това трябва да съм аз. Силите ми са изключително ограничени. Повече от вероятно е да ме превърнат в лебедова супа, като се има предвид сложността на изпитанията. Като последното изпитание. Знам, че ми помагаше Е-3. Беше мило от твоя страна, но знаех, че съм отговорност".

Е-3 се опита да го прекъсне, но Алфред просто продължи. „Да не говорим, че можех да попреча на работата. Да изложа някой от вас на риск. Живея тъжен и самотен живот, откакто ми отнеха семейството. Някой път самотата е непреодолима. Това, че съм член на „Тримата", ми помогна, но...

„Дори като лебед можех да мисля за тях. Да си спомням за тях, да ги обичам. Само знанието, че са умрели заедно и са някъде заедно, ми дава покой. Дори и да не съм с тях, Но ще бъда днес, ако аз съм тази, която ще умре. Готов съм да поема този риск. Освен това, когато си отида, няма да липсвам на никого на земята".

„Ще ни липсваш!" Лия каза.

„Разбира се, че ще ни липсваш!" Е-3 се съгласи, докато прекосяваше пода, забелязвайки една маса, която преди се беше сляла със стената. Приближи се до нея, на която откри купчина документи, които прелисти.

„Оценявам чувствата - каза Алфред. „Ей, какво правиш, Е-3? Откъде е тази маса?"

Лия протегна двете си ръце пред себе си, за да може да види едновременно и Е-3, и Алфред.

Е-3 продължи да прелиства страници. Скоро те започнаха да летят из цялата стая. Въртяха се във въздуха, сякаш бяха попаднали в окото на торнадо.

Тримата се събраха и наблюдаваха бързината на хартията. После изведнъж те паднаха на асфалта.

Лия грабна една от тях и я прочете, докато Е-3 и Алфред я гледаха.

„Какво е това?" - възкликна тя. „Пише имената ни. Разказва историите ни. Нашите истории. За нашите смърти."

„Казва, че вече сме мъртви!" Е-З каза, четейки един от документите, които беше взел.

„О - каза Лия, а по бузата ѝ се стичаше сълза. „Там пише също, че майка ми е мъртва, както и чичо ти Сам."

Е-З поклати глава. „Това не може да е вярно. Не е вярно. Играят си с нас." Той се огледа наоколо. Нещо в стаята се беше променило. Стените. Сега бяха червени. „Нима сме попаднали в друго измерение или нещо подобно? Погледни стените? Дали сме някъде другаде, където бъдещето вече е минало?"

Алфред вдигна още една от падналите страници. В нея се разказваше за смъртта на жена му, на децата му и за собствената му смърт. И все пак, когато погледна към себе си, почувства себе си, той беше жив, с пера: лебед-тромпетист. „Искам да изляза", каза той.

Лия се усмихна. „Имаш предвид да излезеш от тази стая или от този живот? Аз също искам да изляза, имам предвид от този страховит метален контейнер, но не искам да умра. Да виждам света през дланите на ръцете си е странно и в същото време готино. Да можеш да четеш мисли, това също е готино. Но когато спрях времето, това беше страхотно. Представете си, че можете да извикате тази сила, например ако някой е в опасност или ако има бедствие. Представете си колко живота могат да бъдат спасени? А сега съм на десет и кой знае какви други сили ме очакват".

„Подобно на Бог", каза Е-3. „Знам как си се чувствала, Лия. Така се чувствах и аз, когато спасих първото момиченце, когато спасих другите и когато спасих теб."

Тримата се преформираха в кръг и се хванаха за ръце, докато рецитираха думите: „Ние имаме силата. Никой не умира днес. Без значение какво казват." Те се завъртяха наоколо и наоколо, като изпяха новата си мантра. Докато не бяха готови да призоват отново архангелите.

ГЛАВА 17

Ериелпристигна пръв, с вдигнати вежди и устни, изкривени презрително. След това пристигнаха Ариел и Ханиел. Двамата останаха зад него в сянката на огромните му криле. Ериел скръсти ръце, докато другите двама архангели се придвижиха нагоре. Те увиснаха от противоположните страни на раменете му.

„Решихме - каза Е-3. „Никой няма да умре днес.“

Смехът на Ериел огласи металната ограда. Той се издигна във въздуха, после скръсти ръце на гърдите си. Ариел и Ханиъл останаха безмълвни, докато смехът на Ериел се усили, достатъчно висок, за да нарани ушите на Алфред.

Алфред припадна, но бързо се възстанови. Лия и Е-3 му помогнаха да се изправи. Те го държаха на крака, докато Малката Дорит не долетя. Миг по-късно Алфред седеше високо над тях върху еднорога. Той беше лице в лице с Ериел.

„Благодаря, приятелю“, каза Алфред.

„Радвам се, че мога да помогна“, каза Малката Дорит.

„Стига!" Ериел извика, като се издигна над тях. Заплашваше ги с размерите си, с болезнеността си, с гръмотевичния си глас. „Мислите, че можете да промените това, което ще бъде? Аз ви казах какво трябва да се случи и вие нямате друг избор, освен да ми се подчините. Това не беше анкета. Нито пък демокрация. Това беше увереност. Защото е написано..."

После забеляза, че подът е покрит с хартии. Той полетя надолу и взе една от тях. След това се издигна, така че да се озове лице в лице с Алфред. В ръката си държеше разказа на Алфред.

„Виждам, че си прочел бъдещето. Сега знаеш истината, че живееш в паралелна вселена. Това, което се случва тук, пулсира в другите вселени. На места, където съществуват и бъдещето, и миналото".

Лия пусна дясната си ръка и вдигна лявата. Ръцете ѝ не бяха силни, защото все още свикваха, че трябва да ги държи нагоре.

Ериел прелетя през стаята до един червен диван, на който седна. Другите ангели се присъединиха към него, по един на всяка от ръцете. Ериел седеше удобно, като крилата му не бяха нито напълно вдигнати, нито напълно разперени.

След като се настани удобно, той продължи. „В един от световете и тримата вече сте мъртви. Вие прочетохте истината. В този свят все още има надежда. Надеждата съществува благодарение на нас, тоест на мен, Ариел, Ханиъл и Офиел. Ние избрахме вас, тримата хора, да ни сътрудничите. Дадохме ви цели и ви помогнахме, където и когато можехме. Докато сме с вас, само ние позволяваме съществуването ви да продължи. Само ние даваме смисъл на живота ви. Откажете ли да следвате пътя, който сме избрали за вас, и вие също няма да съществувате повече тук, на този свят. Ще бъдете заличени, както никога не сте били и никога няма да бъдете".

Е-3 стисна юмруци и столът му се залюля напред. „В документа, документа за другия ми живот, пишеше, че и чичо Сам е мъртъв. Той не е бил в катастрофата с родителите ми. Той не е част от тази сделка. Ти ли си го убил, Ериел, за да ме задържиш тук?"

Без да чака отговор, Лия се втренчи в него. „В документа ми пише, че майка ми е мъртва. Как може това да е вярно? Моля те, кажи ми, че не е вярно!"

Алфред вече се чувстваше по-добре и скочи от гърба на Малката Дорит. Приближи се до дивана и отново се изправи лице в лице с Ериел.

Е-3 гледаше гордо своя приятел Алфред, безстрашния лебед-тромпетист.

„И в документите молитвите ми са чути. Аз вече съм мъртъв. Умрях заедно със семейството си, както и трябваше да бъде. По-скоро щях да си остана мъртъв. Да бях умрял с тях, вместо да се преродя като лебед-тромпетист. Това стана, след като Ханиъл ме спаси от междината и между тях".

Ериел отблъсна Алфред. „Ах, да, между другото. Бях забравила, че си бил изпратен там. Не ти хареса толкова, нали?"

Алфред раздвижи шията си и се намръщи с човката си. Той оголи малките си, назъбени зъби, сякаш искаше да ухапе Ериел.

„Стой на място - каза Е-3, докато се търкаляше до дивана.

Алфред затвори човката си. Лия се приближи. Сега *Тримата* бяха застанали заедно пред Ериел. Те чакаха архангелът да каже нещо, каквото и да било. За пръв път останаха без думи.

Е-3 се възползва от възможността да овладее ситуацията.

„Във вестниците пишеше, че чичо Сам е загинал при катастрофата с майка ми, баща ми и мен. Той не е бил в колата с нас, за да се случи това, трябваше да е бил подхвърлен в автомобила с нас. С каква цел? Обяснете ни вие, така наречените архангели. Защо ще променяте историята, за да отговаря на собствените ви цели? Между другото, къде е Бог във всичко това? Искам да говоря с него."

„И аз искам!" Лия възкликна.

„И аз!" Алфред се включи.

Ериел кръстоса крака и разпери криле. Постави ръка на брадичката си и отговори: „Бог няма нищо общо нито с нас, нито с вас - вече не." Той се прозя, сякаш тази задача го отегчаваше.

„Ами ако ти кажа, че къщата ти гори в момента, в който си говорим? Какво ще стане, ако ти кажа, че нито чичо Сам, нито майка ти Саманта, нито Лия ще доживеят да видят още един ден?"

„Ти б-баща!" Е-З възкликна.

„Да!" Лия отвърна.

„Хайде сега" - подкани го Ериел. „Всички тук сме приятели. Приятели, нали? Къщата ти може да пламне, всичко може да се случи, докато сме тук, на това място, спряно във времето. Колкото по-дълго отлагате избора си, толкова повече хаос създавате в света". Той се изправи и крилете му се разпериха, което накара триото да направи няколко крачки назад.

Продължи: „Е-З, ти би рискувал живота си за твоя чичо Сам, нали?". Той кимна. „Разбира се, че ще го направиш. А Лия, ти би рискувала живота си, за да спасиш живота на майка си, така ли?". Лия кимна.

„И Алфред, скъпият ми малък лебед-тромпетист. Моят пернат дечурлигарски приятел. Кой от двамата би спасила. Ако можеше да спасиш само един от тях?" Ериел се усмихна, горд от римите, които беше сътворил.

„Бих спасил и двете", каза Алфред. „Бих рискувал живота си или бих умрял, ако се опитам."

„Имаш странно желание за смърт, приятелю мой пернат".

Алфред се насочи към Ериел.

„И-ъ-ъ-ъ-ъ-ъ-ъ-ъ-ъ-ъ-ъ-ъ-ъ-ъ! Спри да си играеш с нас. Ти ни събра заедно. Защо? За да ни дразниш. За да разплачеш едно малко момиче. Ти не си нищо друго освен един, а само един голям хулиган."

„Да", каза Лия. „Спри да ни тормозиш."

„Това, което казаха" - добави Е-3.

Сега Ериел се разяри, превърна се от черно в червено, от черно в червено. Той прелетя през стаята и удари с юмруци по масата.

„Искате ли истината? Не можеш да се справиш с истината!" Той се усмихна. „Малко встрани, обожавам изпълнението на Джак Никълсън в „ *Няколко добри мъже*".

Това беше единственото нещо, за което и Ериел, и Е-3 бяха съгласни. Изпълнението на Никълсън в този филм беше безупречно.

„Престанете с мелодраматизма и ни кажете какво искате от нас."

„Вече го направихме", каза Ериел. „Казах ви, че един от вас трябва да умре днес. Казах ви да изберете кой от тях. Писано е, че един от вас трябва да умре. Вие трябва да изберете. Сега."

Алфред пристъпи напред с изпъната лебедова шия. „Тогава това ще бъда аз."

Алфред коленичи, а тялото му трепереше. Той сведе глава, сякаш очакваше архангелът да я отсече.

Вместо това и тримата архангели ръкопляскаха. Те се разхождаха из стаята. Пищяха, сякаш бяха наемни клоуни, които се забавляват на детски рожден ден.

След няколко минути на пълна лудост архангелите спряха.

„Свършено е - каза Ериел.

И след това си тръгнаха.

ГЛАВА 18

Е-3 инвалидната количка, Лия в „Малката Дорит"
и лебедът Алфред все още са *Тримата*, докато се
издигат в небето. Продължиха напред в продължение
на няколко мили, докато под тях забелязаха огромен
метален мост.

Един млад мъж се клатушкаше на перваза и даваше
всички признаци, че ще скочи.

Е-3 извади телефона си и се закани да се обади на
911, а Алфред, без да се колебае, полетя към мъжа. Той
прибра телефона си и двамата с Лия го последваха.

Алфред висеше близо до мъжа, без да може да
говори и да бъде разбран от него, единственото,
което можеше да каже, беше: „Ху-ху!"

„Махай се от мен!" - изкрещя мъжът и махна с
ръка на бедния Алфред, който само се опитваше да
помогне.

Мъжът се приближи до ръба, събу обувките си и
ги гледаше как падат в реката под него. Гледаше как
водата ги застига, като дърпа обувките под себе си с
гладната си уста. В желанието си да види повече, той

298

свали тениската си, на която по ирония на съдбата отпред пишеше: „Краят".

Младият мъж гледаше как любимата му тениска се поклаща и танцува по пътя си надолу. Когато водата я погълна, мъжът започна да пее:

„Ето ме около черничевия храст.

Черничевият храст, черничевият храст.

Ето, аз обикалям около черничевия храст,

в едно слънчево утро."

Алфред го чул да пее. Беше му позната тази рима. Той изчака мъжът да изпее още един куплет. Всъщност му се искаше да изпее още. Но се страхуваше да го обезпокои. Човекът нямаше да го разбере, дори да се опита да му говори.

По това време Е-3 чакаше знак от Алфред. Най-накрая го получи - Алфред каза на него и Лия да не се приближават повече.

На Алфред му се искаше младият мъж да го разбере. Ако се приближеше, можеше ли да го хване? Той се приближи, като разпери крилата си докрай.

Младият човек го видя. „Лебед", каза той. После скочи.

Лебедът тромпетър беше по-голям от обикновения лебед. Но не достатъчно голям, за да хване възрастен мъж. Той все пак се опита да прекъсне падането си. Изложил живота си на опасност, за да го спаси. Но каквото и да правеше, човекът пак падаше като оловен балон. В гладното устие на реката.

Алфред, без да мисли за себе си, се впуснал след него. Никой не знаеше как възнамеряваше да извади човека. Някои казват, че важна е мисълта. В този случай Алфред е бил повлечен от тежестта на човека.

По това време Е-Зи се носеше над водата и търсеше или мъжът, или Алфред да изплуват на повърхността, за да може да им помогне. Нито Лия, нито Малката Дорит умееха да плуват. А Е-Зи не можеше да влезе за тях със или без стола си.

Раздразнен, той полетя към брега, търсейки някакъв признак на живот. Най-сетне го видя - нещо се поклащаше от другата страна. Втурна се, пренесе човека до мястото, където го чакаше Лия, и щом той се изкашля, отиде да търси някакви признаци на лебеда Алфред.

Тогава го видя. Наполовина във водата, наполовина извън нея. Носеше се по течението.

„Алфред!" - извика той, като вдигна главата на лебеда, и веднага забеляза, че вратът му е счупен. Алфред, лебедът тромпетист, неговият приятел вече го нямаше. Делото на Ериел беше извършено.

Е-З вдигна безжизненото тяло на лебеда върху инвалидната си количка и го задържа. Той също започна да плаче.

Зад тях мъжът, който Алфред спаси, извика,

„Аз не съм мъртъв! Това съм аз, Алфред."

ГЛАВА 19

ЗЕМЕДЕЛСКА ПАУЗА.

Птиците спират по средата на полета. Както и самолетите. И други летящи обекти като балони и дронове. Куршумите спираха да се изстрелват, след като излязат от патронника. Водата спира да тече над Ниагарския водопад. Буболечките вече не бръмчат. Въздухът застина.

Появи се Офаниел, заедно с Ериел, Ариел и Ханиел. С ръце на хълбоците и брадичка, изпъната напред, беше повече от очевидно, че е раздразнена.

Вместо да говори, тя се обърна в посока на Е-З.

Той беше замръзнал, с широко отворена уста.

Сега тя наблюдаваше Лия. На бузата на момичето бе застинала сълза. Беше потекла от старото ѝ око.

А сега обратно към Е-З. Той носеше тяло. Тялото на мъртъв лебед.

Сега към Алфред, който вече не беше лебед. Беше приел формата на човек. Удавен човек.

Същият този мъж, който трябваше да го замести в *„Тримата".*

„Какво не е наред с тази снимка?" Офаниел, владетелят на Луната на звездите, попита.

Никой не се осмели да проговори.

„Ериел, ти отговаряш за това. Първо, ти обърка теста за свързване с Е-3 и Сам, като се, простете за израза - изхвърли от парка.

„А сега, благодарение на твоята глупост, лебедът Алфред е заел човешко тяло. Тялото на човека, за когото ти казах, че би трябвало да е член на „Тримата".

„Знаеш срещу какво сме изправени. Разбираш какво бъдеще ни очаква, ако не сложим нещата в ред. Ти знаеш!"

Ериел се поклони в краката на Офаниел, след което се повдигна от земята, преди да заговори. „Аз изрекох думите, това е направено."

„Да, ти изрече думите и след това не успя да се увериш, че задачата е изпълнена, имбециле!"

Тя се надвеси близо до новия Алфред. „Съжалявам, но това усложнява нещата, дори и за нас. Дори с нашите сили да го измъкнем от това човешко тяло и да го върнем в лебедовата му форма, няма да е толкова лесно. Може би ще се наложи да го изпратим обратно в междината и между тях! А той не заслужава това. Всъщност..."

Ариел долетя до Офаниел и попита: „Мога ли да говоря?"

„Можеш, ако имаш някакво прозрение за Алфред, което може да ни помогне да се измъкнем от тази каша."

„Познавам Алфред по-добре от всеки друг тук. Той наистина се съгласи да бъде единственият, да се жертва. Би го направил отново, без да се колебае нито за миг - дори и да нямаше нищо за него. Това е една огромна жертва за всяко живо същество - да даде живота си, за да спаси друго. Също така трябва да се има предвид колко много Алфред е бил принуден да страда, както в човешкото си съществуване, така и като лебед. Той е изключителна душа и трябва да му се даде втори шанс, и трети, и още!"

Ериел се изсмя: „Той трябва да си отиде, да се върне в междината и между тях за цяла вечност. Той не е достоен за..."

„Не съм ти давала разрешение да прекъсваш!" Офаниел изкрещя. За да му попречи да прекъсва занапред, тя закопча устните му.

„Това, което казваш, е вярно, Ариел", каза Офаниел. „Алфред си сътрудничи добре както с Лия, така и с Е-З. Трябва да му дадем втори шанс в това ново тяло. Не му е било писано да бъде в междината. Това се дължеше на Хадз и Рейки. След това щяхме да ги изгоним веднага в мините. Вместо това им дадохме още един шанс с Е-З.

„Все пак Ериел ги изпрати в мините. Така че всичко е наред. Може би Алфред наистина заслужава още един шанс. Нека да видим какво ще се случи, както казват хората, да го играем на ухо. Ако се получи, добре. Ако не, това тяло може да бъде рециклирано, тъй като духът вече е напуснал сградата".

„Благодаря - каза Ариел, като се поклони ниско на Офаниел. „Много ти благодаря. Ще държа под око ситуацията. Няма да позволя на Алфред да те разочарова".

Офаниел кимна, вдигна се и каза думите:

ЗЕМЕДЕЛИЕТО ВЪЗСТАНОВЯВА.

Времето започна да тече и светът се върна към предишния си вид.

Първи изчезна Офаниел, а останалите трима изчакаха няколко секунди, преди да го последват.

ГЛАВА 20

В никакъв случай!" Е-3 възкликна, приближавайки се до новия Алфред. „Алфред, ти ли си? Може ли наистина да си ти?"

Лия не трябваше да пита, защото вече знаеше. Тя се затича към Алфред и го прегърна.

Алфред каза с английския си акцент: „Ериел сигурно е направил „switch-a-roo".

Алфред, който носеше само чифт дънки, се размърда. „Въпреки че ми е студено, със сигурност се чувствам добре да съм отново в тяло". Той размърда мускулите си и се затича на място, за да се стопли. След това направи няколко каруци по моравата, докато Е-3 и Лия стояха и гледаха с отворени уста.

„Каква показност!" Малката Дорит каза.

Алфред, който току-що я беше забелязал, отиде при нея и прокара ръка по козината й. Тя му се стори толкова мека и топла, че той се втренчи в нея.

„Това е доста странен развой на събитията" - каза Е-3, приближавайки се. „Не знам как да го разбера."

„Аз също не знам", каза Алфред, "Но можем ли да го обсъдим, докато се храним? Умирам от глад и един чийзбургер, зареден с кетчуп и лук, с огромна порция пържени картофи със сигурност ще ми допадне."

„Чакай малко", каза Е-3. „Ако ти си този човек, този човек, чието име дори не знаем - тогава какво ще стане, ако някой те разпознае?"

Алфред се наведе и докосна пръстите на краката си. Той усети кожата на лицето си. Косата му. „Ще преминем по този мост, когато стигнем до него." Той се усмихна, вдигна глава по посока на небето и каза: „Благодаря ти, Ериел, където и да си".

Самолетът над главите им изписа думите в небето:

Още веднъж към пробива, скъпи приятели.

„Това е доста странна фраза за изписване в небето" - отбеляза Лия. „Някой от вас знае какво означава?"

Е-3 поклати глава: „Мога да го потърся в Гугъл." Той извади телефона си.

„Няма нужда", каза Алфред. „Това е от Шекспир, приписва се на крал Хенри. Буквално означава: „Нека опитаме още веднъж". Смятам, че е казано по време на битка. Така че предполагам, че това е съобщение от моята Ариел, с което ме уведомява, че ми е даден още един шанс". В очите му се появиха сълзи.

Е-3 беше подозрителен към тази промяна на събитията. Беше щастлив, че Алфред все още е с тях, но се чудеше на каква цена. „Притеснявам се", призна Е-3.

Лия каза, че и тя е притеснена.

„А, не се притеснявай. Ако Ариел ми изпрати това съобщение, значи е на наша страна. Освен това човекът, в чието тяло съм - той вече не го искаше. Опитах се да го спася, но той така или иначе скочи. Може би това е съдбата, за да ти помогна в твоите изпитания Е-3. Каквото и да е, ще го приема. Ще дам всичко от себе си. Това ще стане, след като си облека риза и обуя някакви обувки".

„Чудя се какви са ти силите сега, Алфред. Имам предвид дали все още ги притежаваш, или имаш други сили. Или никакви. Откакто отново си човек - попита Лия.

Алфред се почеса по русокосата си глава. „Е, не знам. Единственото нещо, което се нуждае от лечение тук, е бившето ми лебедово тяло. Не искам да рискувам, че ако го излекувам, ще се окажа отново в него".

„Достатъчно справедливо", каза Лия. „Но не можем да оставим старото ти лебедово тяло там, нали? Трябва да го погребем."

Докато гледаха безжизненото тяло, то изчезна във въздуха.

„Е, това решава проблема", каза Е-3.

„Струва ми се, че трябва да кажа няколко думи за отминаването на старото ми тяло. Има ли някой нещо против?"

И Е-3, и Лия наведоха глави.

Алфред прочете откъс от стихотворението на лорд Алфред Тенисън, озаглавено:

„Умиращият лебед“:

Равнината беше тревиста, дива и гола,
широка, дива и открита за въздуха,
който се беше натрупал навсякъде
под покрив от сивота.
С вътрешен глас течеше реката,
по нея плуваше умиращ лебед,
и гръмогласно плачеше.

Тук Алфред хукна и хукна, докато сълзите напълниха очите им, докато стихотворението продължи:

Беше средата на деня.
Вятърът продължаваше да духа,
и подемаше върховете на тръстиките.
Те застанаха заедно в момент на мълчание.

Тогава Лия каза: „Сега да ви облечем с чисти и сухи дрехи, а после всички ще отидем в едно заведение за хамбургери. Аз също съм гладна и жадна.“

Е-3 поклати глава. „Малко храна би било добре, но все още съм подозрителен към Ериел. Нещо тук не се връзва.“

„Ще го разберем - щом хапнем! Заведи ме в рая на чийзбургерите.“

Те започнаха да се движат по крайбрежната алея. Продължиха да вървят известно време. Преди да осъзнаят, че са се изгубили.

„Аз съм отличен навигатор" - каза еднорогът Малката Дорит, докато летеше надолу, за да ги поздрави. „Качете се на борда на Алфред и Лия. Е-З можете да ме последвате."

Алфред бръкна в джоба на дънките си и извади портфейл. Вътре намери няколко банкноти и идентификацията на тялото, в което се намираше сега. Младият мъж се казваше Дейвид, Джеймс Паркър, на двадесет и четири години. Той държеше в ръка шофьорска книжка.

„Хубава снимка - каза Лия.

„Да, доста съм красив."

„О, братко", каза Е-З и продължи напред.

Нагоре, нагоре във въздуха летяха пътниците на Малката Дорит. Е-З следваше, докато не разбра къде се намира. Реши да поиска към инвалидната му количка да бъде добавен GPS. Жалко, че не бяха помислили за това, когато я модифицираха.

След спускането последва бързо влизане в един магазин за стоки втора употреба. Сега Алфред носеше нова тениска, дънки, маратонки и чорапи. Последва кратка опашка, преди да започне поръчването на храна.

Малката Дорит се погрижи да не се появява, докато триото закусваше с храната си. Всички бяха много гладни.

Алфред издаваше звуци на гукане, твърде много, за да бъдат описани подробно. Когато приключиха с храненето, те изхвърлиха боклука в съответните кофи. И се прибраха вкъщи.

Когато бяха почти там, Алфред извика на Е-З: „Трябва да поговорим!"

„Не може ли това да почака, докато кацнете?" Малката Дорит попита. „След като свърша тук, имам места, които да посетя, и хора, които да видя."

„Колко грубо", каза Е-З. „Продължавай, Алфред или Дейвид, или както ти е името сега."

„Точно за това исках да говоря с теб", каза Алфред. „Как ще обясниш моята трансформация на чичо Сам и Саманта? Ех, чичо Сам и Саманта, бих искал да ви запозная с Алфред - лебеда-тромпетист. Сега името му е Дейвид Джеймс Паркър. Благодарение на тялото, в което е влязъл и в което пребивава в момента. Тъй като младият мъж, който е бил предишният собственик на тялото, се е самоубил. На моста на улица „Джоунс".

„О, боже - каза Е-Зи. „Това е стопроцентова истина, каквато я знаем, но не можем да им кажем истината".

„Майка ми щеше да припадне, ако кажехме това. Защо не им кажем, че лебедът Алфред е отлетял на юг? За по-слънчево време. Или че е срещнал партньорка? Тогава можем да представим Алфред като Ди Джей, което звучи много по-приятелски от Дейвид Джеймс."

„Ти си гений", каза Е-З. „Макар че, тъй като моят приятел се казва Пи Джей, нещата може да се объркат малко с диджей и Пи Джей. Какво мислиш, Алфред? Имаш ли предпочитания?"

„Не ми харесва DJ. Звучи прекалено общо. Предпочитам да ме наричат Паркър. Камериерът Паркър беше един от любимите ми герои в „Гръмотевични птици".

„Тогава е Паркър", завърши Е-З. Лия нададе писък и Алфред припадна - домът им беше изчезнал. Изгорял до основи.

ГЛАВА 21

„О,не!" Е-3 извика, докато тичаше към горящите останки. „Трябва да намеря чичо Сам и Саманта. Просто трябва да го направя."

Столът му се надвеси над останките; целият беше овъглен в черно. Неразличима бъркотия от разрушения, без следи от човешки живот. Единични предмети бяха напоени с вода. Откъслечни димни сигнали се издигаха тук-там сред угасените въглени.

И-3 вдигна юмруци във въздуха. „Ела тук, Ериел, ти, гарга..."

„Летящ глупак!" Паркър довърши обидата.

Лия се опита да успокои всички.

„Защо трябваше да го правиш? Защо? Защо?" Е-3 извика.

Лия падна на земята. Облегна глава на коляното на Е-3 и Паркър я прегърна точно когато зад тях изсвистя кола.

Две врати се отвориха: Сам и Саманта.

Те се затичаха и се вкопчиха една в друга; сякаш никога не бяха очаквали да се видят отново. Всички пророниха по една-две сълзи, преди да се разделят. Когато разбраха, че в груповата прегръдка се е включил и непознат за тях мъж.

Непознатият беше висок мъж, който без проблем щеше да получи място в „Раптърс". Беше облечен от главата до петите в тъмен черен костюм на райета с подходящи обувки.

Разкопчаните копчета на сакото му разкриваха черен костюм с лъскава материя, вероятно коприна. Черните му очи и разрошените от вятъра коси контрастираха с бръшляновата му кожа. Приличаше на кръстоска между гробар и магьосник.

Протегна ръка: „Здравейте, аз съм застрахователят на Сам".

Чичо Сам обясни, че двамата със Саманта са излезли да хапнат нещо. Виждайки изражението на Е-Зи, той се оправда: „Тя не беше успяла да заспи поради джет лаг". Саманта и Сам си размениха погледи, кимнаха. „Саманта и аз..."

„О, мамо!"

Е-З каза: „Саманта и чичо Сам седят на едно дърво - к-и-ш-и-ш-и-ш-и".

„Спри - каза Паркър. „Засрамваш ги."

Всички погледи се насочиха към застрахователя. Той се казваше Реджиналд Оксуърти. Той говореше по телефона. Крещеше. „Какво имаш предвид, че не отговаря на условията?"

„О, не!" Сам каза.

„Той е наш клиент от години, първо, когато живееше в друг щат, а след това се премести тук. Той е покрит, сигурен съм в това". Настъпи пауза. „Е, погледни отново!" Той щракна телефона си. „Съжалявам за всичко това."

Сам се приближи и всички останали го последваха. „Какъв точно е проблемът?"

„О, няма проблем, така да се каже."

„Със сигурност ми звучи като проблем" - каза Саманта. Останалите кимнаха.

Оксуърти прочисти гърлото си. „Казах им да проверят отново полицата ви. Дайте ми... - телефонът му иззвъня. „Една секунда" - каза той и се отдалечи от тях. Те го последваха като група футболисти, които са се скупчили, слушайки всяка негова дума. „Е, да. Да. Значи са го потвърдили. Няма проблем, случва се."

Той се усмихна в посока на Сам, след което му показа вдигнат палец. Отдалечи се от антуража и продължи разговора си.

Стояха в кюпа и гледаха към това, което беше останало от дома им. Дом, в който Е-3 е живял през целия си живот. Какво щеше да се случи сега? Щеше ли да се наложи да се възстановят на това място? Нова къща, без история и значение. Нова къща, която никога нямаше да бъде дом за него. Никога нямаше да бъде място, където призраците на родителите му, ако съществуваха такива, щяха да го посещават.

Оксуърти се насочи към тях. „Е, сега. Извинявам се за закъснението. Но резервациите ви за хотел са потвърдени. Можем да тръгваме. Да ви настаня, когато сте готови.“

„Благодаря“, каза Сам. „Имате ли вече представа каква е причината за пожара?“

„След предварителното разследване са деветдесет процента сигурни, че експлозията е причинена от изтичане на газ. Но сега не се притеснявайте за това. Полицата ви покрива всички разходи за престоя в хотела. Резервирал съм ви три стаи. Това би трябвало да е достатъчно, нали?“

„Би трябвало да е добре“, каза Сам. „Благодаря ти, Редж.“

„Полицата ви покрива и разходите, за подмяна на вещи, за неща от първа необходимост, за храна. Няма да се наложи да платите нито цент в хотела. Всичко, което купуваш, ми изпращай разписки. Направете копия, а оригиналите оставете за себе си. Аз ще се погрижа да ви бъдат възстановени разходите“.

Сам и Оксуърти си стиснаха ръцете.

„Някой има нужда от превоз до хотела?“ Оксуърти попита и Лия и Саманта се качиха на задната седалка на черния му мерцедес.

Е-Зи и Паркър се качиха в колата на чичо Сам.

„Не мисля, че са ни представяли - каза чичо Сам и протегна ръка на Паркър, който седеше на задната седалка.

„Радвам се да се запозная с теб - отвърна Паркър.

„О, ти също си британец", каза чичо Сам. „Като стана дума за това, къде е Алфред?"

Е-3 поклати глава. „Ще ти обясня на сутринта. А ти можеш да продължиш това, което искаше да ни кажеш, за теб и Саманта".

„Достатъчно справедливо", каза Сам и погледна в огледалото за обратно виждане, за да види, че Паркър е заспал. Той включи колата и потегли.

„Всички имахме доста наситен със събития ден" - каза Е-3.

„Ти ми казваш."

Съжалявам, Ериел, че обвинявам за това теб, помисли си Е-3. Макар че едно подозрение в задната част на съзнанието му подсказваше, че журито все още не е решило въпроса.

ГЛАВА 22

След катопристигнаха в хотела, всички се настаниха в стаите си, като планираха да се срещнат по-късно за вечеря в 18:00 ч.

Чичо Сам имаше самостоятелна стая, но между неговата стая и тази на племенника му имаше съседна врата. Паркър също беше настанен в стаята на Е-3, а Лия и майка ѝ споделяха една стая няколко врати по-надолу.

След като се настаниха, Лия и Саманта решиха да напазаруват неща от първа необходимост. Основен приоритет бяха новите дрехи, тъй като всичко, което бяха взели със себе си, беше изгубено в пожара.

„Ами паспортите ни?" Лия попита.

„Добре, че винаги ги нося със себе си в чантата си".

„Уф!" Двамата влязоха в един дизайнерски магазин и веднага започнаха да пробват последните модели северноамериканска мода.

„Това ще е изключително забавно, тъй като застрахователната компания плаща за всичко!"

Саманта възкликна през стената към дъщеря си в съседната съблекалня.

„Нищо не обичаме повече от пазаруването!" Лия каза. „Определено ще си взема това, това и това."

В хотела Паркър хъркаше на леглото. Е-3 се въртеше нагоре-надолу из стаята и мислеше за изгубения си компютър. Добре, че не беше стигнал твърде далеч с романа си „Татуираният ангел", но това, което го вълнуваше най-много, бяха нещата на родителите му. Не можеше да повярва, че всички те са изчезнали. Не помогна и фактът, че не ги беше поглеждал от ужасно дълго време. Но защо обвиняваше себе си? Застрахователите казаха, че причината е изтичане на газ. Казаха, че са сигурни на деветдесет процента. Защо продължаваше да чувства, че всичко е по негова вина, защото е можел да го спре, да спре Ериел, когато е имал възможност.

Сам надникна в стаята. „Вие двамата сте в ред?"

Паркър се протегна.

„Да, прилични сме. Влезте."

„Отивам до магазините, за да купя някои неща от първа необходимост. Вие двамата искате да ми дадете списък с това, от което се нуждаете, или искате да се присъедините към мен?"

„Ако става дума за храна - включете ме!" Алфред каза.

„Ти винаги си гладен!"

„Какво да кажа, от доста време насам се храня само с трева".

Е-3 улови погледа на Сам и се престори, че пуши въображаема цигара.

Чичо Сам се изсмя, чудейки се откъде племенникът му на тринайсет години знае такива неща. За да сменят темата, те заключиха стаите си и се отправиха по коридора.

„Къде точно отиваме?" Е-3 попита.

„Точно така, не ходим много често да пазаруваме в града. Има един фантастичен мол, в който искам да отида, откакто се преместих тук. Не е далеч, така че си помислих, че можем да си поговорим по пътя".

„Можеш ли да ни кажеш какво се случи?" Паркър попита.

„Да, как ти и Саманта се сгодихте толкова бързо?" Е-3 попита.

„Хммм", каза Сам.

„Имах предвид пожара - каза Паркър, като погледна Е-3 през рамо с присвити очи.

Пристигнаха в магазина. Паркър и Сам влязоха през въртящите се врати, а Е-3 използва бутона за отваряне на вратата, за да влезе.

След като влязоха вътре, Паркър се наведе, за да обуе отново обувките си. Е-3 извади от закачалката елегантно дънково яке и го пробва. Завъртя се пред огледалото, за да провери как му стои. „Изглежда доста добре.“

Сам се приближи, за да прецени ситуацията: „Съгласен съм, пасва точно. Изглежда сякаш е направена за теб.“

„Какво мислиш, Алфред?“

Сам направи двоен поглед. Паркър каза: „Ще престанеш ли да ме наричаш Алфред! Кой изобщо беше този Алфред?“

„Е, съжалявам, че е заради британския акцент. Той също имаше такъв. Алфред беше, ами, наш приятел“.

Сам се върна към разглеждането на дрехите. Беше напълнил една кошница с бельо и тоалетни принадлежности.

„Какво мислиш, Паркър?“

Той прекоси пода, за да се вгледа по-отблизо. „Добре пасва. Мисля, че трябва да го вземеш. Но ще е жалко, когато крилата ти се разкъсат и то се развали“.

Сам мина покрай него и Е-З подхвърли якето в кошницата си. „Мисля, че трябва да си вземете и някои неща от първа необходимост, като например гащи. Освен ако не възнамерявате да сте командоси.“

„Аууу!“ Е-З възкликна.

„О, тази фраза ми е позната. Произходът ѝ, съвсем сигурен съм, е във Великобритания“.

„Разбирам защо племенникът ми продължава да те нарича Алфред. Това е нещо, което той би казал“.

Е-Зи погледна Паркър за секунда. След това последва чичо си по пътя към касата, където се спря, пробва една шапка и я хвърли в кошницата.

„А сега, къде е отишъл Паркър?" - попита той. Сам продължи да разглежда игличките за вратовръзки, докато Е-Зи сканираше магазина в търсене на изчезналия си приятел.

Паркър стоеше неподвижно в средата на четвърта пътека с вдигната дясна ръка и спусната лява. Изражението на лицето му беше безпогрешно като на зомби.

„О, не!" Е-З каза, докато се придвижваше. „Паркър", прошепна той. „Какво става? По-добре внимавай, защото някой ще те обърка с манекен".

Паркър остана неподвижен.

„Измъкни се", каза Е-З, като блъсна Паркър със стола си. Тялото на Паркър се наклони, а след това се преобърна. Е-З го хвана тъкмо навреме, като го задържа за задната част на ризата му. Опита се да изправи приятеля си, за да не изглежда толкова скован и манекенски, но това не беше лесна задача.

Чичо Сам се втурна да помага. „Какво става с Паркър?"

„Не знам. Трябва да го измъкнем оттук."

„Взима ли наркотици? Има странно изражение на лицето, сякаш е видял призрак или нещо подобно."

„Не, не взима наркотици, освен малко трева от време на време. А и няма такива неща като призраци - да не говорим, че е през деня. Може би мога да го пренеса на стола си? Трябва да го измъкнем оттук, преди някой да забележи и да се обади в полицията.

„Съгласен съм. Не знам каква причина ще посочат на полицията, ако ги извикат. В нашия магазин има човек, който имитира манекен! Елате бързо.“

„Смешно“ - каза Е-З. „Ти иди и провери, а аз ще остана тук. Нека помислим как да го измъкнем оттук, без да привличаме прекалено много внимание“.

Чичо Сам отиде да плати, а Е-З остана при Паркър. Клиентите, които идваха по пътеката, имаха проблеми с влизането и заобикалянето им. Е-З въртеше стола си наляво, после надясно, за да се вмести в купувачите.

Накрая, когато имаше няколко клиенти наведнъж, той избута Паркър до стената. Той поне се отдръпна от пътя. След това седна да чака Сам.

„Ние сме тук!“ Е-З извика, когато го забеляза.

„Защо е обърнат към стената? И какво правиш тук?“

„Имаше много клиенти, а ние пречехме. Помислихте ли как можем да го измъкнем оттук?“

„Да, ще взема една от онези плоскопътни колички“, каза Сам.

„А защо не вземеш една количка?“ Е-З попита. „По-малко забележимо.“

„Никога няма да успеем да го вкараме в каруца. Не и освен ако не искаш да разпериш крилата си, да го вдигнеш и да го пуснеш в нея“.

„Трябва да помисля." След няколко минути той осъзна, че да вземем бордова количка е най-добрата идея. „Да, вземи бордова количка и аз мога да ти помогна да го сложиш в нея. След като излезем от магазина, мога да го откарам обратно в хотела. Единственият проблем ще бъде, когато стигна там, какво да правя с него тогава".

„Това ще разберем, когато излезем от магазина." Сам отиде да вземе количка. Вместо това той се върна с една платформа. Това се оказа по-добрият вариант. С лекота качиха Паркър на нея и се върнаха в хотела.

„Да вървим пеша, бавно и спокойно - каза Е-З. „Все пак не е нужно да летя. Ще го вземем хубаво и спокойно, ще се качим в стаята ни, ще го сложим на леглото му".

„След това ще върна плоскостта, трябваше да обещая, че лично ще я върна".

„Звучи като план. Упс."

Група купувачи бяха заели по-голямата част от тротоара. Те спряха, за да ги пропуснат, после отново продължиха пътя си и скоро се върнаха в хотела.

След като влязоха вътре, плоскостта не се побираше в нормалния асансьор, така че трябваше да използват служебния асансьор. Това наложи известно убеждаване, т.е. подкупване на консиержа. След като парите се размениха, той дори им помогна да извадят бордовата машина от асансьора. Също така предложи да я върне в магазина, когато приключат. Предложение, което Сам учтиво отхвърли.

Сега, пред стаята на Е-З и Паркър, асансьорът се отвори и от него излязоха Лия и майка ѝ. Всяка от тях носеше многобройни чанти, когато забеляза момчетата и бордовата кола.

„О, не! Какво стана?! Лия попита.

„Не знам", каза Е-З. „Направил е странен завой."

„Да го вкараме вътре - каза Сам.

След като сложиха чантите си, момичетата помогнаха на Е-Зи и Сам да качат Паркър на леглото.

„Може би е закърмен?" Лия предложи.

„Това е доста странен скок от твоя страна", каза Саманта. „Гледала си прекалено много повторения на „ Чародейки".

Лия се засмя. „Да, това беше един от любимите ми сериали. Имам предвид предишната версия, тази с момичето от „ Кой е шефът".

„Добре е да знам, че и в Холандия гледаш стария канал", каза Е-З. После се приближи до Паркър. „Чакай малко. Той още ли диша?"

Двамата се вгледаха в издигането и спадането на гръдния кош на Паркър. Това не се случи.

„Проверете за сърдечен ритъм или пулс", предложи Саманта.

„Има сърдечен ритъм", каза Сам. „И диша, но спорадично."

Саманта се наведе и опипа челото на Паркър. „О, боже, той гори от треска!"

„Донеси лед!" Сам извика, след което, изпълнявайки собствената си заповед, изтича в коридора с кофата с лед на ръце.

„Не трябва ли да извикаме лекар?" Саманта попита.

ГЛАВА 23

„Съгласна**съм** с мама. Трябва да извикаме линейка или може би в хотела има лекар, който е отседнал тук", каза Лия.

Е-Зи се намръщи, ESPирайки на Лия съобщението - трябва да се отървем от чичо Сам и майка ти.

Сам се върна с кофа, пълна с лед. „Трябва да го вкараме във ваната." Двамата със Саманта започнаха да вдигат Паркър.

„Чакайте!" Лия каза. „Ех, Сам и мама, защо не отидете двамата и не вземете много, много лед? Искам да кажа, че трябва да напълним ваната, преди да го сложим в нея, нали?"

„Еми, мисля, че се опитват да се отърват от нас", каза Сам.

„Съжалявам", каза Е-З. „Можеш ли да ни дадеш няколко минути, за да се опитаме да разберем ситуацията с Паркър?".

Саманта и Сам кимнаха, след което излязоха от стаята.

Е-3 изрецитира магическите думи, които призоваваха Ериел:

Roch-Ah-Or, A, Ra-Du, EE, El.

Архангелът все още не се появяваше. Фактът, че го игнорират, безкрайно дразнеше Е-3. Сега, когато знаеше, че Ериел го следи постоянно, той се изнерви.

Лия потърси Ханиъл, но не получи отговор.

Е-3 и Лия не знаеха какво да правят, когато сърцето на Паркър забави ритъма си и почти спря.

Без да бъде призовавана или с фанфари, пристигна Ариел. Тя прелетя право към Паркър. Положи ръце на челото му. Двамата наблюдаваха как от очите ѝ се стичат капки сълзи и кацат по бузите му. Тя пееше тиха песен и чакаше. Когато той не помръдна и не дойде в съзнание, тя се обърна и отлетя. Но преди да си тръгне, тя проплака: „Той си отиде." И секунди по-късно и тя си отиде.

Въпреки че се намираха на $^{45-ия}$ етаж и въпреки че Алфред/Паркър беше мъртъв. Отново. И-3 го вдигна от леглото и го отнесе до прозореца. Той погледна назад към Лия през рамо.

Тя плачеше, докато той и Паркър падаха.

Падаха, падаха. Докато не се появиха крилата на Е-3и в инвалидната количка. Те полетяха, той и Алфред, той и Паркър. И двамата бяха еднакви. Двама на цената на един.

Докато се издигаше все по-високо и по-високо, той започваше да бълнува. Металните части на стола му ставаха все по-горещи.

Страхуваше се, че ще се самозапалят.

Трябваше да поправи това. Просто трябваше да го направи. Трябваше да намери Ериел.

Инвалидната количка започна да се гърчи, което накара Е-З и Алфред/Паркър да паднат.

Те се приземиха без количка в силоза, където Е-З се вкопчи в безжизненото тяло на приятеля си.

Не след дълго пристигна Ериел и увиснала във въздуха пред тях извика: „Казах ви, че ще се случи. Казах ти и той се съгласи. Сделката беше сключена."

Е-З знаеше, че това е вярно, и все пак. „Защо тогава му дадохте надежда и защо цитатът от Шекспир за това, че му давате втори шанс?"

Ериел погледна безжизненото тяло, което Е-З държеше. „Това не беше моя работа."

„Тогава с кого трябва да говоря?" Е-З попита. „Доведете го при мен. Бог или който и да е друг, който отговаря за това. Искам да го видя!"

ГЛАВА 24

E **риел**изсумтя и изчезна.

Е-3 и Алфред/Паркър останаха. Името Паркър беше нищо и никой за него. Алфред беше негов приятел и сега, когато го нямаше, той щеше да го запомни като Алфред и само като Алфред.

В очакване на нещо и същевременно на нищо. Е-3 прегърна формата на мъртвия си приятел, като си пожела да го върне отново към живота.

„Искате ли напитка?" - попита гласът в стената.

„Бих искал моят приятел отново да е жив. Можеш ли да го върнеш отново към живота? Можете ли да ми помогнете да го спася?".

„Моля, останете на мястото си."

PFFT.

Успокояващият аромат на лавандула изпълни въздуха. Той се унесе, изпадна в състояние на сън, в което изживяваше спомен, спомен, който се беше изместил и променил, за да отговаря на сегашната му ситуация.

Там бяха майката и бащата на E-Z. Те бяха живи и здрави, но по-млади. Връщаха се от болницата с кола, която той никога не беше виждал преди. Баща му, Мартин, се втурна от шофьорското място, за да помогне на майка му, Лорел, да излезе от колата.

И заедно посегнаха към задната седалка и извадиха детско столче. Те погледнаха с любов бебето в него, което спеше непробудно.

„Той е като по-големия си брат" - каза Мартин.

„Да, E-Z винаги заспиваше в колата - каза Лорел.

„Влезте вътре - изръмжа Мартин.

„И се запознай с по-големия си брат", каза Лорел, когато бебето отвори очи за кратко, след което отново заспа.

E-Z, който гледаше през прозореца, а до него беше чичо му Сам. Искаше да излезе навън и да посрещне новото си братче или сестриче.

„Изчакай ги да влязат вътре - каза чичо Сам.

„Добре", каза седемгодишният E-Z, с лице, притиснато към прозореца, притиснат в двете си ръце.

Входната врата се отвори: „Прибрахме се!" - извика майка му Лорел.

E-Z изтича до входната врата, където майка му и баща му го прегърнаха. Те приклекнаха, за да представят най-новия член на семейство Дикенс.

„Толкова е малък", каза E-Z.

„Той е той", каза баща му.

„О."

„Искаш ли да го подържиш?" - попита майка му.

„Добре", каза Е-3 и вдигна ръце, за да може майка му да постави малкото му братче в него. „Не искам обаче да го събуждам. Ще има ли нещо против?"

„Не, няма да се събуди", каза Лорел.

„Ако се събуди, то ще е, защото иска да се запознае с голямото си братче."

„Той има ли име?" Е-3 попита, като взе новороденото в ръцете си и полюля главата му.

„Все още не, искаш ли да му дадеш име?" - попита майка му. „Добре, дръж го за врата, точно така... много добре. Откъде знаеш да го правиш? Ти си толкова добър голям брат."

„Страхотна работа, приятелю", каза баща му.

Е-3 погледна в лицето на циганчето и каза: „Той ми прилича на Алфред".

Сълзи се търкулнаха по бузите на Е-Z, когато двата свята се сблъскаха. В единия той люлееше своето братче на име Алфред. В другия той люлееше мъртвото тяло на Алфред в силоза.

„Времето за изчакване е седем минути" - каза гласът в стената.

„Седем минути", повтори Е-3.

Той се замисли за Алфред, за своите сили. За това как може да лекува други форми на живот, включително хора. Чудеше се дали Алфред е излекувал младия мъж. Дали сам е извършил смяната? Щеше ли това да е възможно?

332

„Алфред", каза Е-З. „Алфред, чуваш ли ме?" Той разтърси тялото на приятеля си. „Алфред!" - повтори той отново и отново с надеждата, че приятелят му ще го чуе по някакъв начин.

Докато часовникът на стената отброяваше времето, се появи Ариел. „Не можеш да третираш тялото по този начин. Това е срамно." Тя разпери криле и тръгна да вдига безжизненото тяло на Алфред от ръцете на Е-Зи с намерението да го отнесе.

„Не!" Е-З каза. „Няма да го вземеш."

Ариел разтърси крилата си, а после показалеца си към Е-З.

„Алфред е напуснал сградата, ти държиш кожата, костюма, който го е държал. Сега Алфред е там, където му е писано да бъде. Остави тялото му да си отиде."

Е-З седна. Ако Алфред беше някъде със семейството си, ако това беше вярно, тогава да, можеше да го пусне. Дотогава той се държеше.

„Къде точно е той? Със семейството си ли е?"

Ариел трепна близо, забележително близо, почти седнала на носа на Е-З. „Това не мога да кажа."

„Тогава аз няма да го пусна."

„Добре", каза Ариел. Тя изсумтя и изчезна.

Над него, в силоза, се появиха две фигури - мъж и жена. Те се придвижиха към него и се понесоха надолу. Все по-близо и по-близо.

Той разтърка очи. Отново ли сънуваше? Това бяха майка му и баща му. Мартин и Лорел. Ангели, дошли да го поздравят. Той поклати глава. Това не можеха да бъдат те. Не можеше да бъде. Беше ги сънувал - как водят у дома братче. А сега те бяха тук, при него в силоза. Ясно като бял ден - но дали все още спеше? Сънуваше ли?

„Е-3", каза майка му. „Този човек, твоят приятел Алфред, е мъртъв. Трябва да го оставиш да си отиде и да продължиш с работата си. Трябва да завършиш изпитанията, а часовникът тиктака. Времето ти изтича."

Бащата на Е-3 Мартин каза: „Това е единственият начин всички да бъдем отново заедно".

„Но те го излъгаха", каза Е-3. „Казаха му, че ще бъде със семейството си. Сега той не може да бъде със семейството си, не по този начин. Откъде да знам, че не ме лъжат за това, че ще бъде с теб? Откъде да знам, че ти не си манипулация на Ериел, за да ме накара да изпълня заповедите му?"

„Кой е Ериел?" - попита майка му.

„Ние не познаваме Ериел", каза баща му.

В това нямаше никакъв смисъл. Това беше мястото на Ериел. Дали го познаваха, или не, нямаше значение, той беше отговорен за това, че те са там. Знаеше как да дърпа струните на сърцето на Е-3. Знаеше как да го накара да направи това, което искаше.

Какво точно искаше той? И защо използваше родителите му, за да го постигне? Беше безсрамно. Във въздуха над него се носеха родителите му, като включваха и изключваха усмивките си, сякаш бяха марионетки. Тогава той разбра със сигурност, че двата призрака, или каквото и да бяха те, все пак не бяха родителите му. Бяха плод на въображението му, а може би и на това на Ериел. Това, което не можеше да разбере, беше защо. Защо беше толкова жестоко и безсрамно манипулиран?

„Събуди се Е-З!"

Той се върна в леглото си. В дома си.

Преобърна се и отново заспа... и се приземи обратно в силоза - отново.

ГЛАВА 25

Тринеща, подобни на силози, се носеха из стаята, сякаш играеха на игра „Следвай лидера".

Те не бяха силози. Това бяха автентични места за вечен покой, наречени „уловители на души".

Всеки път, когато някое живо същество загинеше, при условие че тялото, в което живееше, беше родено с душа, един ден щеше да продължи да живее. Ловците на души бяха много, твърде многобройни, за да бъдат преброени. Броят им бил много по-голям, отколкото ние, хората, можем да разберем. Повече от един гуголплекс, което е най-голямото известно число.

Когато Е-3 пристигна, както и преди, той беше депозиран в чакащия го ловец на души.

След това пристигна Алфред, все още мъртъв, тялото му беше поставено в неговия уловител на души.

Лия пристигна последна, все още спяща в своя душеприемник.

Не след дълго Е-3 започна да се чувства клаустрофобично.

„Искате ли напитка?" - попита гласът в стената.

„Не, благодаря", каза той, барабанейки с пръсти по ръката на инвалидната си количка, когато се появи ангел. Нов ангел, какъвто не беше виждал досега.

Този ангел беше жена. Беше облечена в развяваща се черна рокля и шапка - сякаш участваше в церемония по дипломиране. На строгото ѝ лице имаше чифт очила. Подобни на тези, които Мерилин Монро носеше на плаката в кафенето. Разликата беше, че тези рамки пулсираха с червена течност, която приличаше на кръв.

„Е-З" - каза тя с треперещ глас. Гласът ѝ отекваше. „Добре дошъл обратно в твоя Ловец на души".

„Ловец на души?" - каза той. „Така ли се нарича това нещо? На мен ми прилича повече на силоз. И така, какво е „ловец на души"?

„Това е място за вечен покой на душите", каза тя, сякаш беше отговаряла на същия въпрос милион пъти преди това.

„Но това не е ли за времето, когато хората са мъртви? Аз не съм мъртъв." Силно се надяваше да не е мъртъв!

„Чакай!" - извика тя.

Отново разтърси стените, когато говореше. И зъбите му също вибрираха. Толкова много, че предпочиташе да е навън в снега, а след това да се налага да я чува как произнася още една дума.

„Не ти казах, че това е време за въпроси и отговори. Както виждам, ти си приключил успешно повечето от изпитанията си. Макар че Алфред е помогнал в изпитание номер две. Както знаете, несанкционирана помощ не е позволена."

Е-3 отвори уста, за да защити Алфред, но само я затвори отново. Не искаше да рискува тя отново да повиши глас. Сигурно му се искаше да увеличат температурата там. От друга страна, това беше място за души. Може би душите предпочитаха студено съхранение.

ТИК-ТАК.

Около раменете му беше увито одеяло.

„Благодаря."

„Прав си, че когато умреш, душата ти ще почива тук. Или щеше да почива тук, ако те бяхме оставили да умреш. Но ние те запазихме жив. Имахме основателна причина да го направим. Нещата обаче се промениха. Не се е получило. Затова бихме искали да отменим първоначалната си сделка".

„Какво означава да я отменим? Имате някаква наглост! Да се опитваш да отмениш едно споразумение, какво е това само защото съм дете? Има закони срещу детския труд. Освен това съм направил всичко, което се иска от мен. Разбира се, наложи се да науча всичко в движение. Но през дебелото и тънкото съм го правил. Спазил съм своята част от договора и ти трябва да спазиш своята!"

„О, да, ти си направил всичко, което се искаше от теб. Това е проблемът - липсва ти инициатива."

„Липсва ми инициатива!" Е-З възкликна, докато удряше с юмруци по подлакътниците на инвалидната си количка. „Уговорката беше, че вие ми изпращате изпитания, а аз измислям как да ги преодолея. Спасявал съм животи. Не можеш да променяш правилата по средата на играта".

„Вярно, това беше първоначалното споразумение. След това нещата с Хадза и Рейки се объркаха - забравиха да изтрият съзнанието - за едно нещо и се наложи Ериел да се намеси."

„Той ми изпрати изпитания, аз ги изпълних. Дори го победих в дуел."

„Да, победил. Бях го помолил да оцени връзките между теб и чичо ти Сам".

„Да ни оцени?"

„Да, така е. Един архангел не е предназначен да СЪЗДАВА изпитания за ангел в обучение. Поради твоята, ами, липса на инициатива, Ериел трябваше да се намеси повече, отколкото трябваше".

„Чакай малко! Значи казваш, че ми е било писано да изляза и да намеря свои собствени изпитания? Защо никой не ме е запознал с тези изисквания?"

„Надявахме се, че сам ще разбереш. Имаше улики. Указания за цялостната картина. Общи черти. Надявахме се, че ако имаш други хора, с които да обсъдиш изпитанията. Изпитанията, които вече сте преминали. Че ще се спрете на проблема. Да стигнете до едно и също заключение.

Да ни помогнете. Може би дори да го преодолеете - без да се налага да ви го обясняваме с лъжичка. Дадохме ви всички възможности, но вие не ги използвахте. Така че ще поемем по друг път."

„Общото? Може би знам какво имаш предвид."

„Ако го разбереш и избереш варианта със супергероите... Това би сработило. Стига всичко да е кристално ясно. Имаше пълната картина. Знаеше рисковете."

„Значи все още ще бъдем екип? Защо не го разясниш? Да ме улесниш?"

„В миналото, въпреки че на спътниците ти бяха дадени сили, които ти не притежаваше - ти не ги използваше. Вместо това тримата седяхте - губехте време - и чакахте всичко да се случи.

Не ви ли се стори странно, когато Ериел се появи в увеселителния парк? Той повдигаше профилите на *Тримата*. Това не е работа на един архангел. Това е твоя работа."

Той поклати глава. „Не бях сто процента сигурен, че това е Ериел, докато не се идентифицира накрая. Преди това имах своите подозрения. Кой друг би се облякъл като Ейбрахам Линкълн?

„Освен това си мислех, че никой не бива да знае. До този момент мислех, че процесите са тайни. Страхувах се да не наруша споразумението си с теб. Офаниъл каза, че ако кажа на някого, ще загубя шанса да видя отново родителите си. Следвах правилата, определени за мен. Не мисля, че разбираш концепцията за честна игра".

„Това не е игра. Архангелите можем да правим каквото си поискаме!" - възкликна тя и се приближи до мястото, където седеше Е-З. Тя изпъна брадичката си напред. „Решихме, че си по-подходящ за играта на супергерои, отколкото за играта на ангели. Именно тогава ви помогнахме в отдела за връзки с обществеността. За да те насърчим да намериш свои хора, които да ти помогнат. Бог знае, че Земята е пълна с такива. Как ги е нарекъл Шекспир, онези, които мрънкат и повръщат в ръцете на медицинската си сестра".

„Не съм чел Шекспир, но съм роднина на Чарлз Дикенс. Не че това е от значение. Но, добре, значи искаш да продължа, като супергерой с Алфред, ако е жив, и с Лия до мен. Лесно можем да получим много подкрепа и публичност от медиите.

„Аз все още съм отдаден на теб. Ако ни позволиш свободна воля, защо, небето ще бъде граница. Познаваме много деца в училище и в спортната индустрия. Можем да създадем гореща линия за супергерои и уебсайт. Можем да използваме социалните медии, за да се свържем с хора от цял свят. Хората ще се редят на опашка, за да им помогнем. Това ще бъде съвсем нова игра."

„Ах, най-сетне той заговори за инициатива... но, скъпо мое момче, това е твърде малко и твърде късно.

Както вече казах, ние искаме да се освободим от задължението към теб. Ти вече не си обвързан с нас. Вече нямате дълг, който да изплащате".

„Но…"

„И тримата сте доказали, че сте в това само заради себе си. Когато ангелите за първи път предложиха да ни помогнете, да ни представлявате тук, на Земята - имахме план. С Алфред беше същото. После се появи Лия. Оттогава имаме известен успех с вас двамата. Включихме я в триото… но сега вие сте остарели".

„Ние спасяваме хора, помагаме на хора."

„Не ми казвайте това. Ако ти предложа възможността да бъдеш с родителите си днес, тук и сега. Щеше да хвърлиш кърпата. Щеше да си тръгнеш, без да се интересуваш и без да мислиш за онези животи, които можеше да спасиш, ако изпитанията бяха продължили.

„Същото очаквам да се случи и с Алфред - ако оцелее. Той щеше да отиде в полето с маргаритки със семейството си, без да му мигне окото. И като говорим за очи, ако Лия си върнеше зрението - тя също щеше да е на свобода.

„След внимателно обмисляне разбрахме, че никой от вас не е отдаден на нещо друго освен на себе си, следователно преминахме към план Б".

„Почакайте малко. Нека да определим работата." Той го потърси в Гугъл и с удоволствие установи, че има четири бара. „Според един онлайн речник: да изпълняваш работа или задължения редовно срещу заплата или възнаграждение. Работих за теб без заплащане. Освен за обещание за възнаграждение. Имахме устно споразумение.

„Не съм сигурен в подробностите за това каква сделка е имал Алфред или Лия, но се обзалагам, че техните ангели са им предложили подобни стимули. Аз спазих моята част от сделката, а ти трябва да спазиш своята. Аз съм на тринайсет години и… - той го потърси в Гугъл. „Да, както си мислех, според Министерството на труда на САЩ четиринайсет години е минималната възраст за работа".

Тя се засмя и нагласи очилата си. Той забеляза, че има кръв по ръцете си. Тя ги избърса в черната си дреха. „Ранните закони не са приложими за ангели или архангели. Наивно е от твоя страна да си мислиш, че ще бъде така обаче". Тя направи пауза. „Готови сме да ви предложим два варианта. Вариант номер едно: Ще останете тук, в своя Душеловен капан, до края на живота си."

„Какво?"

Самите основи на Душеловката му се разтресоха. Идеята да бъде погребан жив в този метален контейнер го отврати.

„Животът, който ще изживееш, защото живите ти дишащи дни ще бъдат прекарани, както обещаха онези имбецилни архангели. С родителите ти. Тоест ще изживееш живота си с родителите си от деня, в който си се родил, до момента, в който животът им е изтекъл. Никога няма да сте в инвалидна количка, а те никога няма да умрат". Тя направи пауза. "Сега можеш да говориш".

"Искаш да кажеш, че ще изживея отново живота си с моите родители, всеки един ден, който сме имали заедно, за цяла вечност, отново и отново?"

"Да."

"Какъв е вариант номер две?"

"Не можеш ли да познаеш?" - попита тя със зъбчата си усмивка.

Усмивката ѝ беше толкова неискрена, че той трябваше да отвърне поглед.

Той зачака.

"Вариант две би означавал, че ще се върнеш да живееш живота си с чичо Сам". Тя се поколеба, приближавайки се до Е-3. Вече му беше студено, а сега тя го караше да изстива още повече с всяко махване на крилата си. Той се покри с одеялото. Тя продължи. "Както може би вече си се досетил, нито при единия, нито при другия вариант няма да се събереш с родителите си. Ние ще пресъздадем миналото. Все едно ще живееш в пиеса или телевизионно шоу".

"Какво! Не за това се съгласих!" Е-3 възкликна. "Искаш да кажеш, че Хадз. Рейки, Ериел и Офаниел ме излъгаха?"

"Лъжа е силна дума, но да. Погледни обкръжението си. Душите се депозират в отделни отделения. За всяка душа предварително се подготвя отделение."

„Значи искаш да кажеш, че родителите ми са в по едно от тези отделения?"

„Да, душите им са."

„И тогава какво се случва с тях?"

„Защо, те се носят наоколо в небесата."

„Това е тъжно. Винаги съм си мислел, че родителите ми ще бъдат заедно, някъде. Знам, че това беше единственото нещо, което даваше на Алфред някаква утеха. Че жена му и децата му са заедно някъде. Никой не обича да мисли, че любимият му човек умира сам. Да не говорим, че ще прекара вечността в метален контейнер, който се носи от едно място на друго."

„Човешка сантименталност. Душите просто съществуват. Те не живеят и не дишат, не се хранят, не усещат твърде голяма топлина или твърде голям студ. Хората не разбират тази концепция."

Той се подигра.

„Не искам да обиждам вашия вид. Но когато тялото угасне, това, което остава, душата, е трудна концепция за разбиране. Човешките мозъци са твърде малки, за да обхванат сложността на вселената. Оттук идва и създаването на религиозни доктрини. Написано на лаишки език. Лесни за преподаване и следване без никакви доказателства."

„След като душите са по-ценни от хората като мен, как бих могъл да изживея остатъка от живота си в един от тези контейнери?"

„Направихме корекции, както сега, така и преди. Когато те доведохме, ти нямаше проблеми да съществуваш тук, а сега?"

„Освен клаустрофобията", каза той. „И моментите, когато трябваше да ме успокояват с онзи лавандулов спрей."

„А, да. Повтарянето на клаустрофобията, разбира се, ще зависи от това кой вариант ще изберете. Ако изберете Вариант номер едно, средата ще ви поддържа във всяко отношение, докато душата ви е готова. След това земната ви форма може да бъде изхвърлена. Хората се приспособяват и вие ще свикнете с това. Освен това ще бъдеш с родителите си и ще преживяваш спомените си. Така ще ти минава времето. А сега назови своя избор!"

„Чакай, а какво ще кажеш за моите крила и за крилата на моя стол? Какво ще стане с тях?" Той се поколеба: „А какво ще стане със силите на Алфред и Лия? Ако изберем вариант номер едно, ще се върнем ли към начина, по който щяхме да бъдем? Имам предвид преди ти и другите архангели да се намесите в живота ни?"

„Разбира се, няма да ви откъснем крилата, скъпо мое момче, нито ще премахнем силите, които някой от вас вече е получил. Ние сме архангели, а не садисти."

„Добре е да знаем, така че можем да продължим да бъдем супергерои."

„Можете, но ще трябва да си създадете собствена реклама, защото когато ние сме навън - ние сме навън завинаги.“

„Моля, останете на мястото си“, каза гласът в стената, въпреки че Е-З нямаше голям избор по въпроса.

Архангелът не каза нищо. Вместо това отвлече вниманието си, като почисти очилата си, а след това ги сложи отново.

„Още нещо - попита Е-З - относно Алфред“.

„Продължавай, но побързай. Друга концепция, която хората не разбират, е, че времето съществува в цялата Вселена. Аз наистина имам други места, на които трябва да бъда, и други архангели, които трябва да видя.“

„Добре, ще се заема с това. Алфред вече е в друго човешко тяло. Ако душата остава с тялото, тогава там има ли две души? Дали ловецът на души чака две души?“

Ангелът му обърна гръб. Тя прочисти гърлото си, преди да заговори: „Аз, ние, се надявахме, че няма да зададеш този въпрос. Ти си по-умен, отколкото очаквахме.“ Тя затвори очи и кимна: „Мхммм“. Очите ѝ останаха затворени. Е-З погледна дали не носи тапи за уши, тъй като изглеждаше, че слуша някого. А може би си го представяше. Тя кимна. „Съгласна съм“, каза тя.

„Някой друг ли е тук с нас? - попита той.

Нов глас се разнесе от всички страни. Защо всички архангели имаха толкова силни гласове?

„Аз съм Разиел, Пазителят на тайните. Е-З Дикенс, трябва да се вслушаш в думите ми. Защото веднъж изречени, няма да ги запомниш. Нито че съм бил тук. Ловците на души и техните цели не са ваша грижа. Престъпили сте границите си и ние няма да го търпим! Щедро ви дадохме две възможности. Вземете решение СЕГА или моят учен приятел ще вземе решението вместо вас".

Е-З започна да говори, но после съзнанието му се замъгли. За какво бяха говорили?

Архангелът отново затвори очи, изрече думите: „Благодаря" и гласът на Разиел не проговори повече.

С **якаш** времето се беше върнало назад. „Очакваш от мен да реша на място, без да ми дадеш време да помисля? Без да говоря с чичо Сам или с приятелите си? Като стана дума за това, какво да кажем за Алфред, на когото беше казано, че ще се събере със семейството си? А на Лия й беше казано, че ще си върне зрението".

„Тъй като Алфред го няма, твоето решение - дали ще оцелее на Земята, или не - ще бъде негово решение. Неговата опция номер едно ще бъде същата като твоята. Ще иска ли да изживее живота си със семейството си многократно? Тъй като си е отишъл, той може би вече сънува приятни сънища за тях. От друга страна, човек никога не знае какви трикове може да си прави умът. Възможно е да е попаднал в примка от кошмари и само вие можете да спасите него и семейството му, като направите правилния за него избор."

„Искаш да кажеш, че той никога няма да излезе от това? Окончателно?"

„Това не мога да кажа. Знам само, че ловецът на души не е готов да прибере душата му... все още.“

„А Лия?“

„Нейните човешки очи са изчезнали в този живот, както и твоите крака. Тя може да изживее отново дните си със зрение, но може да предпочете и ти да избереш за нея. В края на краищата, тя не е имала време да порасне и да узрее, както би направило едно нормално дете. Тя вече е загубила три години от живота си и този епизод със стареенето, не сме сигурни дали е еднократен, или, дали ще се повтори.“

„Искате да кажете, че и вие не знаете какво ще се случи с нея?“

„Не, не знаем. Освен това тя все още спи.“

„Не мога да реша това, и за тримата в определен срок. Това е голямо решение и ми трябва време.“

„Тогава ще го имаш.“ Появи се часовник, който отброяваше от шестдесет минути. „Вашето време започва сега. Дайте ми отговора си, преди да е ударил нулата. В противен случай всичко, което сме обсъждали, ще бъде невалидно. И ще се озовете обратно в хотела с трупа на приятеля си“. Крилете ѝ се размахаха и тя се издигна все по-високо и по-високо.

„Чакай, преди да тръгнеш - извика той.

„Какво е сега?“

„Има ли други, имам предвид други деца като нас?“ „Имам предвид други деца като нас.

„Беше ми приятно да те познавам“, каза тя.

„Чувствата определено не са взаимни“, отвърна той.

ГЛАВА 26

Докато минутите минаваха, Е-3 прегледа всичко, което току-що му бяха казали. Искаше му се силозът да е достатъчно широк, за да може да се движи повече. Поне седеше удобно в инвалидната си количка. Заедно бяха като динамичен дует.

„Искате ли нещо за ядене?" - попита гласът от стената.

„Разбира се, че бихте искали", каза той. „Една ябълка, малко пуканки - с вкус на сирене ще е добре, и бутилка вода".

„Идваме веднага", каза гласът, когато през процеп в стената, който той не беше забелязал преди, се пъхна метална маса. Тя се спря пред него. От процепа излезе кука, която първо носеше бутилката с вода. След това втора кука с чаша. Последва трета кука с ябълка. Преди да я сложи на земята, куката я полира с кърпа. След това изскочи четвърта кука, която носеше купа с пуканки.

„Благодаря - каза той, когато четирите хванати куки махнаха с ръка и изчезнаха обратно в стената.

„Няма за какво."

„Има ли шанс да ми донесете компютъра? Той беше унищожен при пожара. Със сигурност бих искал да мога да направя списък на нещата, за да взема това решение".

„Разбира се. Само ми дайте минута-две."

Докато довършваше ябълката и обмисляше пуканките, от друг процеп на отсрещната стена се появи лаптопът му. Куката го държеше вдигнат, чакайки Е-З да премести другите предмети, за да го настани. Когато той не го направи, куките се появиха от другата страна. Една от тях вдигна ябълковата сърцевина и изчезна обратно в стената. Друга изсипа останалата вода в чашата. След това взе празната бутилка обратно през процепа в стената. Тъй като искаше да запази пуканките и чашата с вода, той ги махна от масата. Куката постави лаптопа си, след което се върна през процепа в стената.

Е-З смяташе, че куките са готини аксесоари. Лесно би могъл да ги продаде на някоя голяма шведска верига.

Сега, когато всички кукички бяха изчезнали, той вдигна капака на лаптопа си и го включи. Първо провери файла си „Татуировъчен ангел", всичко си беше все още там! Беше толкова щастлив; щеше да се разплаче, ако часовникът не отмерваше времето.

„Много ти благодаря - каза той и натъпка в устата си шепа сирни пуканки. И след това започна да пише. Реши да помисли за себе си на трето място. Първо, да запише плюсовете и минусите за Алфред.

Веднага знаеше, че Алфред няма да има нищо против да преживее миналото си със семейството си многократно. Той веднага щеше да избере този вариант.

„Все пак на Е-Зи му се струваше, че това не е вариант, който семейството му би искало да приеме. Тъй като щеше да преживее отново това, което вече е било, а не да продължи напред. В живота трябва да се движиш напред. Да продължаваш да се учиш и развиваш.

Колкото повече мислеше за това, толкова повече осъзнаваше, че това би било като да гледаш историята на живота си наведнъж. Представете си, че животът ви е двадесет и четири-седем часа в постоянен цикъл. Никога не знаеш кога ще свърши. Или дали някога ще свърши. Това можеше да се превърне в различен вид ад. Такъв, за който не му се искаше да мисли.

Освен ако знаеше със сигурност, че Алфред винаги ще бъде в кома. За което бе намекнал архангелът. Тогава за него изборът щеше да предотврати всякакви лоши сънища или кошмари. Алфред щеше да бъде със семейството си завинаги. Дори и да не беше истински... можеше да е достатъчно. Щеше ли да го избере?

Той погледна часовника - оставаха петдесет минути. Започна да мисли за случая на Лия. Мечтата ѝ да стане известна балерина беше прекъсната. Дали щеше да иска да изживее отново детството, знаейки, че тази мечта никога няма да се сбъдне? За нея би си струвало да рискува бъдещето. Очите в дланите ѝ я правеха специална, уникална... и беше симпатична. Можеше дори да бъде най-новата версия на жената-чудо, ако успееше да впрегне всички сили.

„Е-З?“ Лия каза. „Чувам те да си мислиш, но къде си?“

О, не! Сега, когато тя беше будна, той щеше да трябва да ѝ обясни всичко, а това щеше да отнеме време, а то изтичаше. Щеше да се наложи да го направи, и то бързо. „Слушай, Лия - започна той, - имам да ти разказвам дълга приказка, моля те, не ме спирай, докато приказката не приключи. Времето ни изтича.“ Той обясни всичко, отне му десет минути. Още десет минути минаха. Оставаха четиридесет минути.

„Добре, Е-З, ти мисли за себе си, а аз ще мисля за себе си. Нека да отделим пет минути, след което отново ще говорим. Времето започва сега.“

„Добър план.“

Пет минути по-късно и часовникът показваше тридесет и пет оставащи минути. Е-З попита Лия дали е решила.

„Реших“, каза тя. „А ти?“

„Аз също“, каза той. „Ти първи, за пет минути или по-малко, ако можеш.“

„За мен решението е доста лесно, Е-З. Не искам да остана в това нещо и да живея живота си тук. Когато Ловецът на души ме доведе тук, когато съм мъртъв. Това е добре. Но не искам да бъда насилствено затворен в това пространство. Не и когато мога да бъда навън и да усещам топлината на слънчевите лъчи, да слушам птиците, с вятъра в косите си. Да не говорим, че мога да прекарвам време с майка ми, с чичо Сам и, надявам се, с теб. Животът е твърде кратък, за да го пропиляваме, а и новите ми очи ми харесват през повечето време". Тя се засмя.

„Съгласна съм и ако бях на твое място, щях да направя същото".

„Благодаря, Е-3. Какво време остава сега?"

„Още двадесет и пет минути", потвърди той. „А сега ето и моето мислене в рамките на, надявам се, по-малко от пет минути. Нямам нищо против да съм тук, не е много по-различно, отколкото да съм навън. Научих, че в инвалидна количка не е краят на света. Всъщност вече доста свикнах с него. Мога да правя неща, които преди не правех, като например да играя бейзбол, и не съм напълно гаден в това. По дяволите, дори ще го играят на Параолимпийските игри.

„Родителите ми не биха искали да пропилявам живота си, живеейки в миналото. Не би го направил и чичо Сам. Не съм склонен да се откажа от всичко, само защото онези дърти архангели са дали няколко неприлични обещания. Така че съм съгласен с теб. Излизаме по дяволите от тези неща с ловеца на души. Ще живеем живота си, докато не свършим да живеем. И тогава тя може да дойде и да ни хване. Години по-късно, след като, надяваме се, сме допринесли за човечеството и сме водили добър живот. Може да намерим други като нас. Бихме могли да създадем гореща линия за супергерои и да работим заедно по целия свят. Бихме могли да използваме силите си, за да направим света по-добро място. Бихме могли да изживеем живота си пълноценно; да създадем вдъхновяващ живот, с който да се гордеем, а и семействата ни да се гордеят."

„Браво!" Лия възкликна. „Но има ли други като нас?"

„Попитах ангела, който ми обясни всичко, но той не ми отговори. Това ме кара да мисля, че има такива." Той погледна часовника. „Остават само двадесет и една минути."

„Ами Алфред? Ще се събуди ли някога?"

„Ангелът каза, че не знае, само ловецът на души знае... но каза, че може би сънува кошмари. Ако има вероятност, той да е в жив ад, тогава е по-добре да го пуснем. Вариант номер едно, той да изживее живота си със семейството си на цикъла, е този за него?" "Не, не.

„Не съм съгласен. Никой от нас не знае със сигурност кога ловецът на души ще дойде за нас. Алфред не би искал да пропилее тук, защото лошите сънища могат да го намерят. Не и там, където има шанс, той да помогне на някого или да вдъхнови някого. Влезли сме тук заедно и трябва да си тръгнем оттук заедно. Според мен това е така."

Четиринайсет минути и тиктакане.

Тя бе подходила към проблема на Алфред по уникален начин Беше ли права? Наистина ли Алфред щеше да пожелае да се откаже от семейството си при този сценарий в името на едно неизследвано бъдеще? Нима всички ние не съществуваме в един неизследван свят? Променяме курса, избягваме и се гмуркаме. Отваряме прозорци, затваряме врати. Позволяваме на емоциите си да ни отклонят от правия път и после да ни върнат обратно. Всичко това е въпрос на живот. Да, Лия беше права. Беше сключена сделка.

Оставаха осем минути на часовника.

„Мисля, че си права, Лия. Всичко е за един и един за всички", каза Е-3. „Архангелът ми каза, че трябва да изрека думите, преди да изтече времето. Тогава всички ще се озовем обратно в хотела... сякаш тази интерлюдия с „Ловец на души" никога не се е случвала."

„Мислиш ли обаче, че все още ще си спомняме за ловците на души? Това е важно нещо, което трябва да научим от този опит. Дори и да не сме го споделили. Имай предвид, че то разбива на пух и прах всичко, което знаем за рая и задгробния живот".

Остават пет минути.

„Така е, но нека обсъдим това от другата страна". Той стисна юмруци, докато часовникът отмерваше четири минути. „Решихме!" - изкрещя той. „Изведете ни тримата от тези, тези ловци на души - СЕГА!"

Стените на силоза на Е-3 започнаха да се тресат. „Добре ли си, Лия?" - извика той. Тя не отговори. Земята под краката му сякаш дрънчеше и ръмжеше. След това започна да се върти, първо по посока на часовниковата стрелка, после обратно на часовниковата стрелка, после по посока на часовниковата стрелка.

Вътрешността на стомаха му се изкриви. Той избълва сирене, пуканки и сдъвкани парченца червена ябълка навсякъде.

Те бяха единствените сувенири, които Ловецът на души щеше да има от него. Надяваше се, че за ужасно дълго време.

БЛАГОДАРНОСТИ

Уважаеми читатели,

Благодарим ви, че прочетохте първата и втората книга от поредицата E-Z Dickens. Надявам се, че добавянето на тези нови герои ви е харесало и с нетърпение очаквате да разберете какво ще се случи по-нататък.

Следващите две книги от поредицата ще бъдат на разположение скоро!

Още веднъж благодаря на моите бета читатели, коректори и редактори. Съветите и насърченията ви ме държаха на прав път с този проект и приносът ви винаги е бил/е ценен.

Благодаря и на семейството и приятелите, че винаги са до мен.

И както винаги, щастливо четене!

CATHY

ЗА АВТОРА

Cathy McGough живее и пише в Онтарио, Канада със съпруга си, сина си, двете си котки и едно куче.

ОЧАКВАЙТЕ СКОРО !

E-Z DICKENS СУПЕРГЕРОЙ
КНИГА ТРЕТА:
ЧЕРВЕНА СТАЯ

E-Z DICKENS СУПЕРГЕРОЙ
КНИГА ЧЕТВЪРТА:
НА ЛЕДА

Milton Keynes UK
Ingram Content Group UK Ltd.
UKHW031156241024
450188UK00001B/82

9 781998 480708